A HERDEIRA

Também de Kiera Cass:

A Seleção
A Elite
Contos da Seleção: *O príncipe* e *O guarda*
O príncipe (e-book gratuito)
O guarda (e-book gratuito)
A escolha
A rainha (e-book)
Felizes para sempre

Extra
Diário da Seleção

FSC
www.fsc.org
MISTO
Papel produzido a partir de fontes responsáveis
FSC® C019498

A marca FSC® é a garantia de que a madeira utilizada na fabricação do papel deste livro provém de florestas que foram gerenciadas de maneira ambientalmente correta, socialmente justa e economicamente viável, além de outras fontes de origem controlada.

A HERDEIRA

livro 4 da série A SELEÇÃO

KIERA CASS

Tradução
CRISTIAN CLEMENTE

1ª reimpressão

SEGUINTE
O selo jovem da Companhia das Letras

O Selo Seguinte pertence à Editora Schwarcz S.A.

Grafia atualizada segundo o Acordo Ortográfico da Língua Portuguesa de 1990, que entrou em vigor no Brasil em 2009.

TÍTULO ORIGINAL The Heir

CAPA ERIN FITZSIMMONS
© 2015 by Gustavo Marx/ MergeLeft Reps, Inc.

PREPARAÇÃO Paula Marconi de Lima

REVISÃO Renato Potenza Rodrigues e Julia Barreto

Dados Internacionais de Catalogação na Publicação (CIP)
(Câmara Brasileira do Livro, SP, Brasil)

Cass, Kiera
A herdeira / Kiera Cass ; tradução Cristian Clemente — 1ª ed. — São Paulo : Seguinte, 2015.

Título original: The Heir.
ISBN 978-85-65765-70-1

1. Ficção infantojuvenil I. Título.

15-02343 CDD-028.5

Índices para catálogo sistemático:
1. Literatura infantojuvenil 028.5
2. Literatura juvenil 028.5

[2016]
Todos os direitos desta edição reservados à
EDITORA SCHWARCZ S.A.
Rua Bandeira Paulista, 702, cj. 32
04532-002 — São Paulo — SP
Telefone (11) 3707-3500
Fax (11) 3707-3501
www.seguinte.com.br
www.facebook.com/editoraseguinte
contato@seguinte.com.br

Para Jim e Jennie Cass.
Por muitos motivos, mas principalmente por fazerem Callaway.

1

Nunca consegui prender a respiração por sete minutos. Nem sequer por um. Uma vez tentei correr um quilômetro e meio em sete minutos depois de descobrir que alguns atletas faziam isso em quatro, mas fracassei espetacularmente quando pontadas na lateral do abdome me deixaram exausta no meio do percurso.

Contudo, há uma coisa que consegui fazer em sete minutos que a maioria das pessoas consideraria bem impressionante: me tornar rainha.

Por ínfimos sete minutos cheguei ao mundo antes do meu irmão, Ahren, e o trono que deveria ser dele passou a ser meu. Se eu tivesse nascido uma geração antes, esse detalhe não teria feito diferença. Ahren era homem; Ahren seria o herdeiro.

Ora, minha mãe e meu pai não suportariam ver sua primogênita perder o título por causa de um inoportuno, ainda que agradável, par de peitos. Então eles mudaram a lei, e o povo se alegrou, e fui preparada dia após dia para me tornar a próxima governante de Illéa.

O que eles não entendiam era que aquelas tentativas de tornar minha vida justa pareciam bem *injustas* para mim.

Eu tentava não reclamar. Afinal, tinha consciência de que era muito sortuda. Mas havia dias, às vezes meses, em que eu sentia um enorme peso nas costas. Peso demais para qualquer pessoa suportar sozinha, na verdade.

Folheei o jornal e vi que outra rebelião havia ocorrido, dessa vez em Zuni. Vinte anos atrás, o primeiro ato de meu pai como rei foi dissolver as castas, e o velho sistema se desfez aos poucos, ao longo da minha vida. Eu ainda achava totalmente bizarro que no passado as pessoas vivessem marcadas por esses rótulos restritivos e arbitrários. Minha mãe era Cinco, meu pai, Um. Não fazia sentido, até porque não havia nenhum sinal externo dessas divisões. Como eu ia saber se estava ao lado de um Seis ou de um Três? Aliás, por que isso importava?

Logo que o fim das castas foi decretado, houve comemorações por todo o país. Meu pai esperava que as mudanças já estivessem bem consolidadas depois de uma geração. Ou seja: a essa altura, as coisas deveriam se acertar de vez.

Não era o que estava acontecendo, e essa nova rebelião era a mais recente de uma série de revoltas.

— Café, Alteza? — perguntou Neena ao deixar a bebida sobre a minha mesa.

— Obrigada. Pode levar os pratos.

Corri os olhos pelo artigo. Dessa vez, incendiaram um restaurante porque o proprietário não queria promover um garçom a chef de cozinha. O garçom alegava que a promoção havia sido prometida mas nunca efetivada, e tinha certeza de que era por causa do passado de sua família.

Vendo os restos carbonizados do prédio, eu sinceramente não sabia de que lado ficar. O proprietário tinha o direito de promover ou demitir quem quisesse, e o garçom tinha o direito de não ser marcado com um rótulo que, teoricamente, já não existia.

Deixei o jornal de lado e peguei minha bebida. Meu pai ia ficar irritado. Eu tinha certeza de que ele já devia ter pensado e repensado mil estratégias para tentar amenizar a situação. Mas, mesmo que conseguíssemos resolver alguns problemas, éramos incapazes de evitar cada um dos casos de discriminação pós-castas. Eram numerosos, muito frequentes e difíceis de monitorar.

Pus o café na mesa e fui em direção ao closet. Já estava na hora de começar o dia.

— Neena? — chamei. — Você sabe onde está o vestido cor de ameixa? Aquele com a faixa?

Ela apertou os olhos, concentrada, e veio ajudar.

Neena era relativamente nova no palácio. Começara a trabalhar comigo seis meses antes, quando a criada anterior ficou duas semanas de cama. Neena era tão atenta às minhas necessidades e tão boa companhia que a mantive. Também gostava muito de seu olho para moda.

Neena arregalou os olhos diante daquele espaço imenso.

— Talvez devêssemos reorganizar isso aqui.

— Pode reorganizar, se tiver tempo. Mas não é um projeto que me interessa.

— Não quando posso procurar as roupas para a senhorita, não é? — ela provocou.

— Exatamente!

Ela levou na brincadeira e, rindo, começou a vasculhar entre vestidos e calças.

— Gostei do seu cabelo hoje — comentei.

— Obrigada.

Todas as criadas usavam touca, mas mesmo assim Neena era muito criativa com seus penteados. De vez em quando, cachos grossos e escuros emolduravam seu rosto; outras vezes, enrolava as mechas num coque. Naquele dia, tranças largas rodeavam sua cabeça enquanto o resto do cabelo estava coberto. Eu gostava muito de ver como ela inventava maneiras diferentes de usar o uniforme, personalizando-o todos os dias.

— Ah! Está aqui atrás! — exclamou Neena, puxando o vestido longuete e estirando-o sobre a pele escura de seu braço.

— Perfeito! E você sabe onde está meu blazer cinza? Aquele de mangas três quartos?

Ela me olhou impassível.

— Com certeza vou reorganizar isso aqui.

— Você procura, eu me visto — falei, rindo.

Pus a roupa e penteei o cabelo, me preparando para mais um dia como o futuro rosto da monarquia. A combinação era feminina o bastante para conferir um ar de suavidade, mas também forte o bastante para que eu fosse levada a sério. Era um bom estilo a seguir, e eu o seguia diariamente.

Olhei para o espelho e disse para meu reflexo:

— Você é Eadlyn Schreave. Será a próxima pessoa a governar este país e a primeira garota a fazer isso sozinha. Nenhuma pessoa — prossegui — é tão poderosa quanto você.

Meu pai já estava no escritório com a testa franzida enquanto lia as notícias. Exceto pelos olhos, eu não era muito parecida com ele. Aliás, nem com a minha mãe.

Com o cabelo escuro, o rosto oval e a pele com um leve bronzeado que durava o ano todo, eu parecia mais com a minha avó do que com qualquer outra pessoa. No corredor do quarto andar havia uma pintura dela no dia de sua coroação. Eu costumava analisá-la quando era mais nova para tentar adivinhar como seria quando crescesse. A idade dela no retrato era próxima da minha agora e, embora não fôssemos idênticas, às vezes eu tinha a sensação de ser seu reflexo.

Cruzei a sala e beijei meu pai na bochecha.

— Bom dia.

— Bom dia. Você viu os jornais? — ele perguntou.

— Sim. Pelo menos ninguém morreu desta vez.

— Graças aos céus.

As piores revoltas eram as que resultavam em mortes ou desaparecimentos. Era terrível descobrir que rapazes foram espancados só porque se mudaram com a família para um bairro melhor, ou que mulheres foram atacadas por tentar conseguir um emprego que, no passado, era proibido para elas.

Às vezes, o motivo e as pessoas por trás desses crimes eram descobertos rapidamente, mas quase sempre havia muitas trocas de acusação e nenhuma resolução definitiva. Eu ficava exausta só de ouvir e sabia que era ainda pior para meu pai.

— Não entendo — ele disse ao tirar os óculos de leitura e esfregar os olhos. — Eles não queriam mais as castas. Nós fomos com calma, eliminamos as divisões devagar para todos conseguirem se adaptar. E agora eles queimam prédios.

— Há algum jeito de regulamentar isso? Podemos criar uma comissão para supervisionar as reclamações.

Voltei a observar a foto no jornal. No canto da imagem, o jovem filho do dono do restaurante chorava a perda de tudo. Sinceramente, eu sabia que as reclamações chegariam tão rápido que ninguém seria capaz de atendê-las, mas também sabia que meu pai não suportaria ficar de braços cruzados.

— É isso que você faria? — ele perguntou, olhando para mim.

— Não — respondi com um sorriso. — Eu perguntaria ao meu pai o que ele faria.

Ele suspirou.

— Nem sempre você terá essa opção, Eadlyn. Você precisa ser forte, decidida. Como você resolveria este incidente em particular?

Pensei um pouco antes de responder.

— Não acho que seja possível resolver essa situação. Não há meio de provar que foram as velhas castas que impediram a promoção do garçom. A única coisa que podemos fazer é abrir uma investigação para descobrir quem iniciou o incêndio. Uma família perdeu seu sustento hoje, e alguém deve ser responsabilizado. Não é com incêndios que se faz justiça.

Ele balançou a cabeça e pousou os olhos no jornal novamente.

— Acho que você está certa. Gostaria de poder ajudá-los. Mas, acima de tudo, precisamos pensar em como evitar que aconteça novamente. A situação já saiu do controle, Eadlyn, e isso é assustador.

Meu pai atirou o jornal no lixo e levantou, caminhando até a janela. Por sua postura, dava para perceber que estava tenso. Às vezes, sua função lhe trazia muita alegria, como quando visitava escolas cujas condições trabalhara sem descanso para melhorar ou quando via o florescimento de comunidades naquele tempo livre de guerras que havia inaugurado. Mas essas ocasiões se tornavam cada vez mais raras e escassas. Ele passava a maioria dos dias angustiado com a situação do país, fingindo sorrisos para os jornalistas, na esperança de que sua postura calma contagiasse a todos. Minha mãe o ajudava a carregar o fardo, mas no fim das contas o destino do país recaía única e exclusivamente nas suas costas. Um dia, estaria nas minhas.

Consciente de que se tratava de uma questão totalmente fútil, eu me preocupava com a possibilidade de ficar grisalha antes da hora.

— Faça uma anotação para mim, Eadlyn. Lembre-me de escrever ao governador de Zuni, Harpen. Ah, e escreva que a carta é para Joshua Harpen, não para o pai dele. Sempre esqueço que foi ele quem concorreu nas últimas eleições.

Anotei as instruções com minha elegante letra cursiva, pensando em como meu pai ficaria satisfeito ao vê-la mais tarde. Ele costumava pegar muito no meu pé por causa da minha caligrafia.

Sorrindo comigo mesma, me voltei para meu pai, mas logo desanimei ao vê-lo coçar a cabeça, tentando desesperadamente encontrar uma solução para aqueles problemas.

— Pai?

Ele se virou para mim e, por instinto, endireitou os ombros, como se precisasse assumir uma postura forte mesmo diante de mim.

— Por que você acha que isso está acontecendo? Não foi sempre assim.

Ele arqueou as sobrancelhas e começou a responder:

— Com certeza não — disse, quase para si mesmo. — No começo, todos pareciam contentes. Cada vez que removíamos uma casta, as pessoas festejavam. Apenas nos últimos anos, depois que todos os rótulos foram oficialmente apagados, as coisas saíram do controle.

Ele voltou a olhar pela janela antes de prosseguir:

— Só consigo pensar em uma coisa: quem cresceu com as castas tem consciência de que o que temos agora é melhor. Em comparação, é mais fácil casar ou trabalhar. A renda de uma família não provém de apenas uma profissão. Há mais opções quando se trata de educação. Mas aqueles que estão crescendo sem as castas e ainda enfrentam obstáculos... Acho que não sabem o que mais podem fazer.

Meu pai então olhou para mim e deu de ombros.

— Preciso de um tempo — murmurou. — Preciso dar um jeito de pausar os acontecimentos, resolver essa situação e então dar sequência ao governo.

Notei um sulco profundo em sua testa.

— Pai, não acho que isso seja possível.

Ele achou graça.

— Já fizemos isso antes. Eu lembro...

O foco de seu olhar mudou. Ele me observou por um momento. Parecia me fazer uma pergunta sem palavras.

— Pai?

— Sim?

— Você está bem?

Ele piscou algumas vezes antes de falar:

— Sim, querida, muito bem. Por que você não vai trabalhar naqueles cortes orçamentários? Podemos repassar suas ideias hoje à tarde. Preciso conversar com sua mãe.

— Claro.

Talento para matemática não era algo natural para mim. Por isso, eu levava o dobro do tempo para fazer cortes no orçamento e planejamentos financeiros. Mas também recusava veementemente que um dos conselheiros de meu pai ficasse atrás de mim com uma calculadora, tentando consertar minha bagunça. Ainda que precisasse passar a noite em claro, sempre garantia que meu trabalho estivesse correto.

Claro, Ahren era naturalmente bom em matemática, mas ninguém nunca o obrigava a aturar reuniões de orçamento, rezoneamento ou serviços de saúde. Ele sempre escapava ileso por causa daqueles malditos sete minutos.

Meu pai me deu um tapinha no ombro antes de sair do escritório às pressas. Levei mais tempo que o normal para me concentrar nos números. Não conseguia parar de pensar em sua expressão e estava certa de que tinha alguma coisa a ver comigo.

2

Depois de trabalhar por algumas horas no relatório orçamentário, decidi fazer uma pausa, ir para o meu quarto e pedir uma massagem nas mãos para Neena. Eu amava esses pequenos luxos do meu dia. Vestidos feitos sob medida, sobremesas exóticas preparadas só porque era quinta-feira, um suprimento interminável de coisas bonitas: eu tinha privilégios, e eles com certeza eram a minha parte favorita do cargo.

Meu quarto tinha vista para os jardins. Conforme o sol mudava de posição, a luz ganhava um tom alaranjado acolhedor e iluminava as altas muralhas. Me concentrei no calor e nos dedos precisos de Neena.

— Enfim, ele fez uma cara esquisita. Era como se tivesse saído fora do ar por um minuto.

Eu estava tentando explicar a atitude inesperada de meu pai pela manhã, mas era difícil descrever. Eu nem sabia se ele tinha encontrado minha mãe ou não, pois não voltou mais para o escritório.

— Acha que ele está doente? Ele parece bem cansado esses dias — Neena falou, enquanto suas mãos faziam mágica com as minhas.

— Parece? — perguntei. Achava que não era bem cansaço o que ele tinha. — Provavelmente deve estar muito estressado. E como não estaria, com tantas decisões para tomar?

— E um dia você estará nessa posição — ela comentou. Seu tom de voz evidenciava uma autêntica preocupação misturada com uma provocação brincalhona.

— O que significa que você terá de me fazer o dobro de massagens.

— Não sei — ela disse. — Talvez tente algo novo daqui a alguns anos.

Fechei a cara.

— O que mais você faria? Não há opções muito melhores que um trabalho no palácio.

Alguém bateu à porta, e Neena não teve chance de responder à pergunta.

Levantei, vesti o blazer novamente para ficar mais apresentável e fiz um sinal com a cabeça para que Neena deixasse a visita entrar.

Sorridente, minha mãe apareceu à porta. Meu pai vinha logo atrás, satisfeito. Era sempre assim: em eventos de Estado ou jantares importantes, minha mãe ficava ao lado ou logo atrás de meu pai; porém, quando eram apenas marido e mulher — e não rei e rainha —, ele a seguia por toda parte.

— Oi, mãe — cumprimentei, me aproximando para abraçá-la.

Minha mãe colocou uma mecha do meu cabelo atrás da orelha e sorriu.

— Gostei do visual.

Dei um passo para trás, orgulhosa, e corri as mãos pelo vestido.

— As pulseiras dão um bom destaque, não é?

Ela riu.

— Excelente atenção aos detalhes.

De vez em quando, minha mãe me deixava escolher suas joias e sapatos, mas era raro. Ela não achava isso tão divertido quanto eu, e também não usava muitos acessórios para melhorar a aparência. Na verdade, não precisava mesmo. Eu gostava de seu estilo clássico.

Mamãe se voltou para Neena e tocou-a no ombro.

— Você pode sair — disse em voz baixa.

Neena fez uma reverência no ato e nos deixou a sós.

— Algo errado? — perguntei.

— Não, meu amor. Só queremos conversar em particular — respondeu meu pai, gesticulando para que nos sentássemos à mesa. — Há uma oportunidade que gostaríamos de discutir com você.

— Oportunidade? Vamos viajar? — Eu adorava viajar. — Por favor, digam que finalmente vamos para a praia. Será que podemos ir só nós seis?

— Não exatamente. Não poderíamos ir a lugar nenhum com hóspedes em casa — minha mãe explicou.

— Ah! Companhia! Quem vem?

Os dois trocaram olhares antes de minha mãe continuar:

— Você sabe que a atual situação é preocupante. O povo está agitado e infeliz, e não fazemos ideia de como aliviar a tensão.

— Eu sei... — suspirei.

— Estamos em busca de um jeito de levantar o moral das pessoas — meu pai acrescentou.

Fiquei animada. Levantar o moral costumava envolver celebrações, e eu nunca dispensava uma festa.

— O que vocês têm em mente? — quis saber, já imaginando um vestido novo. Mas logo afastei a ideia; não era nisso que eu devia me concentrar naquele momento.

— Bem — meu pai começou —, o público reage melhor a notícias positivas relacionadas à nossa família. Quando sua mãe e eu nos casamos, o país passou por uma de suas melhores fases. E você lembra como as pessoas festejaram nas ruas quando souberam que Osten ia chegar?

Abri um sorriso. Eu tinha oito anos quando Osten nasceu, e nunca esqueci o entusiasmo de todos com o anúncio. Do meu quarto, dava para ouvir a música nas ruas praticamente até o amanhecer.

— Foi maravilhoso.

— Foi mesmo. E agora as pessoas olham para você. Não vai demorar para se tornar a rainha.

Meu pai fez uma pausa.

— Pensamos — continuou — que talvez você aceitasse fazer alguma coisa pública, alguma coisa empolgante para o povo e, talvez, muito benéfica para você também.

Apertei os olhos, concentrada, sem entender direito aonde aquela conversa ia chegar.

— Estou ouvindo.

Minha mãe limpou a garganta.

— Você sabe que, no passado, princesas se casavam com príncipes de outros países para fortalecer relações internacionais.

— Você usou o verbo no passado, né?

Ela riu, mas não achei graça.

— Sim.

— Que bom — eu disse. — Porque o príncipe Nathaniel parece um zumbi, o príncipe Hector dança como um zumbi e, se o príncipe da Federação Germânica não aprender o que é higiene pessoal até a festa de Natal, nem deveríamos convidá-lo.

Minha mãe esfregou a cabeça, frustrada.

— Eadlyn, você é sempre tão exigente.

Meu pai deu de ombros.

— Talvez isso não seja ruim — comentou, para ganhar um daqueles olhares de mamãe.

Fechei a cara.

— Mas do que diabos vocês estão falando?

— Você sabe como sua mãe e eu nos conhecemos — continuou meu pai.

— Todo mundo sabe. Vocês dois viveram praticamente um conto de fadas — repliquei com cara de tédio.

Ao ouvir isso, os dois suavizaram a expressão e abriram um sorriso. Eles pareciam se inclinar levemente um para o outro, e meu pai mordeu os lábios ao olhar para minha mãe.

— Com licença. A primogênita está no quarto também. Vocês se importam?

Minha mãe corou, e meu pai limpou a garganta antes de continuar:

— A Seleção foi um sucesso para nós. E, embora meus pais tivessem seus problemas, o processo funcionou para eles também. Então... estávamos pensando...

Ele hesitou e nossos olhares se cruzaram.

Demorou para cair a ficha. Eu sabia o que era a Seleção, mas essa opção jamais havia sido proposta para qualquer um de nós, muito menos para mim.

— Não.

Minha mãe ergueu as mãos e disse:

— Apenas escute...

— Uma Seleção? — explodi. — Isso é loucura!

— Eadlyn, você está sendo irracional — argumentou ela.

Dirigi um olhar fulminante a ela.

— Você *prometeu*. Prometeu que jamais me obrigaria a casar com alguém em troca de alianças políticas. Como uma Seleção pode ser melhor que isso?

— Ouça o que temos a dizer... — ela insistiu.

— Não! — berrei. — Não vou aceitar.

— Calma, baixinha.

— Não fale comigo assim. Eu não sou criança!

Minha mãe suspirou.

— Mas age como se fosse.

— Vocês estão arruinando minha vida!

Corri os dedos pelo cabelo e respirei fundo várias vezes, na esperança de que isso me ajudasse a pensar. Aquilo não podia acontecer. Não comigo.

— É uma grande oportunidade — meu pai insistiu.

— Você está tentando me acorrentar a um estranho!

— Eu disse que ela seria teimosa — minha mãe cochichou para meu pai.

— Me pergunto a quem ela puxou — ele disparou com um sorriso.

— Não falem de mim como se eu não estivesse no quarto!

— Desculpe — meu pai disse. — Só queremos que você pense a respeito.

— E Ahren? Não pode ser ele?

— Ahren não é o futuro rei. Além disso, ele já tem Camille.

A princesa Camille era a herdeira do trono francês. Alguns anos antes, tinha conseguido, por força das piscadelas de seus belos cílios, conquistar o coração de meu irmão.

— Então casem os dois! — supliquei.

— Camille será rainha quando chegar a hora e, como você, terá de pedir seu companheiro em casamento. Se a escolha fosse de Ahren, poderíamos pensar no caso, mas não é.

— E Kaden? Vocês não podem fazer a Seleção com ele?

Minha mãe deu uma risada irônica.

— Ele tem catorze anos! Não temos todo esse tempo. O povo precisa de alguma coisa que os empolgue agora — disse, e olhou bem nos meus olhos antes de prosseguir. — Além disso, para ser sincera, já não está na hora de você procurar alguém para governar ao seu lado?

Meu pai concordou.

— É verdade. Não é uma função para suportar sozinha.

— Mas eu não quero casar — supliquei. — Por favor, não me obriguem a isso. Tenho só dezoito anos.

— A mesma idade que eu tinha quando casei com seu pai — minha mãe afirmou.

— Não estou preparada — insisti. — Não quero marido. Não façam isso comigo, por favor.

Minha mãe estendeu o braço sobre a mesa e segurou a minha.

— Ninguém vai fazer nada com você. Você é que fará algo pelo seu povo. Você dará um presente às pessoas daqui.

— Quer dizer, fingir um sorriso quando tiver vontade de chorar?

— Isso sempre foi parte do nosso trabalho — ela respondeu depois de franzir levemente a testa.

Apenas a encarei, à espera de uma resposta melhor.

— Eadlyn, por que você não tira um tempo para pensar melhor? — meu pai propôs calmamente. — Sei que estamos lhe pedindo muito.

— Isso quer dizer que tenho opção?

Papai respirou fundo, pensativo, antes de falar:

— Bem, meu amor, na verdade você terá trinta e cinco opções.

Levantei da cadeira com um salto e apontei para a porta.

— Saiam daqui! — exigi. — SAIAM DAQUI!

Sem mais uma palavra, os dois deixaram o quarto.

Por acaso não sabiam quem eu era e para que haviam me treinado? Eu era Eadlyn Schreave. Nenhuma pessoa era tão poderosa quanto eu.

Se eles achavam que eu ia me render sem lutar, estavam tristemente enganados.

3

Decidi jantar no quarto. Não estava a fim de ver minha família no momento. Estava furiosa com todos eles. Com meus pais, por serem felizes; com Ahren, por não ter sido rápido o bastante dezoito anos atrás; com Kaden e Osten, por serem tão jovens.

Neena deu a volta na mesa para me servir.

— A senhorita acha que vai ter que aceitar? — perguntou ela ao encher minha taça.

— Ainda estou pensando em um jeito de escapar.

— E se a senhorita dissesse que já está apaixonada por alguém?

Neguei com a cabeça enquanto brincava com a comida.

— Insultei os três candidatos mais prováveis bem na frente deles.

Neena então pôs um pratinho com chocolates no meio da mesa, supondo — corretamente — que eu estaria mais interessada neles do que no salmão com caviar.

— Talvez um guarda, então? Acontece bastante com as criadas — ela sugeriu, rindo.

— Tudo bem para elas, mas não estou tão desesperada assim — desdenhei.

A risada de Neena cessou.

Percebi imediatamente que minhas palavras a haviam ofendido. Mas era verdade: eu não podia ficar com qualquer um, muito menos um guarda. Pensar naquela possibilidade já era perda de tempo. Eu precisava de uma saída para aquela situação.

— Não disse por mal, Neena. Acontece que as pessoas esperam certas coisas de mim.

— Claro.

— Já terminei. Você está dispensada pelo resto da noite. Deixarei o carrinho com os pratos no corredor.

Ela fez que sim com a cabeça e saiu sem dizer mais uma palavra.

Belisquei os chocolates, mas logo desisti de comer qualquer coisa e vesti a camisola. Não podia argumentar com meus pais naquele momento, e Neena não me entendia. Precisava falar com a única pessoa capaz de entender o meu lado, a pessoa que às vezes parecia minha outra metade. Eu precisava falar com Ahren.

— Está ocupado? — perguntei, entreabrindo sua porta.

Ahren estava sentado à escrivaninha fazendo anotações. Seus cabelos loiros estavam aquela bagunça típica do fim do dia, mas seus olhos não tinham qualquer vestígio de cansaço. Parecia-se tanto com nosso pai quando jovem que chegava a ser assustador. Ele ainda estava com a roupa do jantar, mas já havia tirado o paletó e a gravata, preparando-se para dormir.

— Faça o favor de bater antes de entrar.

— Eu sei, eu sei, mas é uma emergência.

— Então arrume um guarda — ele retrucou e voltou à papelada.

— Já sugeriram isso — disse para mim mesma. — É sério, Ahren. Preciso da sua ajuda.

Meu irmão me olhou por cima do ombro, e pude notar que estava prestes a ceder. Com ar despreocupado, empurrou a cadeira ao seu lado com o pé e disse, irônico:

— Venha até meu escritório.

Ao sentar, perguntei:

— O que você está escrevendo?

Ele tratou de cobrir a folha rapidamente com outros papéis.

— Uma carta para Camille.

— Você sabe que pode simplesmente ligar pra ela.

Ele deu um sorrisinho e comentou:

— Mas eu vou ligar. E também vou mandar isto.

— Não faz sentido. O que tanto você tem para dizer que precisa de uma ligação e uma carta?

Ele balançou a cabeça.

— Para a sua informação, os dois têm propósitos diferentes. As ligações são para as notícias e para saber como foi o dia dela. As cartas são para coisas que nem sempre posso dizer em voz alta.

— Sério? — perguntei, já me inclinando para pegar o papel.

Antes que pudesse chegar perto, a mão dele grudou no meu punho.

— Eu mato você — ele garantiu.

— Ótimo — disparei. — Aí você vira o herdeiro, passa pela Seleção e dá um beijo de despedida na sua preciosa Camille.

Sua testa se encheu de rugas.

— O quê?

Soltei o corpo de novo na cadeira.

— A mamãe e o papai querem levantar o moral do povo. Decidiram isso pelo bem de Illéa — eu disse com um patriotismo sarcástico. — Preciso passar pela Seleção.

Eu esperava uma demonstração de horror abjeto. Talvez uma mão simpática sobre meu ombro. Mas Ahren jogou a cabeça para trás e caiu na gargalhada.

— Ahren!

Ele continuava urrando, dobrando-se para a frente e dando tapas no joelho.

— Você vai amassar a roupa — avisei, o que só aumentou as risadas. — É sério, pelo amor de Deus! O que eu devo fazer?

— Como se eu soubesse! Não acredito que eles realmente acham que isso vai funcionar — ele acrescentou sem parar de rir.

— O que isso quer dizer?

Ele deu de ombros.

— Não sei. Acho que sempre pensei que, se algum dia você se casasse, seria em um futuro bem distante. Acho que todo mundo tinha certeza disso.

— E o que *isso* quer dizer?

O toque de carinho que eu esperava finalmente veio quando ele pegou minha mão.

— Ah, Eady. Você sempre foi independente. É a rainha em você. Gosta de estar no comando, de fazer as coisas por conta própria. Eu imaginava que só iria se unir a alguém depois de reinar por um tempo.

— Para começo de conversa, não tive muita escolha — resmunguei, abaixando a cabeça mas com os olhos ainda em meu irmão.

Ele fez uma careta e emendou:

— Pobre princesinha. Então você não quer governar o mundo?

Afastei a mão dele com um tapa.

— Sete minutos. Devia ter sido você. Eu preferia mil vezes ficar sentada sozinha escrevendo bobagens em vez de lidar com toda a burocracia. E essa história ridícula de Seleção não faz o menor sentido! Você não vê como é lamentável?

— Aliás, como enfiaram você nisso? Pensei que tinham abolido a Seleção.

— Não tem nada a ver comigo — respondi com cara de tédio. — Essa é a pior parte. O papai tem enfrentado muita oposição, por isso vai tentar distrair as pessoas.

Antes de continuar, balancei a cabeça.

— A situação está ficando feia, Ahren. Estão destruindo casas e lojas. Já houve algumas mortes. O papai não sabe ao certo de onde vêm os ataques, mas acha que as pessoas da nossa idade, da geração que cresceu sem as castas, têm provocado a maior parte deles.

Uma expressão de dúvida apareceu no rosto dele.

— Não faz sentido. Por que crescer sem aquelas restrições deixaria alguém com raiva?

Fiz uma pausa para pensar. Como explicar algo que não passava de uma hipótese para mim?

— Bom, fui criada com todos me dizendo que eu seria a rainha um dia. Era isso. Nada de escolhas. Você cresceu sabendo que tinha opções. Podia entrar para o exército, virar embaixador, podia fazer um monte de coisas. Mas e se isso não acontecesse na prática? E se você não tivesse todas as oportunidades que imaginava antes?

— Hum... — ele disse, mostrando que seguia o raciocínio. — Então eles não têm acesso a empregos?

— Empregos, educação, dinheiro. Ouvi falar de gente que proíbe o casamento dos filhos por conta das velhas castas. Nada está acontecendo do jeito que o papai planejou, e é quase impossível controlar esses movimentos. Será que dá para forçar as pessoas a serem justas?

— É isso que o papai está tentando resolver agora? — Ahren perguntou, cético.

— Sim. E eu sou o show de ilusionismo que vai distrair as pessoas enquanto ele elabora um plano.

Ahren achou graça.

— Essa explicação faz bem mais sentido do que você ter virado romântica de repente.

Ergui a cabeça.

— Já deu, Ahren. Eu não estou interessada em casar. Por que isso importa? Outras mulheres podem ficar solteiras.

— Mas ninguém espera que outras mulheres produzam um herdeiro.

Dei outro tapa nele.

— Me ajude! O que eu faço?

Seus olhos procuraram os meus. Percebi, com a facilidade que tinha para saber o que ele sentia, que finalmente entendeu que eu estava aterrorizada. Não irritada ou zangada. Não ultrajada ou enojada.

Eu estava com medo.

Uma coisa era a expectativa de que eu comandasse o país, de que carregasse o peso de governar milhões de pessoas sozinha. Tratava-se de um emprego, uma tarefa. Eu podia riscar itens de uma lista, delegar. Mas casamento era muito mais pessoal, outro pedaço da minha vida que deveria ser meu, mas aparentemente não era.

O sorriso brincalhão de meu irmão desapareceu e ele arrastou a cadeira para perto da minha.

— Se a ideia é distrair as pessoas, talvez você pudesse sugerir outras... oportunidades. Um possível casamento talvez não seja a única alternativa. Por outro lado, se nossos pais chegaram a essa conclusão, devem ter esgotado todas as outras opções.

Enterrei a cabeça nas mãos. Não queria contar a Ahren que sugeri que *ele* se casasse, nem que considerei até Kaden viável. Tinha a sensação de que meu irmão estava certo; a Seleção era a última esperança dos meus pais.

— Eis o ponto, Eady. Você será a primeira garota a assumir o trono por direito. E as pessoas esperam muito de você.

— Como se eu já não soubesse.

— Mas — ele prosseguiu —, isso lhe dá bastante poder de barganha.

Levantei um pouco a cabeça.

— Como assim?

— Já que você precisa mesmo fazer isso, tente negociar.

Me endireitei na cadeira. Pensei e repensei, tentando imaginar o que poderia pedir. Talvez houvesse um jeito de passar logo por aquilo, sem ter que acabar com um pedido de casamento.

Sem pedido de casamento!

Se eu falasse rápido o bastante, provavelmente conseguiria que meu pai concordasse com praticamente qualquer coisa, desde que ele tivesse sua Seleção.

— Negociar! — balbuciei.

— Exatamente.

Levantei, agarrei Ahren pelas orelhas e estalei um beijo em sua testa.

— Você é meu herói absoluto!

Ele sorriu.

— Qualquer coisa por você, minha rainha.

Ri e o empurrei.

— Obrigada, Ahren.

— Mãos à obra — ele falou, apontando para a porta. Suspeitei que estava mais ansioso para voltar à carta do que para acompanhar meu plano.

Saí correndo do quarto dele em direção ao meu para pegar papel. Precisava pensar.

Quando virei a esquina do corredor, trombei com alguém e caí sentada no carpete.

— Ai! — reclamei. Ao erguer os olhos, dei com Kile Woodwork, filho da madame Marlee.

Kile e o resto da família Woodwork possuíam aposentos no mesmo andar que a nossa, uma honra muito especial. Ou irritante. Dependia da opinião que se tinha sobre os Woodwork.

— Com licença — eu disse, ríspida.

— Não era eu que estava correndo — ele replicou, recolhendo os livros que tinha derrubado. — Precisa olhar por onde anda.

— Um cavalheiro estenderia a mão imediatamente — disse a ele.

O cabelo de Kile cobriu seus olhos quando se voltou para mim. Ele precisava desesperadamente cortar o cabelo e fazer a barba. Além disso, sua camisa estava grande demais. Não sei de quem eu sentia mais vergonha: dele, pela aparência tão desleixada, ou da minha família, que tinha de ser vista com aquele desastre.

O mais irritante era que ele nem sempre tinha sido tão esculachado, nem precisava ser. Qual a dificuldade de passar uma escova no cabelo?

— Eadlyn, você nunca me considerou um cavalheiro.

— Verdade — concordei, enquanto me levantava sozinha e batia o pó do roupão.

Eu havia sido poupada da companhia pouco empolgante de Kile nos últimos seis meses. Ele fora a Fennley se matricular em algum curso intensivo, e sua mãe lamentara sua ausência desde o dia de sua partida. Eu não sabia o que ele estudava nem fazia questão de descobrir. Mas ele estava de volta, e sua presença era mais um fator de estresse numa lista que não parava de crescer.

— E o que faria uma dama como você correr desse jeito, afinal?

— Assuntos que você é tosco demais para compreender.

Ele riu.

— Certo, porque sou tão simplório. É um milagre conseguir tomar banho sozinho.

Eu estava prestes a perguntar se ele realmente chegava a tomar banho, porque a impressão era de que ele fugia de qualquer coisa semelhante a um sabonete.

— Espero que um desses livros seja um manual básico de etiqueta. Você precisa se atualizar urgentemente.

— Você ainda não é rainha, Eadlyn. Baixe um pouco a bola.

Ele se afastou, e fiquei furiosa por não ter dado a palavra final.

Segui adiante. Minha vida agora tinha problemas maiores que as boas maneiras de Kile. Não podia desperdiçar meu tempo discutindo com as pessoas ou me distraindo com qualquer coisa que não desse fim à Seleção.

4

— Quero ser clara — eu disse ao sentar diante da mesa do meu pai. — Não tenho intenção de me casar.

Ele fez que sim com a cabeça e começou a falar:

— Entendo que você não queira isso hoje, mas um dia vai precisar se casar, Eadlyn. Você tem a obrigação de dar continuidade à linhagem real.

Eu odiava quando ele falava assim do meu futuro. Como se sexo, amor e bebês não fossem coisas boas, mas deveres a ser cumpridos para manter o país nos eixos. Isso apagava qualquer traço de alegria das minhas perspectivas.

De todas as coisas da vida, essas não deveriam ser as melhores partes, os prazeres mais verdadeiros?

Afastei essa preocupação e me concentrei no objetivo que tinha naquele momento.

— Entendo. Concordo que é importante — repliquei diplomaticamente. — Mas durante a sua Seleção você nunca se preocupou com a possibilidade de que ninguém do grupo fosse a garota certa? Ou de que talvez muitas estivessem lá pelos motivos errados?

Seus lábios esboçaram um sorriso.

— Eu me preocupava com isso todos os dias e boa parte das noites.

Então ele me contou várias histórias vagas sobre uma garota tão dócil que ele mal podia suportá-la e também sobre outra que tentara manipular cada etapa do processo. Eu não conhecia muitos nomes ou detalhes, e nem fazia questão. Nunca gostei de imaginar que meu pai poderia ter se apaixonado por outra garota que não a minha mãe.

— E você não concorda que, como serei a primeira mulher a assumir o controle total da coroa, é necessário estabelecer alguns... padrões a respeito de quem pode governar ao meu lado?

— Continue — disse ele, inclinando a cabeça.

— Imagino que com certeza deve existir algum sistema de cortes pronto para evitar que um psicopata consiga entrar no palácio, certo?

— Claro — ele confirmou com um sorriso, como se a minha preocupação não fosse válida.

— Acontece, porém, que não confio em ninguém para assumir o cargo comigo. Portanto — suspirei fundo antes de continuar —, concordo em passar por esse espetáculo ridículo se você me prometer algumas coisinhas.

— Não é um espetáculo. Tem um histórico excelente. Mas por favor, minha querida, diga-me o que quer.

— Primeiro, quero que os concorrentes tenham liberdade para partir por vontade própria. Não quero que ninguém fique aqui obrigado se não gostar de mim ou da vida que levará no palácio.

— Concordo plenamente com isso — meu pai disse, decidido. Aparentemente pus o dedo em alguma ferida.

— Excelente. E sei que você talvez se oponha à ideia, mas se no fim eu não encontrar ninguém adequado, cancelamos tudo. Nada de príncipe, nada de casamento.

— Ah! — ele disse, se inclinando para a frente na cadeira e apontando um dedo precavido para mim. — Se eu permitir isso, você vai rejeitar todos no primeiro dia. Não vai nem tentar!

Fiz uma pausa para pensar.

— E se eu lhe garantisse um prazo? Eu deixaria a Seleção correr por, digamos, três meses, e consideraria as opções pelo menos por esse período. Depois disso, se não tiver encontrado uma pessoa adequada, dispenso todos os concorrentes.

Meu pai passou a mão no rosto e se revirou um pouco na cadeira antes de cravar os olhos nos meus.

— Eadlyn, você sabe o quanto isso é importante, não sabe?

— Claro — respondi no ato, com plena consciência da seriedade do assunto. Tinha a sensação de que um passo errado colocaria minha vida em uma rota que eu jamais poderia corrigir.

— Você precisa fazer isso e precisa fazer bem. Em nome de todos. Nossas vidas, todas elas, estão a serviço de nosso povo.

Desviei o olhar. Para ser sincera, minha sensação era de que minha mãe, meu pai e eu formávamos o trio a ser sacrificado, enquanto os outros faziam o que bem entendiam.

— Não vou desapontá-lo — prometi. — Faça o que precisa fazer. Elabore seus planos, encontre uma maneira de aplacar nosso povo e eu lhe darei tempo suficiente para organizar tudo.

Meu pai olhou para o teto, pensativo, antes de responder.

— Três meses? E você promete que vai tentar?

Levantei o braço em juramento.

— Dou minha palavra. Até assino um documento se você quiser, mas não posso prometer que vou me apaixonar.

— Eu não teria tanta certeza se fosse você — ele disse como quem sabe das coisas.

Só que eu não era meu pai nem minha mãe. Não importava o quanto a situação parecesse romântica para ele, eu só conseguia pensar nos trinta e cinco garotos — barulhentos, intragáveis, fedidos — que estavam prestes a invadir minha casa. Nada disso soava "mágico".

— Temos um acordo — ele disse finalmente.

Levantei praticamente pronta para sair dançando.

— Mesmo?

— Mesmo.

Estendi o braço e selei meu futuro com um único aperto de mão.

— Obrigada, pai.

Deixei a sala antes que ele pudesse ver o tamanho do meu sorriso. Eu já vinha planejando como fazer a maioria dos garotos sair por livre e espontânea vontade. Eu podia intimidá-los quando necessário ou pensar em maneiras de tornar o ambiente do palácio nada acolhedor. Também contava com uma arma secreta: Osten. Dos meus irmãos, ele era o que mais aprontava, então não seria difícil convencê-lo a me ajudar.

Me parecia admirável que um garoto comum se sentisse preparado o bastante para enfrentar o desafio de se tornar príncipe. Mas ninguém me amarraria antes do tempo, e eu ia garantir que esses pobres coitados soubessem bem onde tinham se metido.

A temperatura estava baixa no estúdio, mas assim que as luzes se acenderam parecíamos estar em um forno, tamanha a diferença que a iluminação fazia. Eu já tinha aprendido havia alguns anos a escolher roupas frescas para o *Jornal Oficial*, de modo que meu vestido para aquela noite deixava meus ombros à mostra. Meu visual era elegante, como sempre, mas nada que me fizesse desmaiar de calor.

— Esse vestido é perfeito — minha mãe comentou enquanto endireitava os babados das mangas. — Você está linda.

— Obrigada. Você também.

Ela sorriu e continuou ajeitando minha roupa.

— Obrigada, linda. Sei que está um pouco apreensiva, mas acho que uma Seleção fará bem a todos. Você passa muito tempo sozinha, e teríamos que pensar nisso cedo ou tarde, e...

— As pessoas ficarão contentes. Eu sei.

Tentei disfarçar o sofrimento na minha voz. Tecnicamente, as filhas da realeza já não eram mais oferecidas em troca de alianças políticas... mas a sensação não era muito diferente. Será que ela não percebia isso?

Seus olhos passaram do meu vestido para meu rosto. Algo naquele olhar me dizia que ela sentia pena.

— Sei que isso parece um sacrifício. E é verdade que, quando levamos uma vida pública, há muitas coisas que fazemos não porque queremos, mas porque devemos.

Ela engoliu em seco antes de continuar:

— Mas foi assim que encontrei seu pai, fiz minhas amigas mais íntimas e aprendi que era mais forte do que imaginava. Sei do seu acordo com seu pai. Se tudo isso acabar sem que você encontre a pessoa certa, que assim seja. Mas, por favor, permita-se viver a experiência. Melhore, aprenda. E tente não nos odiar por pedirmos isso de você.

— Eu não odeio vocês.

— Mas considerou essa possibilidade quando fizemos a proposta — ela disse com um sorrisinho. — Não é mesmo?

— Tenho dezoito anos. Meus genes estão programados para brigar com meus pais.

— Não ligo para uma boa briga desde que no final você ainda tenha consciência do quanto eu amo você.

Dei um passo adiante para abraçá-la.

— E eu amo você. Juro.

Ficamos abraçadas por um tempo. Então ela me soltou e foi procurar meu pai, não sem antes alisar de novo meu vestido, garantindo que minha aparência continuasse impecável. Em seguida, fui tomar meu lugar ao lado de Ahren, que acenou com as sobrancelhas para me provocar.

— Está linda, irmãzinha. Praticamente uma noiva.

Segurei a saia e sentei graciosamente.

— Mais um comentário e raspo a sua cabeça enquanto você estiver dormindo.

— Eu também amo você.

Tentei não sorrir, mas fracassei. Ele sempre sabia o que dizer.

O lugar estava cheio de residentes do palácio. Madame Lucy estava sozinha, pois o general Leger estava em serviço, e o sr. e a sra. Woodwork sentaram atrás das câmeras com Kile e Josie. Eram os únicos filhos do casal, e eu sabia que a madame Marlee significava o mundo para minha mãe, então guardava para mim mesma a opinião de que os filhos dela eram absolutamente terríveis. Kile não era tão intragável quanto Josie, mas, mesmo depois de todos esses anos de convivência, jamais chegamos perto de ter uma conversa interessante. Esperava que nunca acontecesse, mas se algum dia eu tivesse um problema grave de insônia, poderia contratá-lo para ficar falando ao lado da minha cama. Resolveria o problema. E Josie... Eu não tinha palavras para descrever como aquela menina era deplorável.

Os conselheiros do meu pai começaram a aparecer, saudando-nos com uma reverência antes de sentar. Havia apenas uma mulher no ministério de meu pai, a srta. Brice Mannor. Ela era linda e delicada, e nunca entendi direito como uma pessoa tão discreta conseguia se manter firme na arena política. Jamais a ouvi elevar a voz ou ficar nervosa, mas as pessoas a escutavam. Os homens não me escutavam a não ser que eu fosse rígida.

Contudo, sua presença me deixou curiosa. O que aconteceria se eu, quando rainha, escolhesse apenas mulheres para formar meu ministério?

Seria uma experiência interessante.

Os ministros e conselheiros fizeram seus pronunciamentos e relatórios. Então, finalmente, Gavril voltou-se para mim.

Gavril Fadaye tinha cabelos grisalhos penteados para trás e um rosto muito bonito. Ultimamente vinha falando sobre aposentadoria, mas depois de um anúncio daquela magnitude, precisaria aguentar mais um pouco.

— Esta noite, Illéa, para encerrar nosso programa, temos uma notícia empolgante. E não há ninguém melhor para comunicá-la do que nossa futura rainha, a bela Eadlyn Schreave.

Com um gesto grandiloquente, ele estendeu a mão na minha direção, e eu abri um largo sorriso enquanto cruzava o palco acarpetado, em meio ao aplauso comedido.

Gavril me deu um breve abraço e um beijo em cada bochecha.

— Bem-vinda, princesa Eadlyn.

— Obrigada, Gavril.

— Agora preciso ser honesto. Parece que foi ontem que anunciei seu nascimento e de seu irmão, Ahren. Não acredito que faz mais de dezoito anos!

— É verdade. Já somos grandes — disse, virando-me para minha família e trocando alguns olhares calorosos.

— A senhorita está a ponto de fazer história. Penso que Illéa inteira está ansiosa para ver o que fará daqui a alguns anos, quando se tornar rainha.

— Com certeza será um período empolgante, mas não sei ao certo se quero esperar tanto para fazer história. — Dei-lhe uma cotovelada brincalhona e ele fingiu surpresa.

— Bom, então por que não nos conta o que tem em mente, Alteza?

Endireitei os ombros diante da câmera C e sorri antes de começar.

— Nosso grande país passou por muitas mudanças ao longo dos anos. Apenas durante o reinado de meus pais, assistimos às forças rebeldes no interior do país praticamente se extinguirem e, embora ainda enfrentemos desafios, as linhas imaginárias do sistema de castas não dividem mais nosso povo. Vivemos uma era de liberdade extraordinária, e esperamos ávidos que nossa nação alcance todo o seu potencial.

Me lembrei de sorrir e falar articuladamente. Os anos de aulas sobre como falar e me dirigir ao público incutiram em mim a técnica adequada, e eu sabia que meu discurso tocava cada um dos pontos necessários.

— E isso é ótimo... mas ainda sou uma garota de dezoito anos.

A pequena plateia riu. Continuei:

— Acaba sendo meio chato passar a maior parte do dia dentro do escritório com meu pai. Sem ofensas, Majestade — acrescentei, voltada para ele.

— Tudo bem — ele respondeu.

— Assim, decidi que é hora de mudar o ritmo. É hora de buscar não só um colaborador que trabalhe comigo nesta exigente tarefa, mas um parceiro que caminhe ao meu lado ao longo da vida. Para tanto, espero que Illéa me conceda meu desejo mais profundo: uma Seleção.

Os conselheiros soltaram exclamações de surpresa e começaram a cochichar. Era perceptível o choque na expressão dos funcionários. Ficou evidente que Gavril era o único que sabia de tudo de antemão, coisa que eu não esperava.

— Amanhã, cartas serão enviadas a todos os rapazes elegíveis de Illéa. Eles terão duas semanas para decidir se gostariam de competir pela minha mão. Tenho consciência, naturalmente, de que trilharemos um caminho desconhecido. Jamais tivemos uma Seleção comandada por uma mulher. E ainda que tenha três irmãos, estou ansiosa para encontrar mais um príncipe para Illéa. Espero que todo o país celebre comigo quando isso acontecer.

Acenei levemente com a cabeça e voltei ao meu lugar. Minha mãe e meu pai irradiavam orgulho. Tentei me convencer de que essa reação bastava, embora continuasse apreensiva. Não conseguia parar de pensar que faltava alguma coisa, que havia um buraco na rede sobre a qual eu planejava cair.

Mas não havia o que fazer. Tinha acabado de saltar pela janela.

5

Eu sabia que havia um arsenal de empregados trabalhando no palácio, mas estava convicta de que a maioria permanecera escondida até aquele dia. Assim que o anúncio da Seleção inesperada se espalhou, não só as criadas e os mordomos corriam de um lado para outro com os preparativos, mas também muita gente que eu nunca tinha visto.

Meu trabalho diário, que envolvia ler relatórios e participar de reuniões, mudou assim que me tornei o foco dos preparativos.

— Este é um pouco mais barato, Alteza, mas ainda assim incrivelmente confortável e funcionaria bem com a decoração atual — dizia um homem segurando um retalho enorme de tecido, que em seguida juntou a outras duas opções.

Toquei-o, encantada com a textura do pano como sempre ficava, embora aquele claramente não fosse para fazer roupas.

— Não sei se entendo muito bem o motivo de estarmos fazendo isso — confessei.

O homem, um dos decoradores do palácio, apertou os lábios.

— Houve quem dissesse que alguns quartos de hóspedes são um tanto femininos, e que seus pretendentes talvez ficariam mais confortáveis com algo assim — ele disse, apresentando mais uma opção. — Podemos transformar um quarto completamente com um simples jogo de cama.

— Ótimo — eu disse, achando um pouco desnecessário todo aquele esforço por causa de uns lençóis. — Mas sou eu quem precisa decidir isso?

Ele abriu um sorriso bondoso.

— Esta Seleção terá a sua marca, Alteza. Mesmo que não tenha escolhido tudo, as pessoas pensarão que escolheu. Então é melhor já termos sua aprovação para tudo.

Contemplei o tecido, um pouco exausta de imaginar que todos aqueles detalhes tolos poderiam acabar se voltando contra mim.

— Este aqui.

Escolhi a opção mais barata. Era um verde escuro perfeitamente aceitável para uma estadia de três meses.

— Escolha muito sábia, Alteza — o decorador elogiou. — Podemos pensar em acrescentar novos objetos de arte também?

Ele bateu palmas e uma torrente de criadas surgiu com pinturas nas mãos. Dei um suspiro. Sabia que já tinha perdido a tarde.

Na manhã seguinte, fui convocada para a sala de jantar. Minha mãe me acompanhou, mas meu pai não podia se afastar do trabalho.

Um homem que eu supunha ser nosso chef de cozinha curvou-se para nós, mas não muito, devido a sua ampla barriga. Seu rosto era mais próximo do vermelho que do branco, mas ele não suava, o que me fez pensar que todos os anos em meio ao vapor da cozinha deixaram sua pele mais corada.

— Majestade, Alteza, obrigado por se juntarem a nós. O pessoal da cozinha tem trabalhado dia e noite para encontrar opções adequadas para o primeiro jantar após a chegada dos pretendentes. Queremos servir sete pratos, obviamente.

— Claro! — respondeu minha mãe.

O chef sorriu para ela.

— Naturalmente, gostaríamos de sua aprovação para o cardápio final.

Tremi por dentro. Uma autêntica refeição de sete pratos podia levar seis horas do primeiro gole do drinque até o último pedaço da sobremesa. Quanto tempo levaria para provar as diferentes opções para cada prato?

Oito horas, descobri mais tarde. Passei o resto do dia com uma dor de estômago terrível, o que não me deixou muito entusiasmada quando alguém veio perguntar sobre a seleção de músicas para a noite do primeiro jantar.

Os corredores pareciam ruas lotadas, e cada canto do palácio rufava com os preparativos apressados. Aguentei o melhor que pude até um dia encontrar meu pai de passagem.

— Pensamos em criar um salão especial para os Selecionados. O que você acha de...

— Basta! — bufei exasperada. — Não quero saber. Não faço ideia do que um garoto gostaria de encontrar em um espaço de recreação. Sugiro que você vá perguntar a alguém com testosterona. Quanto a mim, estarei no jardim.

Meu pai percebeu que eu estava a ponto de explodir, então me deixou passar sem discutir. Fiquei grata pelo breve descanso.

De biquíni, deitei de bruços sobre uma esteira no gramado perto da floresta. Desejei, como tantas vezes antes, que tivéssemos uma piscina. Eu era boa em conseguir o que queria, mas meu pai nunca cedera nessa questão. Quando o palácio fosse meu, essa seria minha primeira decisão.

Esbocei vestidos em meu caderno na tentativa de relaxar. À medida que o sol me aquecia, o som dos traços rápidos do meu lápis se misturava ao agitar das folhas, compondo um som tranquilo e agradável. Lamentei a perda de paz na minha vida. *Três meses*, entoava para mim mesma. *Três meses e tudo volta ao normal*.

Uma risada aguda poluiu a quietude do meu jardim. "Josie", murmurei. Protegendo os olhos com a mão, virei para o lado e a vi caminhando em minha direção. Ela estava com uma de suas amigas, uma garota de classe alta com quem escolhera se relacionar precisamente porque a companhia no palácio não era suficiente para ela.

Fechei o caderno para esconder meus desenhos e deitei de costas para só sentir a luz do sol.

— Será uma boa experiência para todos — ouvi Josie comentar com a amiga. — Não tenho muitas oportunidades de interagir com rapazes, então vai ser legal poder falar com alguns. Um dia, quando arranjarem meu casamento, quero ser capaz de manter uma conversa.

Fiz uma cara de tédio. Se eu acreditasse que poderia me apegar minimamente aos rapazes, teria ficado incomodada com o fato de Josie achar que eles estariam ali por causa dela. Mas, pensando bem, ela achava que tudo era por causa dela. E a ideia de que se considerava tão importante para ter um casamento arranjado era cômica. Ela podia casar com o primeiro cara com quem topasse na rua e ninguém prestaria a menor atenção.

— Tomara que eu possa vir fazer uma visita durante a Seleção — comentou a amiga. — Vai ser tão divertido.

— Claro, Shannon! Vou garantir que todas minhas amigas possam vir com frequência. Vai ser uma experiência valiosa para vocês também.

Que gentileza oferecer a minha casa e meus eventos como oportunidades de aprendizado para as coleguinhas. Respirei fundo. Precisava me concentrar em relaxar.

— Eadlyn! — Josie gritou ao me ver.

Resmunguei antes de erguer a mão para cumprimentá-la, na esperança de que o silêncio transmitisse meu desejo de privacidade.

— Muito empolgada com a Seleção? — ela berrou enquanto se aproximava.

Eu não pretendia berrar de volta, então fiquei calada. Logo Josie e a amiga estavam paradas bem na minha frente, encobrindo o sol.

— Você não escutou, Eadlyn? Está empolgada para a Seleção?

Josie nunca se dirigia a mim do jeito certo.

— Claro.

— Eu também! Acho que vai ser demais ter tanta companhia.

— Você não vai ter companhia nenhuma — lembrei a ela. — Esses rapazes são *meus* convidados.

Ela olhou para o lado como se eu tivesse dito o óbvio.

— Eu sei! Mas ainda assim vai ser legal ter mais gente por perto.

— Josie, quantos anos você tem?

— Quinze — ela respondeu orgulhosa.

— Imaginei. Se realmente quisesse, tenho certeza de que poderia sair e conhecer gente por conta própria. Você com certeza já tem idade para isso.

Ela abriu um sorriso.

— Acho que não. Não é muito apropriado.

Não quis entrar de novo nessa discussão. Era *eu* quem não

podia resolver sair do palácio sem avisar. Inspeções de segurança, anúncios cabíveis e revisões do protocolo: tudo isso era necessário antes mesmo de eu cogitar a hipótese.

Além disso, precisava me manter sempre atenta às minhas companhias. Não podia ser vista com qualquer um. Uma foto infeliz não era apenas um registro: era um documento, um arquivo que podia ser ressuscitado sempre que os jornais precisassem me criticar. Eu tinha que ser sempre extremamente cautelosa para evitar qualquer situação que pudesse manchar a minha imagem, a da minha família e a do país inteiro.

Josie era uma plebeia. Não tinha nenhuma dessas restrições.

Não que isso a impedisse de agir como se tivesse.

— Bom, pelo menos você tem companhia para o dia de hoje, então. Se vocês duas não se importam, estou tentando descansar.

— Certamente, Alteza — assentiu a amiga, curvando a cabeça. Tudo bem, ela não era tão ruim.

— Vejo você no jantar! — o tom de Josie revelava um entusiasmo excessivo para isso.

Tentei me acalmar e voltar a relaxar, mas a voz aguda de Josie continuava a me perseguir. No final, peguei a esteira e os desenhos e voltei para dentro. Se não conseguia me distrair ali, talvez pudesse pensar em outra coisa para fazer.

Depois de tanta exposição ao sol brilhante de Angeles, parecia que já era noite dentro do palácio, e meus olhos levaram um tempo para se adaptar. Pisquei bastante na tentativa de distinguir a pessoa que vinha em minha direção. Era Osten, caminhando apressado pelo corredor com dois livros nas mãos.

Ele enfiou os livros nos meus braços e disse:

— Esconda no seu quarto, o.k.? Se alguém perguntar, você não me viu.

E sumiu tão rápido quanto tinha aparecido. Suspirei. Sabia que não adiantava nem tentar entender. Às vezes eu não suportava a pressão de ser a primogênita, mas ainda bem que esse "cargo" era meu e não de Osten. Sempre que tentava imaginá-lo no comando, ficava com dor de cabeça.

Dei uma folheada nos cadernos, curiosa para saber o que

ele tramava. Descobri que nenhum dos dois era dele. Eram de Josie. Reconheci sua letra infantiloide e, como se isso já não fosse suficiente, os desenhos de corações com os nomes dela e de Ahren dentro deixavam tudo bem claro. Mas o nome de meu irmão não era o único. Poucas páginas depois ela estava apaixonada por todos os quatro membros do Choosing Yesterday, uma banda popular, e logo em seguida por um ator. Qualquer famoso interessante servia, aparentemente.

Decidi deixar os cadernos no chão perto das portas do jardim. Não importava o que Osten tivesse planejado, nada seria pior que a própria Josie tropeçar nos diários quando entrasse, sem imaginar como tinham parado lá ou quem os teria lido.

Alguém que se orgulhava tanto de sua proximidade com a família real já deveria ter aprendido uma ou duas lições a respeito de discrição.

Quando cheguei ao quarto, Neena estava a postos e pegou minha esteira para limpar. Joguei uma roupa qualquer por cima do corpo — não estava muito no clima de pensar no traje para o dia. Estava prestes a dar um jeito no cabelo quando reparei em algumas pastas sobre a mesa.

— A conselheira Brice deixou aqui para a senhorita — Neena disse.

Olhei para as pastas. Embora fosse meu primeiro trabalho de verdade em uma semana, não queria ser incomodada.

— Cuido delas mais tarde — prometi, imaginando que provavelmente não cuidaria. Talvez no dia seguinte. Aquele dia era meu.

Prendi o cabelo, conferi a maquiagem e fui procurar minha mãe. A companhia me faria bem, e tinha quase certeza de que ela não me pediria para escolher mobília ou comida.

Encontrei-a no Salão das Mulheres, sozinha. Uma placa ao lado da porta declarava que o cômodo na verdade se chamava Biblioteca Newsome, mas jamais tinha ouvido alguém se referir a ele por esse nome, com exceção da minha mãe de vez em quando. Era o espaço onde as mulheres se reuniam, então o título original me parecia mais prático.

Antes mesmo de abrir a porta, já sabia que encontraria minha mãe lá dentro porque podia ouvi-la tocar piano, e sua música era inconfundível. Ela adorava me contar a história de como meu pai a fez escolher quatro pianos novos — cada um com características próprias — depois que se casaram. Os pianos foram distribuídos pelo palácio. Um ficava na suíte dela; outro, na de meu pai; o terceiro, no Salão das Mulheres; e o último, em uma sala de estar raramente usada no quarto andar.

Eu tinha inveja de como ela fazia aquilo parecer fácil. Me lembrei de quando ela me disse que um dia o tempo levaria a destreza de suas mãos embora, e ela só seria capaz de pressionar uma ou duas teclas por vez. Por enquanto, o tempo tinha fracassado.

Tentei fazer silêncio, mas ela me ouviu mesmo assim.

— Oi, querida — cumprimentou, afastando os dedos das teclas. — Venha sentar comigo.

— Não era minha intenção interromper — disse, enquanto cruzava o salão para sentar ao seu lado na banqueta.

— Você não interrompeu. Estava espairecendo e já me sinto bem melhor.

— Alguma coisa errada?

Ela sorriu, relaxada, e acariciou minhas costas com a mão.

— Não. Só a correria do dia a dia — respondeu.

— Entendo o que você quer dizer — disse, passando os dedos pelas teclas sem produzir som.

— Fico pensando que cheguei a um ponto em que já vi de tudo, aprendi tudo sobre ser rainha. Mal concluo o pensamento e tudo muda. Existem... Bom, você já tem bastante com o que se preocupar. Não vamos nos incomodar com isso.

Com algum esforço, um sorriso reapareceu em seu rosto e, embora eu quisesse saber o que a preocupava — porque no fim das contas os problemas dela também recaíam sobre mim —, ela tinha razão. Eu não conseguiria lidar com mais nada naquele dia.

Aparentemente, ela também não.

— Você se arrepende às vezes? — perguntei ao ver a tristeza em seu olhar, apesar do esforço para escondê-la. — Se arrepende de ter entrado na Seleção e se tornado rainha?

Fiquei grata por ela não responder sim ou não de imediato, mas refletir de fato sobre a questão.

— Não me arrependo de ter casado com seu pai. Às vezes me pergunto que tipo de vida eu teria sem a Seleção ou se não tivesse sido escolhida. Acho que teria sido boa. Eu não seria exatamente infeliz, mas não saberia o que estava perdendo. Mas o caminho até seu pai foi difícil, principalmente porque eu não queria percorrê-lo.

— Não mesmo?

— Não foi ideia minha participar da Seleção — ela respondeu, fazendo que não com a cabeça.

Meu queixo caiu. Ela nunca tinha me contado aquilo.

— De quem foi?

— Não importa — ela respondeu rápido. — Mas posso dizer que entendo suas reservas. Acho que o processo vai lhe ensinar muito sobre si mesma. Espero que confie em mim quanto a isso.

— Seria bem mais fácil confiar se eu soubesse que vocês estão fazendo isso por mim e não em troca de um pouco de paz. — Essas palavras soaram um pouco mais ásperas do que era minha intenção.

Minha mãe respirou fundo.

— Sei que acha que é egoísmo, mas você vai ver. Um dia o bem-estar do país vai recair sobre seus ombros, e você vai se surpreender com o que será capaz de tentar para evitar que ele desmorone. Nunca imaginei que teríamos outra Seleção, mas os planos mudam quando as circunstâncias exigem isso de você.

— As circunstâncias têm exigido muito de mim ultimamente — rebati.

— Primeiro, maneire o tom de voz — ela avisou. — Segundo, você só vê uma fração do trabalho. Não faz ideia de quanta pressão seu pai tem que aguentar.

Permaneci imóvel, calada. Queria sair. Se ela não gostou do meu tom de voz, por que provocou?

— Eadlyn — ela retomou calmamente. — Isso aconteceu quando tinha que acontecer. Mas, de verdade, cedo ou tarde eu faria alguma coisa.

— Como assim?

— Você parece fechada em certo sentido, desconectada do

nosso povo. Sei que passa o tempo todo preocupada com as exigências que terá como rainha, mas já é hora de conhecer a necessidade das outras pessoas.

— E você acha que não faço isso agora?

Será que ela não enxergava o que eu fazia o dia inteiro?

Ela apertou os lábios.

— Não, querida. Não se seu conforto vem antes disso.

Quis gritar com ela, com meu pai. Sim, eu me refugiava em longos banhos de banheira ou com uma bebida durante o jantar. Não era pedir muito diante de tudo o que sacrifiquei.

— Não sabia que você me considerava tão incapaz. — Levantei e lhe dei as costas.

— Eadlyn, não é isso que estou dizendo.

— É sim. Tudo bem.

Caminhei até a porta. A acusação me deixava com tanta raiva que eu mal conseguia suportar.

— Eadlyn, querida, queremos que você seja a melhor rainha que puder, só isso — ela suplicou.

— Eu serei — respondi, com um pé no corredor. — E com certeza não preciso de um garoto para me mostrar como.

Tentei me acalmar antes de sair. A sensação era de que o universo tramava contra mim, revezando golpes para me derrubar. Repetia para mim mesma que seriam apenas três meses, apenas três meses... até que ouvi alguém chorar.

— Tem certeza? — parecia a voz do general Leger.

— Falei com ela de manhã. Ela decidiu ficar com ele — respondeu madame Lucy, soluçando.

— Você disse que podíamos dar de tudo para o bebê? Que temos mais dinheiro do que jamais poderemos gastar? Que nós o amaríamos sem nos importar com os problemas? — General Leger despejava apressadamente as palavras.

— Tudo isso e muito mais — insistiu madame Lucy. — Eu sabia que havia grandes chances de o bebê nascer com alguma deficiência. Disse a ela que teríamos condições de atender a qualquer necessidade dele, que a própria rainha cuidaria disso. Mas ela disse que conversou com a família dela e que eles decidiram ajudar. E que desde o começo ela nunca quis se desfazer do bebê; só considerou a adoção porque acreditava que teria de tomar conta de tudo sozinha. E se desculpou, como se isso melhorasse as coisas.

Madame Lucy respirava fundo, como se tentasse silenciar os soluços. Me aproximei da esquina do corredor para ouvir.

— Sinto muito, Lucy, de verdade.

— Não há por que sentir. Não é culpa sua — ela pronunciou essas palavras com carinho e coragem. — Acho que temos de aceitar que acabou. Anos de tratamento, tantas gestações que não vingaram, *três* adoções fracassadas... Precisamos desistir.

Fez-se um grande silêncio, até o general Leger responder:

— Se você acha que é melhor.

— Acho — ela disse. Sua voz soou firme, e ela se desfez em lágrimas novamente. — Ainda não consigo acreditar que jamais serei mãe.

Depois de um segundo, seu choro começou a sair abafado, e entendi que o marido a puxara contra o peito na tentativa de confortá-la da melhor maneira possível.

Durante todos esses anos eu sempre tinha pensado que os Leger haviam escolhido não ter filhos. A luta de madame Lucy jamais surgira nas conversas que presenciei. Ela parecia se contentar em brincar conosco quando éramos crianças. Eu nunca imaginara que esses momentos representavam um golpe doloroso considerando a situação que viviam.

Será que minha mãe tinha razão? Será que eu não era tão observadora e cuidadosa quanto pensava? Madame Lucy era uma das minhas pessoas favoritas no mundo. Será que eu não deveria ter sido capaz de enxergar como estava triste?

6

Trinta e cinco cestos me aguardavam lá no escritório, repletos do que deveriam ser dezenas de milhares de inscrições, todas deixadas em envelopes para garantir o anonimato dos cavalheiros. Tentei demonstrar ansiedade por causa da câmera, mas na verdade estava a ponto de vomitar em um daqueles cestos a qualquer momento.

Seria um jeito de afunilar as opções.

Meu pai pôs a mão nas minhas costas e disse:

— Muito bem, Eady. Você só precisa caminhar até cada um dos cestos e retirar um envelope. Vou segurar os envelopes sorteados para que não fique com as mãos ocupadas. Depois, nós os abriremos ao vivo no *Jornal Oficial* desta noite. É simples assim.

Para algo tão simples, parecia incrivelmente aterrador. Mas, pensando bem, eu vinha me sentindo sobrecarregada desde o anúncio da Seleção, então essa apreensão já não era novidade.

Ajustei minha tiara favorita e ajeitei meu vestido cinza brilhante. Queria garantir uma aparência radiante. Quando conferi meu reflexo antes de ir para o andar de baixo, até fiquei um pouco intimidada pela imagem no espelho.

— Então eu literalmente seleciono cada um deles? — sussurrei na esperança de que as câmeras não estivessem perto demais.

Ele abriu um leve sorriso e falou baixinho:

— É um privilégio que eu nunca tive. Vá em frente, meu amor.

— O que você quer dizer?

— Mais tarde. Agora vá — ele insistiu, apontando para as pilhas e mais pilhas de inscrições.

Respirei fundo. Eu ia conseguir. Não importava o que as pessoas esperavam, eu tinha um plano. E era infalível. Sairia disso ilesa. Apenas alguns meses da minha vida — nada se comparados ao todo — e então voltaria ao trabalho e me tornaria rainha. Sozinha.

Então por que toda essa hesitação?

Cale a boca.

Caminhei até o primeiro cesto. Um rótulo indicava que todos os concorrentes ali eram de Clermont. Puxei um envelope da lateral da pilha. Os flashes das câmeras piscaram e um punhado de gente até chegou a aplaudir. Minha mãe, toda emocionada, jogou os braços em volta de Ahren, que por sua vez me fez uma careta sem ninguém perceber. Madame Marlee suspirou de alegria, mas madame Lucy estava ausente. Osten também faltara, o que não era surpresa, mas Kaden estava lá, observando tudo com interesse.

Usei técnicas diferentes para cada pilha. Em uma, peguei o envelope do topo. No seguinte, enterrei o braço até o fundo para pescar minha carta. Aparentemente, deixei os espectadores vidrados quando cheguei a Carolina, a província natal de minha mãe: peguei dois envelopes, pesei-os por alguns segundos e em seguida devolvi um deles ao cesto.

Coloquei a última inscrição nas mãos de meu pai. As palmas e os flashes das câmeras pararam. Abri um sorriso que imaginava ser entusiasmante antes de os jornalistas deixarem o recinto para apresentar suas histórias exclusivas. Ahren e Kaden se retiraram, fazendo piadas pelo caminho, e minha mãe me deu um beijo rápido na cabeça antes de ir atrás deles. Já tínhamos voltado a nos falar, mas não havia muito que dizer.

— Você foi maravilhosa — meu pai disse assim que ficamos a sós, e havia um tom genuíno de admiração em sua voz. — De verdade, sei como pode ser assustador, mas você foi ótima.

— Como você sabe? — perguntei enquanto colocava as mãos na cintura. — Não foi você que fez o sorteio, foi?

Ele engoliu em seco antes de responder:

— Você já ouviu por alto a história de como sua mãe e eu nos conhecemos. Mas existem pequenos detalhes que é melhor manter guardados. Só vou lhe contar porque acredito que isso vai ajudá-la a ver como tem sorte.

Fiz que sim com a cabeça, sem saber onde aquilo ia parar.

Ele respirou fundo e começou:

— Minha Seleção não foi uma farsa, mas passou bem perto disso. Meu pai escolheu todas as concorrentes a dedo. Selecionou moças com conexões políticas, famílias influentes ou charme suficiente para fazer o país inteiro lamber o chão em que pisavam. Ele sabia que era necessário um pouco de variedade para dar um ar de legitimidade à coisa, então três Cinco foram acrescentadas à mistura, mas nada abaixo disso. Elas serviriam para ser descartadas e evitar suspeitas.

Notei meu queixo caído e fechei a boca no ato.

— Inclusive a mamãe?

— Ela deveria ter ido embora imediatamente. Verdade seja dita: ela mal sobreviveu às tentativas de meu pai de mudar minha opinião ou expulsá-la ele mesmo. E olhe para ela agora.

O rosto de meu pai mudou completamente.

— Embora para mim tenha sido difícil imaginar — ele prosseguiu —, ela é ainda mais amada que minha mãe. Gerou quatro filhos lindos, inteligentes e fortes. E tem sido toda a felicidade da minha vida.

Antes de concluir, meu pai repassou os envelopes em suas mãos, olhando para o nada.

— Não sei ao certo se acredito em destino. Mas posso dizer que às vezes aquilo que você mais deseja vai cruzar sua porta determinado a te evitar a qualquer custo. E, ainda assim, de algum jeito, você descobre que é suficiente para fazê-lo ficar.

Até então, eu jamais tivera motivos para acreditar que não conhecia a história de amor dos meus pais do começo ao fim. Mas, entre a confissão dele de que minha mãe sequer poderia ser considerada uma opção e a revelação dela de que nem queria participar do concurso no início, passei a me perguntar como eles conseguiram encontrar um ao outro afinal.

A expressão de meu pai deixava claro que nem ele era capaz de acreditar.

— Você vai se sair muito bem, sabia? — ele comentou, radiante de orgulho.

— Por que você acha isso?

— Você é como a sua mãe e a minha. É determinada. E talvez o mais importante: não gosta de fracassar. Sei que tudo isso vai funcionar. No mínimo, porque você vai se recusar a deixar o contrário acontecer.

Quase lhe contei, quase confessei que tinha lotado páginas e páginas com ideias para afugentar os garotos. Ele tinha razão: eu não queria fracassar. Mas, para mim, fracasso seria ter uma vida conduzida por outra pessoa.

— Tenho certeza de que tudo acontecerá como deve — afirmei, com uma ponta de arrependimento na voz.

Ele levou a mão até minha bochecha e disse:

— Geralmente acontece.

7

O set do estúdio havia sido levemente reorganizado. Geralmente, apenas Ahren e eu nos sentávamos diante da câmera com meus pais, mas, naquela noite, Kaden e Osten também receberam lugares no palco.

Os conselheiros do meu pai ficaram em cadeiras do lado oposto às nossas, e no meio havia um pote com todos os envelopes que eu havia sorteado antes. Ao lado dele estava um pote vazio onde eu os colocaria depois de abertos. Eu tinha certas restrições à ideia de que eu mesma leria os nomes, mas isso ao menos dava uma sensação de controle. E eu gostava disso.

Atrás das câmeras, os assentos estavam tomados por pessoas próximas à família. O general Leger estava lá, beijando madame Lucy na testa e sussurrando-lhe algo. Haviam se passado alguns dias desde que eu ouvira a conversa dos dois, mas ainda me sentia péssima por ela. Se havia um casal no mundo que deveria ter filhos, era o casal Leger. E se havia uma família no mundo que deveria ter o poder de resolver as coisas, era a família Schreave.

Contudo, eu ainda não fazia ideia de como ajudar.

Madame Marlee estava mandando Josie ficar quieta, provavelmente porque a garota ria de uma piada própria que carecia de qualquer nível de graça. Jamais entendi como uma pessoa maravilhosa como ela pôde ter filhos tão péssimos. A minha tiara favorita? A que eu estava usando? Só era minha favorita porque Josie entortara a minha primeira favorita e perdera duas pedrinhas da segunda. Ela não tinha nem o direito de tocar nelas. Nunca.

Ao lado de Josie, Kile lia um livro. Porque, claro, tudo o que acontecia em nosso país e em nossa casa era chato demais para ele. Ingrato.

Ele deu uma espiada por cima do livro, viu que eu o observava, fez uma careta e voltou a ler. Por que estava lá?

— Como se sente?

Minha mãe apareceu ao meu lado de repente e passou o braço pelo meu ombro.

— Bem.

Ela sorriu.

— Não tem como você estar bem. Isso tudo é aterrorizante.

— Ah, é mesmo. Quanta gentileza da sua parte me submeter a algo assim.

Ela ensaiou uma risada, tentando descobrir se já estava tudo bem entre a gente.

— Não acho que você seja incapaz — ela disse em voz baixa. — Penso mil coisas maravilhosas sobre você. Um dia saberá o que é se preocupar com os filhos. E eu me preocupo com você mais do que com os outros. Você não é apenas uma garota, Eadlyn. Você é *a* garota. E eu quero tudo para você.

Fiquei sem saber ao certo o que dizer. Não queria que brigássemos naquela hora, não com algo tão grande prestes a acontecer. Como o braço dela ainda estava no meu ombro, passei o meu pelas costas dela. Ela beijou o meu cabelo, bem abaixo da tiara.

— Me sinto bem desconfortável — confessei.

— Apenas lembre o que os garotos estão sentindo. Isso é muito importante para eles também. E o país ficará tão alegre.

Me concentrei na minha respiração. Três meses. Liberdade. Moleza.

— Estou orgulhosa de você — ela disse, abraçando-me uma última vez. — Boa sorte.

Minha mãe saiu para cumprimentar meu pai. Então foi a vez de Ahren se aproximar, ajeitando o terno enquanto caminhava.

— Não acredito que isso está acontecendo de verdade — ele disse com autêntico entusiasmo na voz. — Quero muito ter companhia.

— Por quê? Kile não basta para você? — disse, cravando novamente o olhar no garoto, que continuava com o nariz enterrado no livro.

— Não sei o que você tem contra Kile. Ele é muito inteligente.

— Isso é um código para "chato"?

— Não! Mas estou ansioso para conhecer gente nova.

— Eu não — disparei, cruzando os braços tanto para demonstrar minha frustração como para me proteger.

— Ahhh, vamos lá, irmãzinha. Vai ser divertido.

Ele olhou para os lados e sussurrou:

— Posso até imaginar o que você preparou para os coitados.

Tentei conter o sorriso, mas mal podia esperar para ver os candidatos passarem vergonha.

Ahren pegou um dos envelopes e o bateu de leve no meu nariz.

— Esteja pronta. Se você já foi alfabetizada, vai conseguir se virar bem nesta parte.

— Como você é irritante — falei e lhe dei um soco no braço. — Amo você.

— Sei que ama. Não se preocupe. Vai ser fácil.

Fomos orientados a nos sentar. Ahren largou o envelope e me deu a mão para me conduzir até meu lugar. As câmeras começaram a rodar, e meu pai iniciou o *Jornal* com uma notícia sobre um acordo comercial que estávamos próximos de assinar com a Nova Ásia. Trabalhávamos tanto em parceria com eles que era até difícil imaginar que um dia estivemos em guerra. Em seguida, meu pai tratou das leis de imigração, e todos os conselheiros falaram, até a ministra Brice. Tudo aquilo pareceu se arrastar por horas e, ao mesmo tempo, acabou em um instante.

Quando Gavril anunciou meu nome, precisei de um segundo para lembrar exatamente o que deveria fazer. Mas levantei, atravessei o palco e assumi meu posto diante do microfone.

Abri um sorriso e olhei direto para a câmera, ciente de que todos os televisores de Illéa estavam ligados naquela noite.

— Tenho certeza de que todos vocês estão tão ansiosos quanto eu, por isso vamos pular a cerimônia e ir direto ao assunto que todos querem saber. Senhoras e senhores, saberemos agora quem são os trinta e cinco rapazes convidados a participar desta revolucionária Seleção.

Levei a mão ao pote e tirei o primeiro envelope.

— De Likely — li, fazendo uma pausa para abrir a carta —, sr. MacKendrick Shepard.

Exibi a fotografia do garoto. Enquanto o público aplaudia, guardei o envelope no outro pote e me preparei para anunciar o segundo sorteado:

— De Zuni... sr. Winslow Fields.

Uma breve salva de palmas vinha depois de cada nome.

Holden Messenger. Kesley Timber. Hale Garner. Edwin Bishop.

Estava com a sensação de ter aberto pelo menos cem envelopes quando finalmente peguei o último deles. Minhas bochechas doíam, e esperava que minha mãe não achasse ruim se eu pulasse o jantar e comesse sozinha no quarto. Achava que merecia isso de verdade.

— Ah! De Angeles... — rasguei o papel e puxei a última ficha. Sabia que meu sorriso provavelmente tinha vacilado, mas não pude evitar. — Sr. Kile Woodwork.

Ouvi as reações dentro do estúdio. Vários suspiros admirados, um punhado de gargalhadas, mas o que ouvi mais claramente, óbvio, foi a reação do próprio Kile. Ele deixou o livro cair.

Respirei fundo e finalizei:

— Aqui estão. Amanhã enviaremos representantes para começar a preparar esses trinta e cinco candidatos para essa grande aventura. E, dentro de uma breve semana, eles chegarão ao palácio. Até lá, juntem-se a mim para parabenizá-los.

Puxei as palmas, que o público logo seguiu, e fui para o meu lugar tentando não parecer tão enjoada quanto estava.

Eu não deveria ter me abalado tanto por encontrar o nome de Kile ali. No fim das contas, nenhum daqueles garotos tinha chance. Mas eu sentia que alguma coisa estava muito errada.

Assim que Gavril concluiu o programa, todos saltaram de seus lugares. Minha mãe e meu pai foram até os Woodwork. Fiz o mesmo, guiada pelas gargalhadas de Josie.

— Eu não fiz isso! — insistiu Kile.

Nossos olhos se encontraram quando me aproximei. Dava para ver que ele estava tão irritado quanto eu.

— E isso importa? — perguntou minha mãe. — Qualquer pessoa maior de idade tem permissão de inscrevê-lo.

Meu pai confirmou:

— É verdade. A situação é um pouco estranha, mas não tem nada de ilegal.

— Mas eu não quero participar disso — Kile implorou ao meu pai.

— Quem colocou seu nome? — perguntei.

— Não sei — ele respondeu, balançando a cabeça. — Com certeza houve um engano. Por que eu entraria se não quero competir?

Minha mãe olhava para o general Leger e os dois pareciam quase sorrir. Mas não havia nada de engraçado nisso.

— Com licença! — protestei. — Isso é inaceitável. Alguém vai fazer algo em relação a isso?

— Sorteie outra pessoa — Kile propôs.

O general Leger fez que não com a cabeça.

— Eadlyn anunciou seu nome para o país inteiro. Você é o candidato de Angeles.

— É isso mesmo — meu pai concordou. — A leitura dos nomes em público oficializa o candidato. Não podemos substituir você.

Kile revirou os olhos. Ele sempre revirava os olhos.

— Então Eadlyn pode me eliminar no primeiro dia.

— E mandar você para onde? — perguntei. — Você já está em casa.

Ahren achou graça.

— Me desculpem — comentou ao notar nossos olhares furiosos —, mas os outros não vão aceitar bem essa situação.

— Podem me mandar embora de casa — Kile sugeriu, animado.

— Pela centésima vez, Kile, você não vai embora de casa! — madame Marlee disse, com uma firmeza que nunca tinha visto. Ela pôs a mão nas têmporas e o sr. Carter a envolveu em seu braço e lhe falou ao ouvido.

— Você quer ir para outro lugar? — perguntei, incrédula. — Um palácio não é bom o bastante para você?

— Não é a minha casa — ele disse, levantando a voz. — E,

para ser bem honesto, estou cansado daqui. Estou de saco cheio das normas, de ser sempre um hóspede, e principalmente da sua atitude mimada.

A resposta me deixou boquiaberta.

— Peça desculpas! — madame Marlee exigiu depois de dar um tapa na cabeça do filho.

Kile cerrou os lábios e olhou para o chão. Cruzei os braços. Ele não sairia dali até me pedir desculpas. E eu arrancaria essas desculpas de qualquer jeito.

Finalmente, depois de chacoalhar a cabeça, Kile balbuciou um pedido de desculpas quase inaudível.

Desviei o olhar, nem um pouco impressionada com o esforço dele.

— Vamos em frente conforme o planejado — meu pai disse. — Trata-se de uma Seleção como todas as outras. É uma questão de escolhas. Por ora, Kile é uma entre muitas opções, e com certeza podia ser pior.

Valeu, pai. Conferi rapidamente a expressão no rosto de Kile. Ele olhava para o chão e parecia envergonhado e bravo.

— Agora, acho que todos nós deveríamos comer alguma coisa e comemorar. Foi um dia muito emocionante.

— Verdade — concordou o general Leger. — Vamos comer.

— Estou cansada — disse, dando as costas. — Estarei em meu quarto.

Não esperei autorização. Não devia nada para ninguém naquela noite. Estava dando a eles tudo o que queriam.

8

Evitei todo mundo durante o final de semana, e ninguém pareceu incomodado por isso, nem mesmo minha mãe. Com a divulgação dos nomes, a Seleção parecia muito mais real, e fiquei triste pelos meus derradeiros dias de solidão.

Na segunda-feira anterior à chegada dos candidatos, finalmente voltei a dar o ar da graça e fui ao Salão das Mulheres. Madame Lucy estava lá, aparentemente alegre como costumava ser. Eu continuava tentando pensar em um jeito de ajudá-la. Sabia que um cachorrinho não era o mesmo que um bebê, mas até o momento minha única ideia era dar um filhote de presente a ela.

Minha mãe conversava com madame Marlee, e as duas acenaram para mim no instante em que cruzei a porta.

Quando sentei, madame Marlee pôs a mão sobre a minha.

— Gostaria de explicar o que Kile disse. Ele não quer sair por sua causa. Faz tempo que fala sobre ir embora daqui, e pensei que um semestre fora encerraria o assunto. Eu não suportaria que ele partisse.

— Cedo ou tarde você terá que deixar o garoto escolher — minha mãe encorajou. Engraçado, justo ela que estava tentando casar a filha com um estranho.

— Não entendo isso. Josie nunca fala sobre ir embora.

Revirei os olhos. Claro que não falava.

— Mas o que você pode fazer? Não pode obrigá-lo a ficar — questionou minha mãe enquanto me servia uma xícara de chá.

— Vou contratar mais um tutor. Este tem experiência prática e mais a oferecer a Kile do que livros. Acho que ganhei algum tempo. Fico na esperança de...

Tia May irrompeu pela porta como se tivesse saído de uma capa de revista. Corri até ela e lhe dei um abraço de quebrar as costelas.

— Alteza — ela cumprimentou.

— Cala a boca.

Rindo, ela me segurou pelos ombros, me empurrou para trás e olhou nos meus olhos.

— Quero saber tudo sobre a Seleção. Como você se sente? Alguns garotos daquelas fotos eram lindos. Já está apaixonada?

— Nem perto disso — respondi entre risos.

— Bom, dê alguns dias aos rapazes.

Era assim que as coisas funcionavam com a tia May. Um novo amor a cada seis meses, mais ou menos. Ela tratava nós quatro — e nossos primos, Astra e Leo — como se fôssemos seus filhos, já que nunca tinha sossegado. Eu particularmente gostava de sua companhia, e o palácio sempre parecia mais animado quando ela vinha.

— Por quanto tempo vai ficar? — minha mãe perguntou.

May se aproximou para responder, de mãos dadas comigo.

— Vou embora de novo na quinta.

Suspirei, decepcionada.

— Eu sei. Vou perder toda a agitação! — disse ela, fazendo careta para mim. — Mas Leo tem jogo na sexta à tarde, a apresentação de dança de Astra é no sábado, e eu prometi que iria. Ela tem se saído muito bem — Tia May continuou, voltando-se para minha mãe. — Dá para ver que a mãe era artista.

As duas sorriram.

— Gostaria de poder ir — minha mãe lamentou.

— Por que não vamos? — sugeri, enquanto pegava uns biscoitos para acompanhar o chá.

Tia May virou para mim com cara de dúvida.

— Você tem consciência de que já possui planos para este final de semana, certo? Grandes planos? Planos que vão mudar sua vida?

Dei de ombros.

— Não ligo muito se eu faltar.

— Eadlyn — minha mãe censurou.

— Desculpe! Mas é tudo tão avassalador. Gosto das coisas do jeito que estão agora.

— Onde estão as fotos? — May perguntou.

— No meu quarto, em cima da escrivaninha. Estou tentando decorar os nomes, mas ainda não avancei muito.

Minha tia gesticulou para uma das criadas.

— Querida, você poderia ir ao quarto da princesa e pegar a pilha de formulários dos candidatos da Seleção em cima da mesa?

A criada ficou radiante e fez uma reverência, o que me levou a suspeitar que ela passaria os olhos pelas fichas durante a volta.

— Só queria lembrar — disse minha mãe, voltando-se para a irmã — que, primeiro, esses garotos estão fora do seu alcance e, segundo, mesmo que não estivessem, você tem o dobro da idade deles.

Madame Marlee e eu rimos, enquanto madame Lucy apenas sorriu. Ela pegava bem mais leve com a tia May do que nós.

— Não provoquem — madame Lucy protestou. — Tenho certeza de que May tem a melhor das intenções.

— Obrigada, Lucy. Nada disso é para mim. É para Eadlyn! — minha tia jurou. — Vamos ajudá-la a já sair na frente.

— Não é bem assim que funciona — disse minha mãe, reclinando-se na cadeira e tomando o chá com ar de superioridade.

Madame Marlee soltou uma gargalhada.

— Você dizendo isso! Será que esqueceu como *você* saiu na frente?

— O quê? — perguntei, chocada. Quantos detalhes daquela história meus pais tinham omitido? — O que ela quer dizer?

Minha mãe pôs a xícara na mesa e ergueu a mão para se defender.

— Eu cruzei com seu pai sem querer na noite anterior ao início da Seleção — ela disse, mais para madame Marlee que para mim. — E digo a vocês que poderia ter sido enxotada facilmente por causa disso. Não causei a primeira impressão que as pessoas costumam esperar.

Permaneci imóvel, de queixo caído.

— Mãe, quantas regras você quebrou exatamente?

Seus olhos cravaram-se no teto como se ela estivesse fazendo as contas.

— Certo... Querem saber? Vejam as fotos quantas vezes quiserem. Vocês venceram.

Tia May riu com prazer, e tentei memorizar o jeito como sua cabeça inclinava-se graciosamente para o lado e seus olhos brilhavam. Tudo nela tinha um glamour tão espontâneo, e eu a amava quase tanto quanto amava minha mãe. Embora me sentisse um pouco indignada por Josie ter sido minha colega mais próxima para brincadeiras durante a infância, o círculo de amigas da minha mãe compensava. A vivacidade da tia May, a bondade de madame Lucy, a leveza de madame Marlee e a força da minha mãe não tinham preço; ensinavam mais que qualquer aula que tive na vida.

A criada voltou e pôs a pilha de formulários e fotos diante de mim. Para minha surpresa, madame Marlee foi a primeira a pegar um punhado de fichas para folhear. Tia May fez o mesmo em seguida, e minha mãe, embora não tivesse pegado nenhum, esticou o pescoço por trás do ombro da amiga para espiar. Madame Lucy dava a impressão de não querer ser curiosa, mas, no final, também acabou com uma pilha no colo.

— Ah, este aqui parece promissor — minha tia comentou e enfiou a foto do rapaz na minha cara.

À minha frente havia um par de olhos escuros incrustados em um rosto cor de ébano. O cabelo dele estava bem curto, e seu sorriso era radiante.

— Baden Trains, dezenove anos, de Sumner.

— É bonito — minha mãe deixou escapar.

— Sim, óbvio — May concordou. — E, com esse sobrenome, provavelmente vem de uma família de Sete. Diz aqui que está no primeiro ano da faculdade de publicidade. Isso quer dizer que ele ou alguém da família tem muita determinação.

— Verdade — madame Marlee concordou. — Não é pouca coisa.

Separei mais um punhado de fichas e passei a folheá-las distraidamente.

— E então? Como se sente? — minha tia perguntou. — Tudo pronto para começar?

— Acho que sim.

Corri os olhos por um dos formulários, à procura de algo

que parecesse remotamente interessante. Eu simplesmente não ligava para aquilo.

— No começo todo mundo ficou tão tenso que pensei que não fosse acabar nunca — acrescentei. — Agora parece que todos os quartos estão prontos e a quantidade de comida já foi calculada. Com a lista oficial, os preparativos para trazê-los para cá devem começar amanhã.

— Você está parecendo animadíssima mesmo — provocou tia May, me cutucando.

Soltei um suspiro e cravei os olhos na minha mãe.

— Mas vocês sabem que tudo isso não é só por minha causa...

— O que você quer dizer, querida? — madame Lucy perguntou, apoiando os papéis no colo e alternando o olhar entre mim e a minha mãe, preocupada.

— Claro, esperamos que Eadlyn encontre alguém com quem valha a pena se unir — minha mãe começou, esperta. — Mas, por acaso, a Seleção vai acontecer num momento em que precisamos de um plano para acalmar os distúrbios por conta das castas.

— Ames! — exclamou May. — Sua filha é uma distração?

— Não!

— Sim — resmunguei, enquanto tia May acariciava minhas costas. Era tão bom tê-la por perto.

— Cedo ou tarde, teríamos que procurar pretendentes. E a Seleção não precisa terminar em compromisso. Eadlyn e Maxon fizeram um acordo: se ela não se apaixonar, tudo será cancelado. Por outro lado, sim, Eadlyn está cumprindo seu papel de integrante da família real ao criar uma... distraçãozinha enquanto a população se tranquiliza e nós pensamos no que mais pode ser feito. E, devo acrescentar, está funcionando.

— Está? — perguntei.

— Você não tem visto a imprensa? Você é o centro de tudo agora. Os jornais regionais estão entrevistando os candidatos, e algumas províncias organizam festas na esperança de que o pretendente local seja o vencedor. As revistas já apontam os principais concorrentes, e ontem vi uma reportagem sobre um grupo de garotas que estava organizando um fã-clube e usando camisetas com o nome de seus favoritos. A Seleção deixou o país inteiro eletrizado.

— É verdade — confirmou madame Marlee. — E já não é mais segredo que Kile mora no palácio.

— Também já descobriram que ele não tem interesse em participar? — perguntei, com mais irritação na voz do que pretendia. Madame Marlee não tinha culpa de todo aquele fiasco.

— Não — ela respondeu com uma risada. — Mas, de novo: não tem nada a ver com você.

— Madame Marlee — comecei, também sorrindo —, você ouviu o que minha mãe disse. Ele não precisa se preocupar. Acho que Kile e eu sabemos que não formaríamos um bom par, e ainda existe a chance de eu acabar sem noivo nenhum mesmo. — Cem por cento de chance, para ser mais exata. — Não se preocupe. Ele não vai ferir meus sentimentos, porque só estou vendo no que tudo isso vai dar — acrescentei, como se fosse normal abrigar um bando de garotos para escolher um deles. — Não estou chateada.

— Você disse que a Seleção tomou conta de tudo — May falou, preocupada. — Acha que vai durar?

— Acho que vai segurar as coisas por tempo suficiente. As pessoas vão se distrair um pouco de toda a tensão que tem prevalecido ultimamente e nós poderemos pensar em um jeito de lidar com o problema se surgir novamente — minha mãe respondeu confiante.

— *Quando* ele surgir novamente — corrigi. — Minha vida pode ser empolgante por um tempo, mas as pessoas vão acabar voltando a se preocupar com seus próprios problemas.

Olhei de novo para as fotos. Tinha quase pena dos rapazes. Eles não tinham chance de ganhar e nem imaginavam que faziam parte de uma distração pública.

— Que estranho — comentei ao puxar um dos formulários. — Não quero julgar ninguém, mas vejam isso. Achei três erros de ortografia aqui.

Minha mãe pegou a ficha.

— Talvez estivesse nervoso.

— Ou talvez seja burro — sugeri.

Tia May riu.

— Não seja tão dura, querida. É assustador para eles também.

Minha mãe devolveu o formulário, que guardei de volta na pilha junto com a foto de um garoto de rosto muito inocente, cheio de cachos loiros e rebeldes.

— Mas você está assustada? — tia May perguntou com a voz preocupada.

— Não, claro que não.

Seu rosto relaxou, e ela voltou ao seu estado normal de beleza e despreocupação.

— Não consigo imaginar você com medo de nada — ela disse, com uma piscadela.

Era reconfortante saber que pelo menos uma de nós pensava assim.

9

Assim que eles começaram a chegar, fugi para o quarto e comecei a desenhar à luz do sol na sacada. Havia risos escandalosos e cumprimentos animados demais para o meu gosto. Me perguntei por quanto tempo aquela camaradagem duraria. Tratava-se de uma competição, afinal. Acrescentei "pensar em um jeito de fazê-los lutar entre si" à minha lista de tarefas.

— Acho que deveríamos prender meu cabelo bem alto hoje, Neena. Quero parecer madura.

— Excelente escolha, Alteza — concordou Neena enquanto lixava minhas unhas. — Já pensou no vestido?

— Pensei em usar um modelo noturno. Preto cairia bem.

Ela achou graça.

— Quer assustá-los?

Não contive um sorriso malicioso.

— Só um pouco.

Rimos juntas. Estava contente de tê-la comigo. Eu ia precisar de suas palavras tranquilas e suas massagens relaxantes ao longo das semanas seguintes.

Depois que meu cabelo secou, fizemos uma trança que prendemos como se fosse uma coroa, deixando minha tiara ainda mais bonita. Encontrei o vestido preto que tinha usado na última festa de Ano-Novo. Era coberto de rendas e justo até os joelhos; daí para baixo alargava-se até o chão. Um decote ovalado deixava parte das minhas costas à mostra, e mangas bem curtas estilo borboleta caíam abaixo da altura dos ombros. Eu precisava reconhecer: o vestido ficava ainda mais bonito à luz do dia que à luz de velas.

À uma hora, tomei o rumo do andar de baixo. Havíamos transformado uma das bibliotecas do quarto andar em Salão dos Homens, onde os Selecionados poderiam se reunir e relaxar durante a estadia no palácio. Era mais ou menos do mesmo tamanho do Salão das Mulheres e possuía vários assentos, montes de livros e duas televisões.

Eu seguia para essa área do palácio. Tínhamos decidido que os pretendentes seriam trazidos até mim um de cada vez para me cumprimentar e depois seriam acompanhados até o Salão dos Homens para se conhecer.

Vi um aglomerado de pessoas no fim do corredor, entre elas meus pais e o general Leger. Caminhei na direção deles, tentando não deixar meu nervosismo evidente. Meu pai ficou pasmo e minha mãe levou a mão à boca quando cheguei perto.

— Eadlyn... você parece tão adulta — ela suspirou ao tocar minha bochecha, meu ombro e meu cabelo, não para ajeitar algo, apenas para conferir.

— Provavelmente porque sou adulta.

Com lágrimas nos olhos, ela fez que sim com a cabeça.

— Você realmente parece uma rainha. Nunca acreditei de verdade que eu parecesse uma, mas você... está absolutamente perfeita.

— Pare, mãe. Você é adorada. Você e o papai trouxeram paz ao país. Eu não fiz nada.

— Não ainda — ela disse com um dedo sob meu queixo. — Mas você é determinada demais para não realizar nada.

Meu pai interrompeu antes que eu pudesse responder.

— Preparada?

— Sim — respondi, endireitando o corpo. Não era exatamente o tipo de apoio que eu tinha imaginado.

— Não pretendo eliminar ninguém ainda — acrescentei. — Acho que todos merecem pelo menos um dia.

Meu pai sorriu.

— Acho sábio.

Respirei fundo.

— Muito bem, então. Vamos começar.

— Você quer que a gente fique ou vá? — minha mãe perguntou.

Considerei.

— Podem ir. Pelo menos por enquanto.

— Como você desejar — meu pai disse. — O general Leger

estará por perto com alguns guardas. Se precisar de algo, basta pedir. Queremos que tenha um dia maravilhoso.

— Obrigada, pai.

— Não — ele disse. — Eu que agradeço.

Ele se afastou e ofereceu o braço à minha mãe. Ambos se retiraram, e pude perceber a felicidade dos dois simplesmente pelo modo como caminhavam.

— Alteza — cumprimentou carinhosamente o general Leger. Voltei-me para ele e encontrei um rosto sorridente. — Nervosa?

Balancei um pouco a cabeça, quase que para convencer a mim mesma.

— Pode trazer o primeiro — pedi.

Ele assentiu e lançou um olhar ao mordomo no fim do corredor. Um garoto saiu de uma das bibliotecas e veio até mim, ajeitando as abotoaduras durante o trajeto. Era esguio e um pouco baixo, mas tinha um rosto bastante agradável.

Ele parou diante de mim e fez uma reverência.

— Fox Wesley, Alteza.

Inclinei a cabeça para saudá-lo.

— Um prazer.

Ele respirou fundo e disse:

— A senhorita é muito bonita.

— Foi o que me disseram. Pode ir agora — me despedi, estendendo o braço na direção do Salão dos Homens.

Fox franziu a testa, curvou-se novamente e saiu.

O próximo garoto já estava diante de mim, inclinando a cabeça para me cumprimentar.

— Hale Garner, Alteza.

— Bem-vindo, senhor.

— Muito obrigado por nos receber em sua casa. Espero me mostrar digno da sua mão a cada dia.

Inclinei a cabeça para o lado, curiosa.

— Mesmo? E como pretende fazer isso hoje?

Ele sorriu.

— Bom, hoje eu lhe contaria que venho de uma família excelente. Meu pai era Dois.

— Isso é tudo?

Inabalado, ele continuou:

— Acho muito impressionante.

— Não tanto quanto ter um pai que era Um.

Sua expressão vacilou.

— Pode ir.

Ele fez uma reverência e ensaiou uma retirada, mas olhou para trás depois de alguns passos.

— Sinto muito se a ofendi, Alteza.

Seu rosto estava tão triste que quase lhe disse que não estava ofendida. Mas isso não combinaria com o plano para o dia.

Um desfile interminável de garotos desinteressantes passou por mim. Um pouco depois que metade deles havia me cumprimentado, Kile apareceu e parou diante de mim. Pela primeira vez, seu cabelo estava penteado de uma maneira que me permitia enxergar seus olhos.

— Alteza — ele saudou.

— É "Pé no Saco Real" para você, senhor.

Ele riu.

— E então, como estão tratando você? Sua mãe disse que os jornais vazaram a informação de que mora no palácio...

Ele negou com a cabeça, parecendo surpreso.

— Pensei que isso seria um convite para apanhar de um bando de invejosos, mas no fim muitos me veem como um trunfo para eles.

— Hein?

— Assumem que já sei tudo sobre você. Estão me bombardeando com perguntas desde cedo.

— E o que você disse para eles exatamente?

Ele deu um sorrisinho levemente malicioso.

— Contei como você é agradável, claro.

— Sei — falei, fazendo cara de quem não acreditava naquilo. — Pode ir em frente...

— Escute, quero pedir desculpas de novo. Por chamá-la de mimada.

Dei de ombros.

— Você estava nervoso.

Ele concordou com a cabeça, como se aceitasse a explicação.

— Mesmo assim, ainda é injusto. Quer dizer, não me leve

a mal, mas você é mesmo extremamente mimada. — Ele balançou a cabeça. — Mas é dura porque precisa ser. Você se tornará rainha e, embora eu tenha visto como as coisas funcionam no palácio, nunca tive o peso do seu trabalho nas costas. Não é justo da minha parte julgar.

Suspirei. Seria educado agradecer. Pois bem, eu seria educada.

— Obrigada.

— Não é nada.

Houve então uma longa pausa.

— Humm, o Salão dos Homens é por ali — disse, indicando o caminho.

— Certo. Até mais tarde, então.

Sorri comigo mesma quando ele saiu. Reparei que ele tinha na mão um caderno que antes estava escondido atrás das costas. Kile estava com uma aparência melhor do que o normal graças ao tratamento de beleza pelo qual todos tiveram de passar, mas, mesmo assim, continuava o mesmo nerd impertinente.

Coisa que o próximo cavalheiro claramente não era.

Seu cabelo cor de caramelo estava penteado para trás, e ele caminhava com as mãos nos bolsos, como se já tivesse passeado pelos corredores antes. Seu comportamento me deixou irritada por uns instantes. Afinal, ele viera ao palácio atrás de mim ou era eu quem devia ir atrás dele?

— Majestade? — cumprimentou com uma voz sedosa e curvou-se.

— Alteza — corrigi.

— Não, não. Me chame de Ean — concluiu, sorrindo com o canto da boca.

— Essa foi péssima — eu disse, rindo.

— Um risco que eu precisava correr. Há outros trinta e quatro caras aqui. De que outro jeito faria a senhorita se lembrar de mim?

Ele tinha um olhar determinado e, se eu não tivesse lidado com tantos políticos na vida, talvez me encantasse.

— Muito prazer em conhecer o senhor.

— Digo o mesmo, Alteza. Espero vê-la em breve.

O garoto seguinte tinha um sotaque tão carregado que precisei me concentrar muito para entender suas palavras. Outro me perguntou quando receberia seu pagamento. Um deles suava tanto que precisei pedir a um mordomo que me trouxesse uma toalha para enxugar a mão, e o que veio depois não tirou os olhos do meu decote durante toda a conversa. Era um desfile contínuo de desastres.

O general Leger veio até mim e avisou:

— Caso você tenha perdido a conta, esse é o último.

Ergui os braços, aliviada.

— Ainda bem!

— Não acho que seus pais vão pedir um relatório completo das conversas, mas você deveria falar com eles quando terminar.

Olhei atravessado para ele.

— Se você insiste.

Ele achou graça.

— Seja paciente com eles. Seu pai tem muito que fazer agora.

— *Ele* tem muito que fazer? Você viu como aquele cara suava?!

— E você pode culpá-lo? Você é a princesa. Você tem o poder de condená-lo à morte se quiser — rebateu o general Leger, com um brilho malicioso naqueles olhos verdes faiscantes.

Ele era um daqueles homens que ficavam mais bonitos com a idade. Eu sabia disso porque madame Lucy uma vez me mostrou uma foto do casamento deles, e a aparência dele só tinha melhorado desde então. Às vezes, por causa do cansaço ou do mau tempo, ele andava de bengala, mas isso nunca o deixava lento. Talvez por saber o quanto madame Lucy o amava, sempre o vi como um porto seguro. Se eu não tivesse receio de que ele ficaria do lado dos meus pais, já teria pedido conselhos sobre como fazer os garotos implorarem para ir embora. Algo em seus olhos me dizia que ele saberia exatamente o que fazer.

— Alguns deles me deixaram desconfortável — confessei. Palavras suaves, olhares lascivos. Embora eu tivesse crescido sabendo que era especial, não gostava de ser vista como um prêmio.

Ele mostrou empatia.

— É uma situação estranha, eu sei. Mas você não precisa ficar a sós com alguém de quem não gosta. E é livre para dispensar qualquer um simplesmente se sentir que deve. Mesmo o mais imbecil deles não seria burro o bastante para machucá-la — ele prometeu. — Confie em mim: se alguém fizer isso, garanto que jamais voltará a andar.

Ele piscou para mim antes de se afastar e gesticular para que trouxessem o próximo concorrente.

Fiquei um pouco confusa quando vi não uma pessoa, mas duas. O primeiro vestia um terno bem ajustado, mas o segundo usava apenas uma camisa de botões. O que parecia um pouco mais tonto caminhava alguns passos atrás do outro, com os olhos cravados no chão. O primeiro era só sorrisos e dava a impressão de que alguém havia tentado domar seu cabelo em vão.

— Olá, Alteza — ele cumprimentou. Sua voz tinha um sotaque pesado que eu não consegui identificar. — Como está?

Confusa, mas desarmada pelo sorriso incrivelmente terno, respondi:

— Estou bem. Foi um longo dia. Tenho certeza de que para você também.

O outro garoto inclinou-se atrás dele e cochichou algumas palavras truncadas que não consegui entender.

O primeiro então acenou com a cabeça e falou:

— Ah, sim, sim, mas... é... uma prazer conhecer-vos.

Suas palavras eram acompanhadas por gestos, como se ele estivesse tentando transmiti-las também com as mãos.

Sem entender muito bem, inclinei-me na esperança de que a maior proximidade revelasse seu sotaque.

— Perdão?

O garoto de trás falou:

— Ele disse que é um prazer conhecê-la.

Apertei os olhos, ainda confusa.

— Meu nome é Henri — ele se apresentou com uma reverência. Percebi que desejava ter feito isso antes, mas esquecera.

Não querendo ser rude, acenei com a cabeça e retribui o cumprimento:

— Olá, Henri.

O som do próprio nome o deixou animado, e ele começou a olhar de um lado para outro, para mim e para o cavalheiro atrás de si.

— Não pude deixar de notar seu sotaque — comentei, tentando parecer amistosa. — De onde você é?

— Humm, Norué...? — ele começou, antes de se voltar para o convidado de trás.

Ele inclinou a cabeça e continuou a frase no lugar de Henri:

— Sir Henri nasceu na Noruécia e por isso tem um sotaque finlandês muito carregado.

— Ah — foi minha reação. — E ele fala bem inglês?

Henri interveio:

— Inglês, não, não.

Ele não parecia envergonhado, porém. Na verdade, ria como se isso não tivesse importância.

— E como vamos nos conhecer?

O tradutor virou para Henri:

— *Miten saat tuntemaan toisensa?*

Henri apontou para o tradutor, que respondeu:

— Com a minha ajuda, parece.

— Tudo bem. Hum...

Eu não estava preparada para aquilo. Seria rude da minha parte dispensá-lo? Interagir com cada um deles individualmente já seria bastante constrangedor. Não estava preparada para um terceiro elemento.

Naquele instante, o formulário de Henri apareceu na minha mente. Era por isso que algumas palavras tinham erros de ortografia. Ele não sabia direito a língua.

— Obrigada. É um grande prazer conhecê-lo também, Henri.

Ele sorriu ao ouvir seu nome, e tive a impressão de que o resto das palavras sequer importava. Eu não podia mandar esse rapaz embora.

— O Salão dos Homens é por ali.

Henri curvou-se enquanto o tradutor sussurrava as instruções, e ambos se afastaram juntos.

— General Leger — chamei com o rosto enterrado nas mãos.

— Sim, Alteza.

— Diga ao meu pai que vou falar com ele em uma hora, por favor. Preciso de uma caminhada.

10

Passamos pelo primeiro dia, pelo primeiro jantar e pela primeira noite sem maiores incidentes. Câmeras circulavam pela sala de jantar e dava para ouvir os operadores suspirarem de tédio. Não me dirigi a ninguém do grupo, e os garotos estavam nervosos demais até para conversar entre si.

Eu conseguia ouvir os pensamentos do meu pai tão claramente que pareciam ser meus:

"Que chatice! Ninguém vai querer ver isto! Como vamos ganhar três meses se nada acontece?"

Ele se voltou para mim algumas vezes, implorando com os olhos para que eu fizesse alguma coisa, qualquer coisa, para tornar aquilo mais suportável. Mas eu estava em guerra comigo mesma. Não queria desapontar meu pai, mas também não queria parecer animada e abrir um mau precedente. Os garotos precisavam saber que eu não ia bajular ninguém.

Disse a mim mesma para não me preocupar. De manhã, tudo seria diferente.

No dia seguinte, os garotos usavam suas melhores roupas para o desfile. Um exército de pessoas inundava o gramado da frente, animado para nos ver atravessar os portões.

Papai estava orgulhoso da ideia, minha maior contribuição à Seleção até aquele momento. Pensei que seria ótimo fazer um pequeno desfile, algo inédito. Eu tinha certeza de que aquilo daria o que falar a todos.

— Bom dia, Alteza — cumprimentou um dos garotos. Imediatamente lembrei que aquele era Ean. Depois do dia anterior, não era uma surpresa que ele fosse o primeiro a falar comigo.

— Bom dia — respondi sem me deter ou diminuir o passo

embora também recebesse saudações e reverências de boa parte dos outros garotos.

Só parei para receber instruções de um dos guardas que conduziriam o processo.

— É um trajeto curto, Alteza. A menos de dez quilômetros por hora, devemos levar entre vinte e trinta minutos para dar a volta. Por segurança, há guardas dos dois lados da pista, mas todos estão muito empolgados. Será um evento muito divertido.

Juntei as mãos calmamente diante do corpo e agradeci.

— Obrigada, soldado. Admiro seu esforço para tornar isso possível.

Ele apertou os lábios na tentativa de esconder um sorriso orgulhoso.

— Tudo pela senhorita, Alteza.

Ele se virou para sair, mas o chamei de volta. O soldado estufou o peito, encantado por ser solicitado mais uma vez. Embora a quantidade de rapazes me deixasse zonza, corri os olhos por aquele formigueiro na tentativa de fazer a escolha mais inteligente.

Avistei o cabelo selvagem de Henri agitando-se contra o vento e ri sozinha. Ele estava meio afastado de um dos grupos, ouvindo tudo o que era dito e concordando com a cabeça. Eu tinha certeza, porém, de que não estava entendendo nada do que acontecia ao redor. Não vi seu intérprete por perto e me perguntei se Henri o haveria dispensado aquele dia.

Voltei a procurar, pesquisando... e descobri um garoto que realmente sabia usar um terno. Não é que ele parecesse um modelo... O mais provável é que conhecesse a fina arte da alfaiataria e imediatamente tivesse posto seu mordomo para trabalhar no traje do dia. Além disso, eu não podia deixar seu sapato de dois tons passar batido. Ainda bem que lembrava seu nome.

— Quando eu estiver lá em cima — expliquei para o soldado —, quero o sr. Garner de um lado e o sr. Jaakoppi do outro, por favor.

— Certamente, Alteza. Cuidarei disso.

Observei o carro alegórico. Era um dos usados no Natal,

mas sem a armação, substituída por milhares de flores de verão. Estava festivo e belo, e o aroma das flores permeava o ar. Inspirei, e o cheiro fresco e doce ajudou a me acalmar.

Do outro lado dos muros chegavam os gritos das pessoas que se amontoavam à espera do desfile. Qualquer fracasso da noite anterior não importava mais e seria totalmente esquecido naquela manhã.

— Muito bem, senhores — trovejou a voz do general Leger acima do burburinho. — Preciso que formem uma fila para que possamos ajudar todos a subir no carro com segurança.

Minha mãe ficou na parte de trás do carro ao lado do meu pai, que havia juntado algumas flores caídas e colocado no cabelo dela. Com uma adoração absoluta, ela o observou se afastar com a câmera na mão.

Meu pai circulou pelo grupo tirando várias fotos dos garotos, algumas da fonte do palácio e duas de mim.

— Pai! — murmurei um pouco envergonhada.

Ele piscou e recuou, ainda fotografando, mas de um jeito menos óbvio.

— Alteza — disse o general Leger com uma mão nas minhas costas. — Você vai subir por último. Ouvi que a senhorita queria Henri e Hale ao seu lado, certo?

— Sim.

— Boas escolhas. Eles são comportados. Pois bem, estaremos prontos para partir em um instante.

Em seguida, o general caminhou até minha mãe e passou alguma informação. Ela aparentou desconforto, mas o militar fez alguns gestos na tentativa de tranquilizá-la. O rosto de meu pai, por outro lado, era mais difícil de interpretar de onde eu estava. Ou ele não estava nem um pouco incomodado, ou sabia esconder muito bem.

Os garotos foram conduzidos para cima do carro por uma escada oculta, enquanto eu andava em círculos à espera da minha vez. Ao pé da muralha, entre alguns guardas e convidados, avistei o intérprete de Henri de pé, com os braços cruzados, observando a cena. Ele roía as unhas. Balançando a cabeça, fui até ele.

— Não faça isso — comecei, tentando ser firme sem ser

rude. — Você não quer que as câmeras peguem você com os dedos na boca, quer?

Ele baixou a mão imediatamente.

— Perdão, Alteza.

— Não vai subir lá? — perguntei com a cabeça apontada na direção do enorme carro alegórico.

Ele abriu um sorriso.

— Não, Alteza. Acho que Henri pode acenar sem um intérprete.

Ainda assim, sentia que ele estava nervoso.

— Ele ficará bem ao meu lado — confortei-o. — Tentarei garantir que saiba o que está acontecendo.

O intérprete deixou escapar um enorme suspiro.

— Isso deixa tudo bem menos preocupante. E ele vai ficar tão emocionado. Ele fala da senhorita dia e noite.

— Bom — comentei com uma gargalhada —, ainda nem faz um dia. Estou certa de que vai passar.

— Acho que não. Ele está encantado com a senhorita. Com tudo, na verdade. Só a experiência já é algo imenso para ele. A família dele trabalhou duro para se estabelecer aqui, e o fato de Henri estar num lugar onde pode ter alguma atenção da princesa... ele está muito feliz.

Lancei um olhar para Henri, que endireitava a gravata enquanto esperava na parte da frente do carro.

— Ele disse isso a você?

— Não com tantas palavras. Ele tem consciência de como é sortudo. E também vê muitas coisas boas na senhorita. Não para de falar nisso.

Abri um sorriso triste. Teria sido bom se ele pudesse falar isso para mim.

— Você também nasceu na Noruécia?

— Não — ele respondeu, balançando a cabeça. — Sou da primeira geração nascida em Illéa. Mas meus pais tentam preservar nossos costumes e tradições, então vivemos em uma pequena comunidade norueca em Kent.

— Como Henri?

— Sim. Elas são cada vez mais comuns. Quando Henri foi selecionado, a família dele pôs um anúncio para um intérprete confiável. Mandei meu currículo, tomei um avião até Sota e agora tenho um novo emprego.

— Então você só conhece Henri há...?

— Uma semana. Mas já passamos tanto tempo juntos e nos damos tão bem que tenho a sensação de conhecê-lo há anos. — Suas palavras eram doces, com um afeto que chegava a ser fraternal.

— Que grosseria a minha... Não sei seu nome.

Ele inclinou a cabeça e se apresentou:

— Erik.

— Erik?

— Sim.

— Hum. Eu esperava algo um pouco diferente.

Ele deu de ombros.

— Bom, é a tradução mais próxima.

— Alteza? — chamou o general Leger. Era a minha deixa.

— Vou cuidar dele — prometi ao sair correndo para o carro alegórico.

A escada foi um desafio que precisei vencer de salto alto e segurando o vestido. Ou seja: tinha que subir um degrau, parar e começar o próximo. Fiquei particularmente orgulhosa de mim mesma por ter conseguido subir sozinha.

Passei a mão no cabelo e assumi minha posição. Henri voltou-se imediatamente para mim.

— Olá hoje, Alteza — ele disse, com um sorriso brilhante e os cachos loiros levantados pela brisa.

Toquei seu ombro.

— Bom dia, Henri. Pode me chamar de Eadlyn.

Ele franziu a testa, um pouco confuso.

— Dizer Eadlyn para a senhorita?

— Sim.

Ele fez um sinal de joia, e dei mentalmente um tapinha nas minhas costas por tê-lo escolhido para ficar ao meu lado. Me fez sorrir em poucos segundos. Estiquei o pescoço por trás de Henri para ver, entre os outros rapazes, Erik lá embaixo. Fiz um sinal de joia para ele, que sorriu aliviado e levou a mão ao peito.

Virei para Hale.

— Como está hoje?

— Bem — ele respondeu hesitante. — Ouça, gostaria de me desculpar novamente por ontem. Não quis...

Ergui a mão para cortá-lo:

— Não, não. Como deve imaginar, tudo isso é bem desgastante para mim.

— Sim. Não gostaria de estar na sua pele.

— Mas falando em pele, *adorei* as tonalidades do couro do seu sapato! — exclamei, olhando para baixo.

— Obrigado! Você acha que combina bem com a gravata? Gosto de arriscar, mas às vezes fico com um pé atrás.

— Não. Você faz tudo combinar.

Hale ficou radiante, contentíssimo por ter superado a primeira impressão e se saído bem na segunda.

— Então, foi você que disse querer ser digno da minha mão a cada dia, certo?

— De fato, fui eu — ele confirmou, feliz por eu ter lembrado.

— E como vai fazer isso hoje?

Ele pensou um pouco antes de responder.

— Se você se desequilibrar um pouco que seja, estarei pronto. Prometo não deixá-la cair.

— Gostei. Se você acha que a situação é ruim para você, imagine a minha com estes saltos.

— Vamos abrir os portões! — alguém gritou. — Segurem!

Acenei para me despedir dos meus pais e agarrei a barra ao redor do topo do carro. Não seria uma queda muito alta caso alguém caísse, mas os cinco da frente corríamos o risco de ser esmagados pelas rodas se isso acontecesse. Hale e Henri permaneceram firmes, como eu esperava, mas muitos dos outros batiam palmas ou gritavam palavras de motivação. Burke, por exemplo, não parava de berrar "Vou conseguir!", embora, na verdade, todo o seu trabalho consistisse em ficar de pé e acenar.

No instante em que os portões se abriram, a ovação irrompeu. Ao dobrar a esquina, avistei o primeiro agrupamento de câmeras que filmava cada segundo. Algumas pessoas portavam cartazes de apoio ao Selecionado favorito, enquanto outras agitavam a bandeira de Illéa.

— Henri, olhe! — disse, me inclinando na direção dele para apontar um cartaz com o nome dele.

Ele levou um tempo para entender. Quando finalmente viu o próprio nome, exclamou:

— Ei!

Estava tão entusiasmado que tirou minha mão de seu ombro e a beijou. Eu provavelmente não aceitaria algo assim de outra pessoa, mas o gesto dele pareceu tão inocente que nem me incomodei.

— Amamos você, princesa Eadlyn! — alguém gritou, e eu acenei na direção da voz.

— Vida longa ao rei!

— Que a princesa seja abençoada!

Eu agradecia o apoio e me sentia encorajada. Não era sempre que encontrava as pessoas face a face, que ouvia aquelas vozes e sentia como precisavam de nós. Eu sabia que eles me amavam, claro. Eu seria a rainha deles. Mas, geralmente, quando acontecia de sairmos do palácio, meus pais eram sempre o foco. Era uma sensação maravilhosa ter tanto afeto finalmente concentrado em mim. Talvez eu pudesse ser tão amada quanto meu pai.

O desfile continuou. As pessoas gritavam nossos nomes e atiravam flores: um espetáculo, como esperado. Eu não podia esperar nada melhor, até o momento em que atingimos o trecho final da rota.

Algo me atingiu e certamente não se tratava de uma flor. Baixei os olhos e vi uma gema de ovo escorrer vestido abaixo até minhas pernas descobertas. Depois disso, veio um tomate e em seguida algo que não consegui identificar.

Me abaixei e me cobri com os braços.

— Precisamos de empregos! — vociferou alguém.

— As castas ainda existem!

Espiei a rua e vi um grupo de pessoas protestando e atirando comida podre contra o carro. Alguns exibiam cartazes que deviam ter escondido dos guardas até aquele momento, enquanto outros lançavam palavras ofensivas contra mim. Jamais teria imaginado que mesmo as piores pessoas pudessem ser capazes de dizer aquelas coisas.

Hale também se abaixou e ficou na minha frente com um braço em volta do meu ombro.

— Não se preocupe. Vou proteger você.

— Não entendo... — balbuciei.

Henri se ajoelhou e começou a tentar espalmar qualquer coisa que chegasse perto de nós, enquanto Hale me protegia ininterruptamente, mesmo quando foi atingido por algo bem pesado que o fez gemer e apertar meu ombro mais forte.

Reconheci a voz do general Leger, que gritava para que os outros Selecionados se abaixassem. Quando todos estavam abaixados e seguros, o carro alegórico acelerou e seguiu numa velocidade provavelmente maior do que aquela para a qual havia sido projetado. As pessoas que realmente se importavam com o desfile vaiaram quando passamos rapidamente por elas, impedindo-as de dar uma olhada no grupo inteiro.

Ouvi as rodas do carro alegórico esmagarem a brita da entrada do palácio e, assim que paramos, larguei Hale e levantei. Corri para a escada e desci às pressas.

— Eadlyn! — minha mãe gritou.

— Estou bem.

Meu pai me olhava, chocado.

— Amor, o que aconteceu?

— E eu sei lá!

Me retirei pisando forte, humilhada. Como se a situação já não fosse vergonhosa o bastante, os olhares tristes de todos ao redor só pioravam as coisas.

"Coitada", era o que todos pareciam dizer. E eu odiava essa pena mais do que odiava as pessoas que achavam aquilo aceitável.

Fui cruzando o palácio a passos rápidos, com a cabeça baixa, na esperança de que ninguém me interrompesse. Não era, claro, meu dia de sorte, pois mal tinha terminado de subir a escada para o segundo andar quando encontrei Josie.

— Eca! O que aconteceu com você?

Não respondi. Só caminhei ainda mais rápido. Por quê? O que eu tinha feito para merecer aquilo?

Neena estava limpando o quarto quando entrei.

— Senhorita?

— Me ajude — gemi antes de cair no choro.

Ela se aproximou e me deu um abraço, sujando seu uniforme impecável com a meleca do meu vestido.

— Calma, vamos limpar a senhorita. Tire a roupa. Vou preparar o banho.

— Por que fariam isso comigo?

— Quem fez?

— Meu povo! — respondi com muita dor. — Meus súditos. Por que fariam isso?

Neena engoliu em seco, tão frustrada quanto eu.

— Não sei.

Esfreguei o rosto e tirei a maquiagem. Uma coisa verde saiu na minha mão. Voltei a chorar.

— Vou encher a banheira.

Ela se retirou rápido, enquanto permaneci imóvel e perdida.

Sabia que a água limparia aquela imundície. Sabia que levaria aquele cheiro horrível embora. Mas infinitos banhos não seriam capazes de apagar aquela lembrança.

Horas mais tarde, eu estava encolhida numa cadeira na sala de estar do meu pai. Usava minha blusa mais quente apesar do calor, pois as roupas eram minha única armadura naquele momento, e suas camadas me davam uma sensação de segurança. Minha mãe e meu pai bebiam algo mais forte que vinho — uma ocasião rara —, embora isso não parecesse acalmá-los.

Ahren bateu à porta, mas entrou antes que alguém respondesse. Nossos olhares se encontraram, e cruzei a sala rapidamente para abraçá-lo.

— Sinto muito, Eady — ele disse, beijando minha cabeça.

— Obrigada.

— Estou feliz por ter conseguido vir, Ahren — meu pai disse enquanto analisava algumas imagens do desfile fornecidas pelos fotógrafos. Depois de ver, empilhava-as sobre os jornais do dia.

— Claro. — Ahren envolveu meus ombros com o braço e

me acompanhou de volta até minha cadeira. Enquanto ele ia em direção ao nosso pai, me encolhi toda de novo.

— Ainda não consigo acreditar que isso aconteceu — minha mãe disse ao secar o copo. Dava para ver que ela ponderava se deveria tomar outra dose ou não. Decidiu não tomar.

— Nem eu — murmurei, ainda sofrendo por conta do acesso de ódio que aquelas pessoas dirigiram a mim. — O que eu fiz?

— Nada — assegurou minha mãe, vindo sentar ao meu lado. — Elas estão com raiva da monarquia, não de você. Hoje era o seu rosto exposto, por isso te atacaram. Poderia ter sido qualquer um de nós.

— Eu tinha tanta certeza de que uma Seleção os deixaria animados. Pensei que todos adorariam — meu pai comentou, ainda com os olhos sobre as imagens; estava chocado.

Permanecemos em silêncio por alguns instantes. Meu pai estivera tão errado.

— Bom — Ahren interveio —, talvez tivessem adorado se não fosse por Eadlyn.

Suas palavras deixaram todos boquiabertos.

— Como é? — Quase comecei a chorar novamente, tamanha a dor que aquelas palavras cruéis me causavam. — A mamãe acabou de dizer que poderia ter sido com você, com ela ou qualquer um de nós. Por que está me culpando?

Ele mordeu os lábios e começou a olhar em volta.

— Muito bem — ele disse finalmente. — Vamos falar sobre isso. Se Eadlyn fosse uma garota típica, que não tivesse sido criada para estar sempre no controle, a situação provavelmente seria diferente. Mas peguem qualquer um desses jornais. — Ele apontou para a pilha, e meu pai apanhou um. — Quase sempre ela parece distante, e todas as fotos do jantar de ontem causam desconforto em quem vê. Em algumas delas você está até com cara de brava.

— Você saberia como é difícil se estivesse no meu lugar.

Ahren revirou os olhos, irritado. Ele sabia mais que qualquer um que eu não tinha a intenção de escolher um companheiro nos próximos meses.

Minha mãe se afastou de mim para espiar a foto por cima do ombro de meu pai.

— Ele tem razão. Você parece uma ilha quando está sozinha. E falta química, romance, quando aparece com os Selecionados.

— Escutem aqui: não estou interpretando um papel para ninguém. Eu me recuso a agir como uma idiota com um bando de garotos apenas para entreter as pessoas — disse e cruzei os braços com determinação.

Depois de apenas dois dias, a Seleção já era um desastre. Eu sabia que não funcionaria, mas agora estava presa àquela situação humilhante. Será que eles teriam a ousadia de pedir que eu me humilhasse ainda mais por uma coisa que claramente não estava funcionando?

Houve um silêncio, e eu, tola, pensei por um momento que tinha vencido.

— Eadlyn.

Olhei para meu pai, tentando não me comover com sua expressão de súplica.

— Você me prometeu três meses — ele falou. — Estamos tentando resolver a situação, mas não podemos apagar esse incêndio se outros começarem a aparecer. Preciso que você se esforce.

Naquele instante, vi algo em que jamais havia reparado: a idade de meu pai. Ele estava bem longe de ser velho, mas tinha feito mais coisas na vida do que a maioria das pessoas com o dobro de anos podia sonhar. Vivia em constante estado de sacrifício: por minha mãe, por nós, por seu povo. E estava exausto.

Engoli em seco, ciente de que precisava encontrar um jeito de parecer preocupada com a Seleção, ao menos por ele.

— Suponho que você saiba como entrar em contato com a imprensa, certo? — perguntei.

Meu pai concordou.

— Sim. Temos fotógrafos e jornalistas de confiança à espera.

— Ponha umas câmeras no Salão dos Homens amanhã de manhã. Vou cuidar disso.

11

Na manhã seguinte, pulei o café da manhã com a minha família para me recompor. Não queria que ninguém visse como o desfile tinha me deixado abalada. Construí um escudo ao meu redor, tentando recuperar a calma e o fôlego.

Neena cantarolava enquanto organizava o quarto, o que era ótimo. Ela não só havia sido gentil comigo quando cheguei do desfile como não fizera uma pergunta sequer, nem tocara no assunto. Não precisava me preocupar com ela, e por isso ela não podia deixar o palácio. Como eu ia ficar?

— Acho que hoje é dia de calça, Neena — falei.

Ela parou de cantarolar.

— Mais preto?

— Pelo menos um pouco.

Trocamos um sorriso e ela me entregou uma calça preta justa, que combinei com saltos que me deixariam morta até o meio-dia. Escolhi uma camisa florida e um colete. Para finalizar, encontrei uma tiara com joias que combinavam com a camisa. Estava pronta.

Decidi fazer exatamente o que meu pai tinha feito na Seleção dele. No primeiro dia, ele mandou para casa pelo menos seis garotas. Meu plano era eliminar, no mínimo, o dobro. Com certeza, eliminar todos os candidatos que menos tinham a ver comigo seria uma demonstração de como eu levava o processo a sério, de como o resultado era importante para mim.

Queria que houvesse um jeito de fazer isso sem as câmeras, mas elas eram um mal necessário. Eu tinha uma lista pronta na cabeça e sabia vagamente o que queria dizer. Mas, se cometesse algum erro na presença dos jornalistas, as coisas sairiam tão mal quanto ontem... Ou seja, eu precisava ser perfeita.

Como o Salão das Mulheres era considerado propriedade da rainha, qualquer homem precisava pedir permissão antes de entrar. O Salão dos Homens, porém, apenas foi montado para a minha conveniência e não havia tanta formalidade. Assim, pude fazer uma entrada bem deslumbrante: abri as portas duplas do salão e deixei a corrente de vento jogar meus cabelos para trás.

Todos os Selecionados olharam imediatamente para mim. Alguns se levantaram com um salto, outros se distanciaram dos jornalistas para acompanhar as câmeras.

Passei por Paisley Fisher e o escutei engolir em seco quando parei ao seu lado. Sorrindo, coloquei a mão em seu ombro e disse:

— Pode ir.

Ele olhou para as pessoas em volta.

— Ir?

— Sim. Obrigada pela participação, mas sua presença no palácio não é mais necessária.

Como ele continuou parado, cheguei mais perto e sussurrei minhas instruções.

— Quanto mais você ficar, mais vergonhoso será. É melhor sair.

Me afastei, mas pude notar a raiva em seus olhos enquanto ele saía lentamente do salão.

Não consegui imaginar o motivo de tamanho aborrecimento. Não foi como se eu tivesse enxotado o rapaz ou gritado com ele. Por dentro, até fiz um elogio a mim mesma por me livrar de alguém tão infantil. Tentei me lembrar da lista. Quem era o próximo? Ah... esse merecia.

— Blakely, não é?

— Si... — a voz dele desafinou e ele teve que começar de novo. — Sim, Alteza.

— Quando nos conhecemos, você não tirou os olhos do meu decote.

O rosto dele empalideceu, como se acreditasse de verdade que sua atitude tinha sido tão sutil que ninguém perceberia.

— Não se esqueça de dar uma olhada satisfatória também na parte de trás quando sair.

Fiz questão de falar alto o suficiente para que as câmeras e os outros garotos ouvissem. Minha esperança era que a humilhação desencorajasse os outros a se comportar daquele jeito. Blakely baixou a cabeça e saiu do salão.

Parei na frente de Jamal.

— Pode ir também.

Ao lado dele, Connor começou a suar em bicas de novo.

— E você pode acompanhá-lo — emendei.

Eles trocaram um olhar confuso e saíram juntos, balançando a cabeça.

O próximo era Kile. Diferente dos outros, ele não desviou o rosto. Pelo contrário: olhou bem nos meus olhos. Em silêncio, ele me implorava para acabar com seu sofrimento e tirá-lo dali.

Provavelmente era o que eu faria se não achasse que a mãe dele iria me matar — porque eu teria que mandá-lo para fora do palácio — e se não tivesse visto o nome dele na maioria dos cartazes durante o desfile. Claro, Kile era o Selecionado da cidade, de modo que a multidão talvez fosse parcial. Ainda assim, não podia me livrar dele. Não naquele momento.

Ao lado dele, Hale engoliu em seco. Lembrei como ele tinha me protegido durante o desfile, de como levou golpes direcionados a mim, alguns dos quais pareceram bem doloridos.

Me aproximei dele e disse com suavidade:

— Obrigada por ontem. Você foi muito corajoso.

— Não foi nada — ele garantiu. — Embora não tenha dado para salvar o terno — complementou em tom de piada, tentando fazer a situação ficar mais leve.

— Que pena.

Baixei os olhos e continuei andando. As câmeras provavelmente não captaram a conversa, mas sabia que tinham captado nossos sorrisos. Me perguntei o que fariam com aquela imagem.

— Issir — eu disse para um rapaz de cabelo lambido e corpo raquítico. — Não. Obrigada.

Ele sequer questionou. Corou e fugiu o mais rápido possível.

Ouvi um sussurro e quis saber quem ousava falar naquele momento. Virei a cabeça com tudo e deparei com o intérprete de Henri descrevendo a cena para o amigo o mais rápida e discretamente que podia. O rosto de Henri estava tenso, mas ele terminou de ouvir, levantou os olhos para mim e sorriu. Ele tinha um sorriso pateta e o cabelo encaracolado de um jeito que parecia em movimento mesmo quando ele estava parado.

Ai. Minha intenção era acabar com o sofrimento dele e o mandar para casa, mas ele parecia tão encantado de estar no palácio. Alguns precisavam ficar mesmo, e Henri era inofensivo.

Dispensei Nolan apenas com um gesto da mão ao passar por ele e em seguida anunciei a Jamie que seu pedido de pagamento tinha sido a maneira mais ofensiva possível de se apresentar.

Continuei circulando pelo salão para ter certeza de que tinha falado com todos que queria fora. As reações dos que foram poupados variaram do interessante ao bizarro. Holden não parava de engolir em seco, à espera de que eu soltasse a bomba, ao passo que Jack sorria de um jeito estranho, quase como se achasse tudo aquilo divertido ou empolgante. Por fim, encontrei Ean, que em vez de desviar o olhar resolveu piscar para mim.

Reparei que ele estava sentado sozinho, com um diário de couro e uma caneta como companhia. Parecia que não estava no palácio para fazer amigos.

— Piscar já é um pouco ousado, não acha? — perguntei em voz baixa.

— Que princesa ia querer ao seu lado um homem que não fosse ousado?

Levantei a sobrancelha, impressionada.

— Você não tem receio de ser autoconfiante demais?

— Não. É o que sou. E não pretendo esconder nada de você.

Havia algo de quase assustador na presença dele, mas gostei da coragem de ser verdadeiro. Notei a câmera atrás dele, que vinha captar minha expressão e, segurando o riso, balancei a cabeça para Ean.

Segui em frente, acrescentando Arizona, Brady, Pauly e MacKendrick às fileiras dos eliminados. Se minhas contas estavam certas, onze estavam fora.

Assim que todos os eliminados saíram, fui até a porta e me voltei para os candidatos remanescentes.

— Se vocês ainda estão aqui, significa que fizeram algo entre o nosso primeiro encontro e agora que me impressionou, ou que pelo menos tiveram o bom senso de não me ofender.

Alguns sorriram, provavelmente por lembrar de Blakely, enquanto outros permaneceram parados e atônitos. Continuei:

— Encorajo todos a agir de maneira cautelosa e refletida, porque levo isto muito a sério. Isto não é um jogo, cavalheiros. Isto é a minha vida.

Fechei as portas atrás de mim e ouvi o alvoroço por minha causa. Alguns riam, outros suspiravam, enquanto alguém simplesmente repetia "Ai, caramba! Ai, caramba!" o tempo todo. As vozes dos jornalistas se sobressaíam, encorajando todos a relatar a sensação depois da primeira eliminação. Com um longo suspiro, saí me sentindo confiante. Tinha dado um passo decisivo, e meu pai podia ficar tranquilo: a Seleção corria da maneira correta e eu não o decepcionaria.

Para compensar a primeira noite sem graça e a completa ausência de interação após o desfile do dia anterior, naquela noite convidamos os garotos para um chá antes do jantar, quando conheceriam os moradores do palácio e, claro, conversariam comigo, sua amada futura noiva. Meus pais estavam lá, ao lado de Ahren, Kaden e Osten. Josie veio com os Woodwork — que se esforçavam muito para não ficar em cima do filho o tempo todo — e madame Lucy circulava pelo ambiente, sem falar com ninguém, mas com uma aparência adorável. Ela nunca tinha ligado muito para multidões.

Eu tinha trocado o vestido para o jantar e calçado um par de saltos que destruíam os dedos do pé. Ainda estava curtindo a euforia pós-eliminação, contente por dar passos que ajudaram meu pai. Mas a euforia se desfez assim que Ahren veio até mim com um brilho de advertência nos olhos.

— O que diabos você fez com eles? — ele perguntou em tom acusatório.

— Nada — jurei. — Promovi uma eliminação. Queria mostrar a todos que isto é importante para mim. Como o papai fez na vez dele.

Ahren levou a mão à testa.

— Você passou o dia inteiro com o nariz enfiado em relatórios? — ele quis saber.

— Claro que sim — respondi. — Talvez você não tenha notado, mas esse é meio que o meu emprego.

Ahren se inclinou na minha direção antes de falar:

— As filmagens te pintaram como uma viúva negra, enxotando os garotos com cara de presunção. E você se livrou de um terço deles, Eadlyn. Isso não faz os candidatos parecerem importantes. Na verdade, faz os candidatos parecerem descartáveis.

Eu já sentia o sangue sumir do meu rosto quando Ahren acrescentou, sussurrando:

— Dois deles perguntaram da forma mais cautelosa e discreta possível se existia alguma chance de você preferir garotas.

Deixei escapar um som que não era bem uma risada.

— Claro, porque a única maneira de eu gostar de homens é me curvar aos pés deles.

— Não é o momento de protestar, Eadlyn. Você precisa ser graciosa.

— Com licença, Alteza.

Tanto Ahren como eu nos viramos ao ouvir nosso título, e dei de cara com uma jornalista cuja expressão em seus olhos e sorriso beirava a loucura.

— Detesto interromper, mas gostaria de saber se poderia fazer uma breve entrevista com a princesa antes de fechar a matéria.

A jornalista mostrou os dentes de novo, e não consegui afastar a sensação de que eu estava prestes a ser engolida viva, no sentido literal ou figurado.

— Ela adoraria — respondeu Ahren antes de me beijar na testa e desaparecer.

Meu pulso disparou. Não tinha me preparado para aquilo. Mas, de todas as coisas que podiam acontecer naquele momento, me recusei a deixar o público me ver suar.

— Alteza, a senhorita eliminou onze pretendentes hoje. Não acha que o corte foi um pouco drástico?

Endireitei os ombros e dei um sorriso doce.

— Certamente compreendo por que alguns podem achar

isso — respondi com generosidade —, mas se trata de uma decisão muito importante. Não creio que seria sábio perder tempo com jovens rudes ou inexpressivos. Espero que com um grupo reduzido eu seja capaz de conhecer melhor esses cavalheiros.

Examinei as palavras mentalmente. Nada humilhante ou incriminador na minha fala.

— Sim, mas por que a senhorita foi tão dura? Alguns foram dispensados simplesmente com um "não" ou um toque no ombro.

Tentei não deixar a preocupação transparecer no meu rosto. Na hora, tudo tinha aparecido até engraçado.

— Ninguém condena meu pai quando ele é severo. Não acho justo ser vista como cruel quando ajo de maneira similar. A decisão que devo tomar é muito séria e tento agir sabiamente.

Embora quisesse gritar, pronunciei as palavras com a voz que me treinaram para usar em entrevistas. Até consegui sorrir na maior parte da resposta.

— Mas um deles chorou quando a senhorita deixou o salão — ela me informou.

— Como? — perguntei com receio de que estivesse cada vez mais pálida.

— Um dos Selecionados chorou quando a eliminação terminou. A senhorita acha que é uma reação normal ou que pode ter sido provocada por sua severidade com eles?

Engoli em seco, pensando no que dizer.

— Tenho três irmãos. Todos choram, e posso garantir a você que os motivos raramente fazem sentido para mim.

Ela deu uma risadinha e emendou mais uma pergunta:

— Então a senhorita não acha que foi dura com eles?

Eu sabia o que ela estava fazendo: cutucando com a mesma pergunta até que eu cedesse. E estava bem perto de levar a melhor.

— Sou incapaz de imaginar como seria estar do outro lado e ser eliminada tão cedo. Mas, com exceção de meu pai, ninguém aqui sabe como é estar do lado de cá. Farei o melhor para encontrar um marido digno. E se esse homem não puder aguentar uma ou duas palavras duras, então, com certeza não vai aguentar ser príncipe. Pode confiar!

Coloquei a mão no braço dela, como se tivesse contado uma piada ou fofoca. Era uma técnica de desarme.

— Por falar nos pretendentes, peço licença, mas preciso passar um tempo com eles — concluí.

A jornalista abriu a boca para fazer mais uma pergunta, mas virei de costas e saí de cabeça erguida. Não sabia o que fazer. Não podia partir direto para as bebidas, não podia gritar todos os palavrões que conhecia e não podia correr para os braços dos meus pais. Precisava parecer contente, então, dei voltas pelo salão, sorrindo e piscando para os garotos com quem cruzava.

Percebi que essas pequenas coisas bastavam para fazê-los sorrir para mim ou mudar de postura. Em vez de se retrair, suas expressões se suavizavam. Dava para ver que esses breves momentos de gentileza já apagavam as lembranças da manhã no Salão dos Homens. Desejei com todas as forças que o público deixasse essa história de lado tão rapidamente quanto os rapazes.

Percebi depois de um tempo que apenas um deles teria coragem suficiente para vir falar comigo. E esse alguém era Hale.

— Então, se a ideia é tomar um chá antes do jantar — ele disse, aparecendo ao meu lado —, de que tipo de chá a princesa mais gosta? — perguntou, tomando um gole de sua xícara e sorrindo timidamente.

Hale era uma pessoa terna sem fazer muito esforço, como madame Marlee, e era fácil manter uma conversa com ele. Naquele momento, fiquei mais grata do que jamais poderia ter imaginado por ter sido ele o primeiro a falar comigo. Era a segunda vez que me salvava.

— Depende do meu humor. Ou da estação do ano. Por exemplo, não consigo tomar chá branco no inverno. Mas chá preto é uma boa pedida.

— De acordo — ele disse, acenando com a cabeça.

— Ouvi dizer que alguém chorou depois que eu saí hoje de manhã. É verdade?

Hale arregalou os olhos e soltou o ar.

— Foi o Leeland. Pensei que ele tivesse quebrado um osso ou coisa assim. Levamos quase uma hora para acalmá-lo.

— O que aconteceu?

— *Você* aconteceu! Você entra, caçando pelo salão, eliminando caras aleatoriamente. Acho que ele tem um jeito mais tímido, e você o deixou bem abalado.

Vi que Leeland estava sozinho em um canto. Se eu estivesse sinceramente à procura de um marido, ele já estaria fora. Fiquei um pouco surpresa por ele não ter pedido para sair.

— Acho que fui mais insensível do que pretendia.

Hale deu uma risada e comentou:

— Você não precisa ser insensível. Todos sabemos quem você é e o que pode fazer. Respeitamos isso.

— Diga isso para o cara que me perguntou quando ia receber o pagamento — resmunguei.

Ele não tinha resposta para isso, e me senti mal por ter emperrado nossa conversa.

— Então, o que vai ser hoje? — perguntei na tentativa de recuperar a compostura.

— Perdão?

— Como você vai provar que é digno de mim hoje?

Hale abriu um sorriso e respondeu:

— Hoje a minha promessa é jamais lhe oferecer chá branco no inverno.

Sem dizer adeus ou se curvar, ele se afastou com um ar esperançoso.

Reparei que Baden estava atrás dele. Minha primeira impressão dele não tinha nada a ver com nossa conversa introdutória. Apenas o enxergava como o garoto que tia May achava promissor.

Percebi que ele estava em dúvida se vinha até mim ou não. Baixei o rosto e levantei novamente, olhando na direção dele. Eu me sentia uma idiota por fazer esse papel, mas funcionou: ele atravessou o salão. Voltei a pensar na jornalista. Era engraçado que eu tivesse aprendido um monte de técnicas de desarme para entrevistas e negociações, mas precisava aprender sozinha a lidar com garotos.

Baden parecia ansioso para conversar comigo, mas ficamos chocados quando outro garoto, vindo de outro lado, se aproximou de mim exatamente no mesmo momento.

— Gunner — Baden o cumprimentou. — O que está achando da festa?

— Excelente. Estava mesmo prestes a agradecer a princesa por organizá-la. Foi um prazer conhecer seus irmãos mais novos.

— Oh, céus. O que eles fizeram dessa vez?

Baden ria enquanto Gunner tentava conter um sorriso.

— Osten é bem... elétrico.

— Culpa dos meus pais — comentei, suspirando. — Parece que quando chega o quarto filho, o desejo de ensinar certos valores voa pela janela.

— Mas eu gosto dele. Espero que fique por perto.

— Difícil prever. Osten é o mais impossível de vigiar. A própria babá, que aliás ele *despreza*, não consegue acompanhar o ritmo. Ou ele está provocando o caos ou está escondido.

Baden entrou no papo. Não sei se com a intenção de flertar ou de parecer corajoso.

— São dois estados de espírito tão diferentes! — ele disse. — Todo mundo na sua família é assim?

Entendi o que ele queria saber de verdade: será que eu era o tipo de garota que ora procurava sossego, ora agitação, nunca um meio-termo?

— Sem dúvida — respondi.

Baden acenou com a cabeça.

— Bom saber. Vou comprar um escudo e um par de binóculos.

E, droga, eu ri. Não queria, mas ri. Tentei não ficar irritada por baixar a guarda. Ao menos a cena daria umas boas fotos. Fiz uma breve reverência e voltei a circular pelo ambiente.

Vi Henri do outro lado do salão, com Erik seguindo cada um de seus passos. Quando nossos olhares se encontraram, Henri veio imediatamente na minha direção, sorrindo de orelha a orelha.

— Olá! *Hyvää iltaa!* — disse e lascou um beijo na minha bochecha, o que mais uma vez teria sido um escândalo se qualquer outro tivesse feito o mesmo.

— Ele desejou uma boa noite.

— Ah, err... *hivat ilah?* — balbuciei, na tentativa de reproduzir as palavras.

Henri riu do meu atentado à sua língua.

— Bom, bom! — comentou.

Será que ele era sempre tão alegre?

Virei para Erik.

— Ficou muito ruim?

Ele explicou com uma voz gentil, mas sem mentir:

— Sinto dizer, mas eu seria incapaz até de imaginar o que você disse.

Abri um sorriso verdadeiro. Aquela dupla era tão despretensiosa e, considerando que Henri devia se sentir sempre meio alheio a tudo, isso era bem impressionante.

Antes que eu pudesse continuar a conversa, Josie apareceu ao meu lado.

— Grande festa, Eadlyn. Você é Henri, certo? Vi sua foto — ela disse apressadamente e logo esticou a mão para cumprimentá-lo.

Henri deve ter ficado confuso, mas aceitou o gesto mesmo assim.

— Meu nome é Josie. Eadlyn e eu somos praticamente irmãs — ela matraqueou.

— Exceto que não temos parentesco algum — acrescentei.

Erik tentou transmitir tudo a Henri rápida e discretamente, o que distraiu Josie.

— Quem é você? — ela perguntou. — Não me lembro de ter visto sua foto.

— Sou o intérprete do sr. Henri. Ele só fala finlandês.

Josie pareceu incrivelmente frustrada. Foi quando percebi que ela tinha se juntado a nós por achar Henri atraente. De fato, ele parecia mais jovem que quase todos os outros e tinha aquela aura descontraída. Por isso, Josie deve ter pensado que o garoto serviria mais para ela do que para mim.

— Então... — ela começou — como ele, tipo, consegue viver?

Sem nem perguntar a Henri, Erik respondeu:

— Se a senhorita é praticamente irmã da princesa, estou certo de que o palácio lhe proporcionou uma excelente educação. Assim, evidentemente, a senhorita sabe que as relações entre Illéa e a Noruécia são antigas e fortes, o que atrai muitos noruécios para cá, onde eles formam pequenas comunidades, e vice-versa. Não é nada difícil.

Apertei os lábios para não rir daquela maneira tão articulada de pôr Josie no lugar.

— Ah, claro... Hum... — Foi o máximo de esforço que ela fez. — Com licença.

— Desculpem — cochichei logo que ela saiu. — Não tem nada a ver com vocês. Ela é simplesmente terrível.

— Sem problemas — Erik respondeu honestamente.

Ele trocou umas poucas palavras em finlandês com Henri, provavelmente explicando o que tinha acabado de acontecer.

— Me perdoem, preciso falar com alguém, mas vejo vocês no jantar. — Fiz uma reverência para me despedir e os deixei para encontrar algum refúgio.

Aquela entrevista uns minutos antes tinha me derrubado, mas fiquei orgulhosa por ter conseguido juntar os cacos em seguida. Só que Josie tinha a habilidade de me irritar sempre.

Vi minha mãe sozinha e fui em direção a ela o mais rápido possível, esperando encontrar um pouco de paz. Em vez disso, fui recebida com um olhar parecido com o de Ahren quando cheguei.

— Por que você não nos contou o que ia fazer? — ela perguntou discretamente, forçando um sorriso como se não houvesse nada de errado.

Fiz o mesmo ao responder:

— Pensei que seria bom. Foi o que o papai fez.

— Sim, mas em escala bem menor e em particular. Você os envergonhou em público. Ninguém vai admirá-la por isso.

— Sinto muito — disse, suspirando. — Mesmo. Não me dei conta.

Minha mãe passou o braço ao meu redor e disse:

— Não quero ser dura com você. Sabemos do seu esforço.

Bem nesse instante um fotógrafo veio tirar uma foto espontânea de nós duas. Imaginei qual seria a legenda. Algo sobre a Selecionada ensinar a Selecionadora, talvez.

— O que faço agora?

Antes de responder, ela olhou ao redor para garantir que ninguém nos escutava.

— Apenas... considere a possibilidade de um pouco de romance. Nada escandaloso, por favor — ela acrescentou rapidamente. — Mas se você se apaixonar... é isso que as pessoas querem ver.

— Não posso fazer isso acontecer. Não posso...

— America, querida — meu pai chamou.

Aparentemente, Osten tinha derrubado alguma bebida em si mesmo, e minha mãe correu para tirá-lo do salão. Eu podia apostar que aquilo não passava de uma tentativa proposital de Osten para sair da festa.

Fiquei ali, sozinha, tentando ser discreta enquanto corria os olhos pelo salão. Eram muitos desconhecidos. Muitos olhares à espreita e à espera da minha atuação. Já estava pronta para acabar com a Seleção havia muito tempo. Respirei fundo. Três meses eram o preço da minha liberdade. Eu era capaz. Tinha que ser.

Cruzei o salão determinada, sabendo com quem precisava falar. Quando o encontrei, disse em seu ouvido:

— Vá ao meu quarto. Oito horas em ponto. Não conte a ninguém.

12

Andava de um lado para o outro à espera da batida na porta. Kile era realmente a única pessoa a quem eu podia confiar essa tarefa, embora detestasse ter que lhe pedir. Estava preparada para fazer um acordo, mas não sabia ao certo o que oferecer a ele em troca. Imaginava que ele teria alguma ideia.

Os toques na porta foram leves. Eu quase podia ouvir a pergunta que ele se fazia do outro lado: "O que estou fazendo aqui?".

Abri e lá estava, bem na hora, Kile.

— Alteza — ele disse, curvando-se de um jeito cômico. — Vim arrebatar seu coração.

— Engraçadinho. Entra logo.

Kile entrou e começou a examinar minhas estantes.

— Da última vez em que estive no seu quarto você tinha uma coleção de pôneis de madeira.

— Já passei dessa fase.

— Mas não da fase de tirana mandona?

— Não. Assim como você não passou da fase de nerd insuportável.

— É desse jeito que você se sai bem em todos os seus encontros?

— Mais ou menos — respondi com um sorrisinho. — Sente-se. Tenho uma proposta para você.

Ele notou a garrafa de vinho que eu tinha preparado e não perdeu tempo em servir-se de uma taça.

— Quer um pouco? — perguntou.

— Por favor — suspirei. — Vamos precisar.

Ele fez uma pausa e me encarou antes de continuar:

— Agora fiquei nervoso. O que você quer?

Peguei minha taça e tentei lembrar de como planejara abordar a situação.

— Você me conhece, Kile. Você conhece a minha vida inteira.

— Verdade. De fato, ontem mesmo tive uma vaga lembrança de você correndo pela casa sem nada além de fraldas. Foi uma boa visão.

Fiz uma cara de tédio e tentei não rir.

— De qualquer forma — falei —, você entende em certa medida a minha personalidade, quem eu sou com as câmeras desligadas.

Ele deu um gole no vinho e refletiu sobre aquelas palavras.

— Acho que entendo você com as câmeras ligadas também, mas continue, por favor.

Eu nunca tinha pensado naquilo, em como Kile acompanhara as diversas etapas do meu crescimento, nos bastidores e em frente às câmeras. Havia uma postura que eu precisava assumir quando estava exposta, e ele sabia disso.

— A Seleção não foi ideia minha, mas mesmo assim preciso me esforçar ao máximo para que tudo corra bem. Na minha opinião, acho que já estou me esforçando. Mas o público espera que eu seja uma garotinha risonha quando estou ao lado de todos vocês, e acho que não consigo fazer isso. Não consigo agir feito uma idiota.

— Na verdade...

— Pare!

Ele abriu um sorriso malicioso e tomou outro gole de vinho.

— Você é tão chato. Por que estou me dando o trabalho?

— Não, continue, você não quer agir feito uma idiota — ele insistiu, botando a taça sobre a mesa e inclinando-se para a frente.

Respirei fundo, de novo em busca de palavras.

— As pessoas querem romance, mas eu não estou preparada para me comportar assim em público, pelo menos até me sentir verdadeiramente envolvida com alguém. Mesmo assim, preciso oferecer a eles alguma coisa.

Abaixei a cabeça e o espiei por sob os cílios.

— Como o quê, exatamente?

— Um beijo.

— Um beijo?

— Um beijinho só. E você é a única pessoa para quem posso pedir isso, porque você saberia que não é de verdade e as coisas não ficariam complicadas. Estou disposta a te oferecer algo em troca.

Ele arqueou as sobrancelhas.

— O quê?

Dei de ombros e respondi:

— O que você quiser, de verdade. Desde que seja razoável. Não posso oferecer um país ou coisa do tipo.

— Você poderia conversar com a minha mãe? Me ajudar a sair daqui?

— E ir para onde, exatamente?

— Para qualquer lugar — ele falou com um suspiro desesperado. — Minha mãe... Não sei o que aconteceu para ser leal desse jeito a seus pais, mas ela enfiou na cabeça que aqui é a nossa casa para sempre. Você sabe quanto trabalho eu tive para fazer aquele curso intensivo? Eu quero viajar, quero construir coisas, quero fazer mais do que apenas ler. Às vezes penso que mais um dia dentro destes muros vai me matar.

— Sei como é — murmurei sem pensar. Em seguida, endireitei o corpo e retomei: — Posso fazer isso acontecer. Assim que tiver uma oportunidade, vou convencer seus pais de que você precisa deixar o palácio.

Kile pausou por um segundo e virou o resto do vinho.

— Um beijo? — perguntou.

— Um só.

— Quando?

— Hoje à noite. Haverá um fotógrafo à espera no fim do corredor às nove. Espero que bem escondido, porque eu gostaria de fingir que ele não está lá.

— Combinado. Um beijo — Kile concordou.

— Obrigada.

Permanecemos sentados em silêncio, observando os ponteiros do relógio. Depois de três minutos, não aguentei mais:

— O que você quer dizer com "construir coisas"?

Ele se animou para responder.

— É o que eu estudo. Arquitetura e design. Gosto de pensar em estruturas, de imaginar como construí-las, e também como construí-las de um modo especialmente bonito.

— Isso... isso é na verdade bem interessante, Kile.

— Eu sei.

Ele abriu um de seus sorrisos tortos, como os do pai. Era divertido ver como aquilo o deixava empolgado.

— Quer ver? — ele me convidou.

— Ver o quê?

— Alguns dos meus desenhos. Guardo no meu quarto. O velho, não o de Selecionado, então é logo no fim do corredor.

— Claro.

Tomei um último gole de vinho e o segui para fora. Com exceção de um ou dois guardas, o corredor permaneceu vazio durante nosso trajeto até o quarto dele.

Ele abriu a porta e acendeu a luz. Precisei segurar o queixo para que não caísse.

Aquilo era uma bagunça!

Cama desfeita, roupas espremidas no canto e montes de pratos sujos empilhados sobre o criado-mudo.

— Sei o que você está imaginado. "Como ele mantém tudo isso tão impecável?"

— Você leu meus pensamentos — eu disse enquanto tentava não parecer completamente enojada. Pelo menos não cheirava mal.

— Há um ano, mais ou menos, pedi para os funcionários pararem de limpar para mim. Eu mesmo limpo. Mas a Seleção me pegou desprevenido, então deixei como estava.

Ele começou a chutar objetos para debaixo da cama e a endireitar um pouco as coisas ao seu alcance.

— Por que você não deixa limparem?

— Já sou crescido. Posso cuidar de mim mesmo.

Achei que não era intenção dele me dar uma cutucada, mas doeu mesmo assim.

— Em todo caso, aqui é meu lugar de trabalho.

As paredes do canto oposto do quarto estavam cobertas de fotografias e cartazes de todo tipo de construção, de arranha-céus a cabanas de barro. A mesa estava transbordando de plantas que ele havia desenhado e de maquetes feitas com pedaços de madeira e chapas finas de metal.

— Você fez tudo isso? — perguntei ao tocar com cuidado uma estrutura que tinha uma leve torção na parte de cima.

— Fiz. São só conceitos, projetos. Adoraria criar prédios de verdade um dia. Estou estudando, mas isso é o máximo que posso aprender sem praticar, sabe?

— Kile... — Contemplei tudo aquilo: as cores e linhas, a quantidade de tempo e pensamento que cada peça havia exigido. — Isso é maravilhoso.

— São bobagens minhas.

— Não venha com essa. Não faça parecer menos do que é. Eu jamais seria capaz de fazer algo parecido.

— Com certeza seria.

Ele passou à minha frente e sacou uma régua em formato de T e a colocou sobre um desenho no qual tinha começado a trabalhar.

— Viu? É só uma questão de observar as linhas e fazer as contas — explicou.

— Argh... matemática. Já tenho uma boa dose disso no trabalho.

— Mas é uma matemática divertida — ele rebateu, rindo.

— Matemática divertida é um oximoro.

Kile e eu passamos para o sofá e folheamos alguns livros de seus arquitetos favoritos, observando o estilo de cada um. Ele parecia particularmente interessado em como alguns trabalhavam com o ambiente ao redor da construção, enquanto outros não o levavam tanto em conta.

— Quer dizer, olha só isso! — Kile dizia entusiasmado praticamente em todas as páginas.

Eu não acreditava que tinha precisado de tantos anos para descobrir aquele lado dele. Kile havia se escondido em uma concha, isolado de todos do palácio porque se sentia *preso*. Por trás dos livros e dos comentários ácidos havia uma pessoa curiosa, cativante e às vezes muito charmosa.

Era como se eu tivesse sido enganada. Será que agora surgiria alguém do nada para me dizer que Josie era, na verdade, uma santa?

Depois de um tempo, Kile olhou para o relógio.

— Já são nove e dez.

— Ah, temos que ir então — lembrei, mas sem querer levantar. Aquele quarto bagunçado era um dos lugares mais confortáveis em que já tinha estado.

— É.

Kile fechou o livro e o devolveu à estante. Embora tão desorganizado quanto o resto do quarto, aquele canto parecia receber um cuidado especial do garoto.

Esperei por ele perto da porta. Um nervosismo súbito tomou conta de mim.

— Aqui — ele disse ao oferecer a mão. — É o final de um encontro, certo?

Segurei sua mão e agradeci.

— Obrigada. Por me mostrar seu trabalho e por fazer isso. Prometo retribuir.

— Tudo bem.

Ele abriu a porta e me conduziu pelo corredor.

— Quando você acha que foi a última vez que demos as mãos? — perguntei em voz alta.

— Provavelmente brincando de roda ou algo assim.

— Provavelmente.

Permanecemos em silêncio durante a caminhada até o meu quarto. Ao chegarmos lá, me voltei para Kile e o vi engolir em seco.

— Nervoso? — perguntei.

— Nada — respondeu com um sorriso, mas também com as mãos tensas. — Então... Boa noite.

Kile baixou o rosto, se aproximou e me beijou por um momento. Então, seus lábios se abriram, se fecharam e se abriram de novo. Respirei fundo entre um beijo e outro porque tinha a sensação de que haveria mais. Eu estava certa, e que bom, porque nunca tinha sido beijada daquele jeito e queria mais.

As poucas vezes em que tinha beijado garotos foram apressadas e atrapalhadas, momentos escondidos em guarda-volumes ou atrás de alguma estátua. Mas, daquele jeito, com tanto ar em volta e sem ninguém à minha procura... Que diferença.

Me inclinei um pouco na direção dele, ainda o abraçando.

Ele ergueu a mão que estava livre até a minha bochecha. Então levou os lábios aos meus outra vez pelo que pareceu uma eternidade, antes de recuar.

E, mesmo quando recuou, seu nariz continuou tocando o meu, tão próximo que eu podia sentir os resquícios de vinho em sua respiração.

— Acha que isso basta?

— Eu... hum... não sei.

— Só para garantir.

Ele pressionou a boca contra a minha de novo. Fiquei tão surpresa por receber outro beijo como aquele que pensei que meus ossos fossem derreter. Envolvi os dedos no cabelo dele, chocada comigo mesma por sentir o desejo de segurá-lo daquele jeito a noite inteira.

Ele recuou de novo e olhou nos meus olhos. Algo estava diferente. Será que ele também estava sentindo aquele calor estranho se alastrar pelo corpo?

— Obrigada — cochichei.

— Quando quiser. Quer dizer... — ele balançou a cabeça e riu de si mesmo. — Você sabe o que quero dizer.

— Boa noite, Kile.

— Boa noite, Eadlyn.

Ele me deu um beijo rápido na bochecha antes de seguir em direção às escadas que davam para sua ala temporária no palácio.

Observei-o ir embora e repeti para mim mesma que o único motivo para o meu sorriso eram as câmeras escondidas em algum lugar, não qualquer coisa que Kile Woodwork tivesse feito.

13

— Então, acho que consegui distrair todo mundo por um tempo — comentei enquanto caminhava de braços dados com Ahren pelo jardim.

— Tenho que concordar — meu irmão respondeu com cara de espertinho e me segurei para não estapeá-lo. — Como foi?

Depois dessa pergunta não me segurei mais e dei uns tapas.

— Seu canalha! Uma dama jamais conta.

— Bem, e por acaso uma dama de verdade pode ser fotografada beijando um pretendente no escuro?

Dei de ombros.

— Não importa. Funcionou.

As fotos em que eu aparecia beijando Kile foram devoradas feito ração, como previsto. Era estranho constatar que as pessoas estavam famintas por esse tipo de coisa, mas eu não ligava muito, desde que estivessem satisfeitas. Contudo, as reações ao beijo variaram. Um punhado de jornais o considerou um gesto doce, mas a maioria deles não aprovou que eu beijasse alguém tão no início da competição.

Uma das revistas de fofoca chegou a organizar um debate entre seus dois principais jornalistas para determinar se o beijo fazia de mim uma garota fácil ou uma princesa romântica, já que conhecia Kile desde a infância. Eu tentava não dar atenção. Logo apareceriam outras coisas sobre o que falar.

— Dei uma folheada nas páginas — disse, me voltando para Ahren. — Nenhuma matéria sobre discriminação pós-castas.

— E então? Quais os planos para hoje? Fazer algum deles chorar outra vez?

— Só um chorou — respondi com cara de tédio. — E também não sei. Talvez não vá visitá-los hoje.

— Nada disso — disparou Ahren, me conduzindo por outro caminho pelo jardim. — Juro pra você, Eadlyn. Se for preciso, arrasto você pelo cabelo, mas você tem que participar de verdade da Seleção.

Larguei o braço dele.

— Não consigo parar de pensar que a Seleção do papai não foi tão difícil assim.

— Você perguntou para ele?

— Não, e não sei se posso. Recentemente ele e a mamãe me deram mais detalhes de como tudo aconteceu, com intenção de me ajudar. Sinto que eles devem ter guardado essas coisas por algum motivo, e parece falta de educação perguntar. Além disso, não sei se duas pessoas lidariam com a situação da mesma maneira, e não tenho a menor vontade de saber se o papai chegou a se interessar por outra mulher que não a mamãe.

— Não é estranho pensar nisso? — ele perguntou ao sentar em um banco próximo. — Alguma outra mulher podia ter sido nossa mãe!

— Não! — rebati, também sentando. — Nós só existimos porque eles se encontraram. Qualquer outra combinação não teria nos criado.

— Você está bagunçando minha cabeça, Eady.

— Desculpe. Esta situação acaba comigo — justifiquei enquanto corria o dedo por uma pedra. — Quer dizer, eu sei por que é uma ideia intrigante: em algum lugar lá fora, meu par perfeito pode estar à minha espera, e por sorte posso ter sorteado o nome dele e me apaixonar loucamente. Mas, depois, sinto que sou um objeto em exposição, que estou sendo julgada mais do que o normal. E quando olho para os garotos, vejo que são pessoas totalmente diferentes do tipo de gente que costumo encontrar, e acho que não gosto disso. Tudo na Seleção me deixa confusa.

Ahren permaneceu quieto por alguns instantes. Dava para notar que ele escolhia as palavras com cuidado, o que me deixou nervosa.

Eu não sabia ao certo se era coisa de gêmeos ou uma ligação exclusiva entre nós dois, mas quase dava para sentir nossas discordâncias fisicamente. Parecia existir um elástico esticado entre nós.

— Ouça, Eady, sei que isso pode ser o jeito errado de abordar a questão, mas eu acho mesmo que pode ser bom para você ter alguém na vida. Estou há muito tempo com Camille e, mesmo se tudo acabasse amanhã, eu seria uma pessoa melhor por causa dela. Há coisas sobre nós mesmos que só aprendemos quando deixamos alguém se aproximar de verdade.

— E como vocês dois conseguem fazer isso? Vocês ficam quase o tempo todo distantes.

Ele sorriu.

— Ela é a minha alma gêmea. Eu sei disso.

— Eu não acredito em alma gêmea — falei enquanto examinava meus sapatos. — Você conheceu uma princesa da França simplesmente porque só conhece gente da realeza, e gostou mais dela que das outras princesas. A sua verdadeira alma gêmea pode estar ordenhando uma vaca neste instante e você jamais saberá.

— Você sempre é tão negativa com ela — seu tom de voz tensionou ainda mais o elástico invisível.

— Só estou discutindo as possibilidades.

— Enquanto isso, você tem dúzias de possibilidades bem na sua frente e se recusa a olhar para elas.

Torci o nariz.

— Foi o papai que mandou você dizer isso?

— Não! Só acho que você precisa encarar isso com a mente aberta. Você é uma das pessoas mais isoladas do país, mas isso não quer dizer que deva ficar na defensiva o tempo inteiro. Você precisa viver um romance pelo menos uma vez na vida.

— Ei! Eu vivi romances!

— Uma foto no jornal não conta como romance — ele rebateu inflamado. — Nem ter ficado com Leron Troyes na festa de Natal em Paris.

Perdi o fôlego.

— Como você sabe?

— Todo mundo sabe.

— Até nossos pais?

— O papai não. Bom, a não ser que a mamãe tenha contado, porque tenho certeza de que ela sabe.

Enterrei o rosto nas mãos e soltei uma espécie de guincho com toda a minha humilhação.

— Só quero dizer que a Seleção pode ser boa para você.

Essa frase arrancou toda vergonha do meu corpo e a substituiu por raiva.

— Todos não param de dizer isso: pode ser bom para mim. O que isso quer dizer? Sou inteligente, bonita e forte. Não preciso ser salva.

Ahren deu de ombros e disse simplesmente:

— Talvez não. Mas jamais saberá se algum deles precisa.

Cravei os olhos na grama e refleti sobre aquelas palavras. Elas só me confundiam ainda mais.

— O que você está fazendo, Ahren? Por que mudou de ideia de repente? Pensei que estivesse do meu lado.

Vi um brilho em seus olhos que ele disfarçou rapidamente e, em seguida, passou o braço por cima do meu ombro.

— Continuo do seu lado, Eadlyn. Você, mamãe e Camille são as mulheres mais importantes da minha vida. Então, por favor, entenda que às vezes eu me pergunte se você é feliz.

— Eu sou feliz, Ahren. Sou a princesa. Tenho tudo.

— Acho que você confunde conforto com felicidade.

As palavras dele me lembraram vagamente da conversa recente que tive com a minha mãe.

Ahren acariciou meu braço, levantou e ajeitou o paletó.

— Prometi que ia ajudar Kaden com a lição de francês. Apenas pense nisso, certo? Talvez eu esteja errado. Com certeza não seria a primeira vez.

Nós dois sorrimos.

— Vou pensar — assenti.

Ele piscou para mim e provocou:

— Marque um encontro ou coisa assim. Você precisa viver mais.

Cheguei diante da porta do Salão dos Homens e comecei a andar em círculos. Estava preocupada, pensando se aquilo não seria uma perda de tempo. Depois da conversa com Ahren, eu deveria ter ido direto para o escritório. Para ser sincera, não via a hora de voltar à monotonia diária de mexer com a burocracia. Mas as palavras dele, mais do que as de qualquer outra pessoa, me fizeram pensar em pelo menos tentar. Não da maneira falsa que tinha planejado para as câmeras, mas um esforço genuíno.

Disse a mim mesma que cedo ou tarde eu teria que marcar encontros com eles de qualquer jeito. Era o menor dos meus deveres. Isso não significaria escolher alguém; seria simplesmente cumprir a promessa que tinha feito ao meu pai e fazer o que as pessoas esperavam.

Suspirando, entreguei o envelope ao mordomo.

— Muito bem, vá em frente.

Ele fez uma reverência antes de entrar. Esperei do lado de fora.

Tinha decidido não invadir mais o Salão dos Homens. Queria que os Selecionados pisassem em ovos, mas todo mundo precisa de uma folga de vez em quando. Eu sabia disso mais do que ninguém.

O mordomo voltou um momento depois e segurou a porta para Hale passar. Duas coisas me passaram pela cabeça à medida que ele se aproximava. Primeiro, me perguntei o que Kile pensaria, o que — reconheço — foi estranho. Segundo, era óbvio que Hale não sabia o que esperar de mim, porque veio com muita cautela e parou a quase um metro de mim.

— Alteza — ele cumprimentou com uma reverência.

Juntei as mãos à frente do corpo e disse:

— Pode me chamar de Eadlyn.

Uma ponta de sorriso surgiu em seu rosto.

— Eadlyn — repetiu.

Nenhuma pessoa no mundo é tão poderosa quanto você.

— Estava pensando se você gostaria de se juntar a mim para uma sobremesa hoje depois do jantar.

— Só você e eu?

Dei um suspiro.

— Quer convidar mais alguém? Também precisa de um intérprete?

— Não, não! — ele respondeu com um verdadeiro sorriso no rosto. — Estou só... surpreso... de um jeito bom, acho.

— Ah — Essa foi a minha patética reação a uma confissão tão doce, mas eu simplesmente não estava preparada.

Hale permaneceu imóvel, com as mãos enfiadas nos bolsos, e radiante. Era difícil vê-lo como alguém que eu simplesmente mandaria de volta para casa.

— Humm... Bom, vou passar no seu quarto uns vinte minutos depois do jantar e vamos para uma das salas de estar no andar de cima.

— Parece ótimo. Até mais tarde.

— Até mais tarde — respondi, já começando a andar.

Fiquei incomodada ao perceber que agora eu estava ansiosa para o nosso encontro. A empolgação dele era bem fofa. Mas, pior do que sentir que a Seleção estava começando a mexer comigo, foi ver o olhar exultante de Hale quando me flagrou virando para trás para observá-lo uma última vez antes de me afastar.

14

Seria estranho trocar de vestido entre o jantar e a sobremesa? Será que ele trocaria de roupa? Eu vinha usando tiaras nos últimos dias, mas não seria errado usar em um encontro?

Um *encontro*.

Tratava-se de algo muito além da minha zona de conforto. Eu me sentia tão vulnerável e não conseguia entender o motivo. Afinal, já tinha interagido com alguns garotos. Teve aquele episódio espetacular com Leron na festa de Natal, e Jamison Akers já me servira morangos com a boca quando estávamos escondidos atrás de uma árvore durante um piquenique. Eu tinha até conseguido sobreviver à noite anterior com Kile, embora aquilo não tivesse sido um encontro de verdade.

Além disso, conhecera os trinta e cinco Selecionados e não perdera a compostura por um minuto sequer. Isso sem falar no fato de ajudar a governar um país inteiro. Por que um encontro com um garoto me deixava tão ansiosa?

Decidi que sim, trocaria de roupa: colocaria um vestido amarelo mais longo atrás do que na frente e acrescentaria um cinto azul-marinho para dar menos a impressão de "vamos para o parque" e mais a de "vamos sair". E nada de tiara. Nem sei por que tinha considerado essa possibilidade.

Refleti bastante e lembrei a mim mesma que era *ele* quem precisava *me* conquistar, não o contrário.

As batidas na porta me fizeram dar um pulo. Eu ainda tinha cinco minutos! E era eu quem devia ir até ele! Ele estava estragando toda a minha estratégia de preparação. Se fosse o caso, o mandaria de volta para começar tudo de novo.

Sem esperar ser atendida, minha tia May enfiou a cabeça dentro do quarto. Minha mãe vinha logo atrás dela, sorridente.

— Tia May! — corri até ela e dei um abraço bem apertado. — O que você está fazendo aqui?

— Imaginei que talvez quisesse um apoio extra, então voltei.

— E eu estou aqui para deixar tudo bem mais constrangedor do que já é — minha mãe prometeu com um sorriso.

Dei uma risada nervosa e admiti:

— Não estou acostumada com isso. Não sei o que fazer.

Tia May levantou uma sobrancelha e comentou:

— Segundo os jornais, você está se saindo muito bem.

— Foi diferente — falei, já corada. — Não foi um encontro de verdade. Não significou nada.

— E este significa? — ela perguntou em tom carinhoso.

Dei de ombros.

— Não é a mesma coisa.

— Sei que todos dizem isso — minha mãe começou, jogando meu cabelo para trás —, mas é o melhor conselho que posso dar: seja você mesma.

Era mais fácil falar do que fazer. Afinal, quem eu era? Metade de uma dupla de gêmeos. Herdeira de um trono. Uma das pessoas mais poderosas do mundo. A maior distração do país.

Nunca apenas filha. Nunca apenas garota.

— Não leve nada muito a sério — sugeriu minha tia enquanto ajeitava o próprio cabelo no espelho antes de se voltar para mim. — Apenas curta.

Fiz que sim com a cabeça.

— Ela tem razão — minha mãe concordou. — Você não precisa escolher alguém tão cedo. Você tem tempo, então divirta-se e conheça pessoas novas. Todos sabem como isso é raro para você.

— Verdade. É que parece esquisito. Vou ficar a sós com ele, e depois ele vai contar aos outros garotos, e depois teremos que falar sobre isso na TV.

— Parece mais difícil do que é. Na maioria das vezes, é divertido — minha mãe garantiu.

Tentei imaginar minha mãe adolescente, corando e falando de seus encontros com meu pai.

— Então você não se importava? — perguntei a ela.

Ela contraiu os lábios e olhou para o teto enquanto pensava.

— Bem, era mais difícil no começo. Eu hesitava muito em ser o centro das atenções. Mas você é ótima nisso. Veja esse encontro como uma festa ou um evento qualquer sobre o qual você precisa dar uma entrevista depois.

May olhou para a minha mãe com uma cara de desconfiada.

— Não vai ser exatamente como um relato sobre o Banquete da Gratidão — ela explicou, concentrando-se em mim —, mas sua mãe tem razão ao dizer que você se dá melhor sob os holofotes. Ela era uma vergonha na sua idade.

— Obrigada, May — disse minha mãe com cara de tédio.

— Disponha.

Comecei a rir e desejei por um instante ter ao menos uma irmã. A irmã mais velha da minha mãe, tia Kenna, tinha morrido anos antes, de uma doença no coração. Tio James era um homem simples e não queria criar Astra e Leo no palácio, apesar de termos feito essa proposta várias vezes. Mantínhamos contato, claro, mas Astra e eu éramos muito diferentes. Ainda assim, tinha a lembrança viva — até demais — de minha mãe abraçada com tia May e vovó depois que Kenna faleceu. Cada vez mais eu imaginava se, para minha mãe, ter perdido a irmã tinha sido como perder uma parte dela mesma. Eu sabia que me sentiria assim se algo acontecesse com Ahren.

Tia May deu uma cotovelada na minha mãe e as duas sorriram. Elas nunca brigavam pra valer, não por nada realmente importante, e sempre aliviavam minha preocupação.

Elas tinham razão. Um encontro não era nada.

— Você vai se sair muito bem — minha mãe disse. — Você não sabe fracassar — completou e deu uma piscadela para mim em seguida. Me senti mais confiante.

Conferi as horas.

— Preciso ir. Obrigada por terem vindo — eu disse, segurando a mão de tia May.

— Sem problema.

Dei um abraço nela e outro na minha mãe, já perto da porta.

— Divirta-se — ela sussurrou e saiu de mãos dadas com a irmã, tomando a direção oposta.

Ajeitei o vestido e parti para o andar de baixo. Ao chegar

ao quarto de Hale, fiz uma pausa e respirei fundo antes de bater. Ele mesmo atendeu, não o mordomo, e parecia encantado ao me ver.

— Você está fantástica — elogiou.

— Obrigada — respondi, sem evitar um sorriso. — Você também.

Ele também tinha trocado de roupa, o que me deixou bem mais confortável, e gostei de sua escolha. A gravata tinha ficado de fora, e o primeiro botão da camisa estava aberto. Isso mais o colete... bom, ele estava bem bonito.

Hale enfiou as mãos nos bolsos e perguntou:

— Bom, aonde vamos?

Apontei para o fim do corredor.

— Por aqui até o quarto andar.

Ele balançou o corpo algumas vezes antes de estender o braço hesitante para mim.

— Você é a guia.

— Muito bem — comecei enquanto caminhávamos até a escada. — Conheço as informações básicas. Hale Garner, dezenove anos, Belcourt. Os formulários de inscrição são bem objetivos, então quero saber qual é a sua história.

Ele achou graça.

— Bom, também sou filho mais velho.

— Mesmo?

— Sim. Três garotos.

— Ah. Sinto pena da sua mãe.

Ele sorriu,

— Ah, ela não liga. Nós a fazemos se lembrar do nosso pai. Quando um de nós fala alto demais ou ri de algo que ele acharia engraçado, ela suspira e diz que somos iguais a ele.

Tive receio de perguntar, mas queria deixar as coisas claras.

— Seus pais são divorciados? — perguntei, duvidando ser esse o caso.

— Não. Ele faleceu.

— Sinto muito — disse, sentindo-me péssima por ter insultado indiretamente a memória dele quando o conheci.

— Tudo bem. É o tipo de coisa que só dá pra saber se você pergunta.

— Posso perguntar quando ele morreu?

— Uns sete anos atrás. Sei que vai soar estranho, mas às vezes sinto inveja do meu irmão mais novo. Beau só tinha seis anos quando aconteceu, e ele se lembra do papai, mas não como eu, sabe? Às vezes gostaria de não ter tanto do que sentir saudade.

— Eu poderia apostar que ele sente inveja de você pelo motivo oposto.

Hale abriu um sorriso triste.

— Nunca pensei nisso.

Seguimos pela escadaria principal e nos concentramos nos degraus. Quando chegamos ao quarto andar, retomei a conversa:

— E o que a sua mãe faz?

Hale engoliu em seco.

— No momento, é secretária na universidade da região. Ela... Bem, tem sido difícil para ela manter um bom emprego, mas ela gosta do atual e já está lá há um bom tempo. Estou acostumado a dizer "no momento" porque ela trocava de emprego toda hora, mas faz um tempo que isso não acontece.

Ele fez uma pausa antes de continuar:

— Como eu disse quando nos conhecemos, meu pai era Dois. Era um atleta. Teve de fazer uma cirurgia no joelho, mas apareceu um coágulo que chegou até o coração. Minha mãe nunca tinha trabalhado na vida. Primeiro foi sustentada pelos pais, depois pelo marido. Quando perdemos meu pai, ela descobriu que só sabia ser esposa de jogador de basquete.

— Poxa vida.

— Pois é.

Fiquei tão feliz quando chegamos à sala de estar. Como meu pai tinha aguentado? Como tinha conseguido peneirar todas aquelas garotas até encontrar uma esposa? Conhecer uma pessoa já estava me deixando exausta, e nosso primeiro encontro ainda não tinha durado nem cinco minutos.

— Uau! — Hale suspirou, admirado pelo lugar.

Das salas do quarto andar era possível enxergar um pouco além dos muros. Angeles brilhava lindamente à noite, e eu tinha pedido que baixassem as luzes do ambiente para que pudéssemos aproveitar a vista integralmente.

No centro da sala havia uma mesinha com diversos bolos. Um vinho de sobremesa nos esperava ao lado. Eu nunca tinha preparado uma noite romântica antes, mas achei que tinha feito um bom trabalho naquela primeira tentativa.

Ele puxou a cadeira para mim antes de sentar à mesa.

— Não sabia do que você gostava, então providenciei vários bolos. Estes são de chocolate, evidentemente — eu disse, indicando os bolinhos. — Aqueles são de limão, baunilha e canela.

Hale observou a pilha de delícias diante de nós como se eu tivesse lhe oferecido algo imenso.

— Ouça, não quero ser grosseiro — ele disse —, mas se você quer alguma coisa é melhor pegar já porque há grandes chances de eu acabar com isso tudo.

— Pode se servir — eu disse, rindo.

Ele pegou um dos bolos de chocolate e enfiou inteiro na boca.

— Hummmm.

— Experimente o de canela. Vai mudar sua vida.

Continuamos a comer por um tempo, e pensei que aquilo seria o bastante para uma noite. Tínhamos entrado em um território bem seguro; eu podia falar de sobremesas por horas! Mas então, sem avisar, ele voltou a falar de sua vida.

— Então, minha mãe trabalha na universidade, mas eu trabalho com um alfaiate da cidade.

— Ah é?

— Sim, tenho muito interesse por roupas. Bom, agora pelo menos. Foi difícil comprar coisas novas depois que meu pai morreu, por isso aprendi a consertar as camisas dos meus irmãos e a soltar barras de calças conforme eles cresciam. Minha mãe tinha uma pilha de vestidos que queria vender. Peguei dois deles e os combinei para criar uma roupa nova para ela. Não ficou perfeito, mas percebi que eu era bom o bastante naquilo para arrumar um emprego. Hoje leio bastante e observo o que Lawrence faz; ele é meu chefe. De vez em quando, me deixa assumir alguns projetos. Acho que é isso o que vou fazer da vida afinal.

Abri um sorriso.

— Você com certeza é um dos caras mais alinhados do grupo.

— É fácil com tantas opções para usar — ele comentou com um sorriso encabulado. — Meu mordomo é ótimo e me ajuda a garantir que o caimento de cada peça fique impecável. Acho que ele não gosta de todas as minhas combinações, mas eu quero parecer um cavalheiro sem deixar de ser eu mesmo, se é que isso faz algum sentido.

Concordei entusiasmada depois de engolir um pedaço de bolo.

— Consegue imaginar como é difícil adorar jeans mas ser princesa?

Ele achou graça.

— Mas você equilibra as peças tão bem! Quer dizer, seus trajes saem estampados na capa de todas as revistas e eu já vi montes deles. Seu estilo é muito característico.

— Acha mesmo? — perguntei, me sentindo animada. Com todas as duras críticas dos últimos dias, aquele pequeno elogio era como água no deserto.

— Com certeza! — ele exclamou. — Você se veste como princesa, mas não muito. Eu não ficaria surpreso se você fosse, na verdade, a líder de uma máfia só de mulheres.

Cuspi vinho por toda a mesa, o que fez Hale cair na gargalhada.

— Sinto muito! — lamentei com as bochechas queimando. — Se a minha mãe visse isso, eu ia levar o maior sermão.

Hale secou as lágrimas e se inclinou na minha direção.

— Mas eles passam sermão em você? Quer dizer, não é você que basicamente governa o país?

Dei de ombros.

— Não. Meu pai faz a maior parte do trabalho. Sou apenas a sombra dele.

— Mas isso é uma formalidade agora, certo?

— O que você quer dizer? — minhas palavras devem ter saído mais duras do que eu pretendia, porque o sorriso em seus olhos desapareceu instantaneamente.

— Não pretendo insultá-lo nem nada, mas muitas pessoas dizem que ele parece cansado. Sempre ouço muita gente especular sobre quando você vai assumir o trono.

Baixei a cabeça. Será que as pessoas realmente falavam sobre o cansaço do meu pai?

— Ei — Hale disse para recuperar a minha atenção. — Sinto muito mesmo. Só quis puxar conversa. Não queria deixá-la chateada.

Neguei com a cabeça.

— Não, imagina. Não sei o que me deu. Talvez a perspectiva de governar sem o meu pai...

— É tão engraçado ouvi-la chamar o rei de "pai".

— Mas é o que ele é! — repliquei novamente com um sorriso no rosto. Havia algo no jeito como ele falava que deixava tudo mais calmo, mais claro. Eu gostava disso.

— Eu sei, eu sei. Mas voltemos a você. Além de ser a mulher mais poderosa do mundo, o que faz para se divertir?

Comi outro pedaço de bolo para esconder o tamanho do meu sorriso.

— Isso pode ou não ser uma surpresa para você, mas também me interesso muito por moda.

— O quê? — foi a sua reação sarcástica.

— Faço esboços. Vários, na verdade. Também já me arrisquei nos hobbies dos meus pais. Sei um pouco de fotografia e toco um pouco de piano. Mas sempre volto ao meu caderno de desenho.

Eu sabia que estava sorrindo. Aquelas páginas com traços de lápis colorido representavam para mim um dos lugares mais seguros do mundo.

— Posso ver?

— O quê? — perguntei, cruzando as pernas e me endireitando na cadeira.

— Seus desenhos. Posso ver, um dia?

Ninguém via meus desenhos. Só mostrava para as criadas, quando necessário, porque não era eu quem costurava. Mas para cada esboço que eu revelava havia dezenas que eu escondia, coisas que eu sabia que não poderia usar. Pensei naquelas peças, cada uma delas guardada na minha cabeça ou no papel, e em como mantê-las em segredo parecia o único modo de continuarem sendo minhas.

Sei que ele não compreendeu meu silêncio repentino nem

o fato de eu segurar forte os braços da cadeira. Quando Hale fez aquela pergunta, supondo que seria bem-vindo àquele mundo, fiquei com a sensação de que ele tinha me visto — visto de verdade — e não gostei.

— Com licença — eu disse, levantando. — Acho que abusei um pouco do vinho.

— Precisa de ajuda? — ele perguntou, levantando também.

— Não, por favor, fique e aproveite — insisti, me retirando o mais rápido possível.

— Alteza!

— Boa noite.

— Eadlyn, espere!

No corredor, acelerei os passos ainda mais, sem poder expressar o alívio ao constatar que ele não foi atrás de mim.

15

Eu acreditava plenamente que não era culpada pelo meu estado naquele momento. Eu sabia para quem apontar o dedo, e todos eram membros da família Schreave. Culpava minha mãe e meu pai por serem incapazes de controlar o país e me forçarem àquela situação, e culpava Ahren por, antes de mais nada, me convencer a dar uma chance aos garotos.

Eu seria rainha, e uma rainha podia ser muitas coisas... mas vulnerável não era uma delas.

Os momentos com Hale na noite anterior me trouxeram várias certezas. Em primeiro lugar, eu estava certa sobre a Seleção. Não havia a menor possibilidade de encontrar um companheiro naquelas circunstâncias. Se no passado houve quem tivesse conseguido, julguei que só podia ter sido milagre. Ser obrigada a me abrir para vários estranhos não podia acabar bem.

Em segundo lugar, se algum dia eu me casasse, minhas chances de sentir um amor arrebatador e duradouro pela pessoa eram mínimas. O amor servia apenas para destruir nossas defesas, e eu não poderia me dar esse luxo. Eu já dava muito carinho à minha família e sabia que era meu ponto fraco — meu pai e Ahren em particular. Era difícil me imaginar fazendo isso comigo mesma de propósito.

Ahren sabia que suas palavras podiam mexer comigo, sabia o quanto eu o amava. Por isso, depois do encontro, tive vontade de esganá-lo primeiro.

Desci para o café da manhã com passos determinados, como se nada tivesse mudado. Eu ainda estava no controle, e um bando de garotos tontos não ia invadir meu mundo. Meu plano para aquele dia era voltar ao trabalho. Os últimos dias tinham trazido distrações demais, e eu precisava de concentração. Meu pai comentou sobre a oportunidade de eu encontrar alguém para me ajudar a fazer meu trabalho, mas até aquele momento tudo o que os rapazes tinham conseguido era dificultá-lo.

Ahren e Osten sentaram perto de nossa mãe, e eu tomei meu lugar ao lado de nosso pai e Kaden. Mesmo estando do outro lado da mesa, conseguia ouvir a mastigação de Osten.

— Tudo bem, irmãzinha? — Kaden perguntou, interrompendo suas colheradas bem servidas de cereal.

— Claro.

— Você parece um pouco tensa.

— Você também pareceria se um dia fosse governar o país — provoquei.

— Às vezes penso nisso — ele disse com um tom sério de repente. — Tipo, imagine se uma doença varresse Illéa, e você, a mamãe, o papai e Ahren fossem infectados e morressem. Então eu assumiria o controle e teria que aprender tudo sozinho.

Pelo canto dos olhos, vi meu pai se inclinar para escutar melhor o filho.

— Isso é meio mórbido, Kaden — ele disse.

Kaden deu de ombros.

— É sempre bom se precaver.

Apoiei o queixo sobre a mão e perguntei:

— E qual seria a primeira ordem do rei Kaden?

— Uma campanha de vacinação, obviamente.

— Boa pedida — falei, rindo. — E depois disso?

Ele refletiu uns instantes antes de responder:

— Acho que tentaria ir ao encontro das pessoas. Pessoas que não estivessem doentes. Aí saberia o que precisava fazer por elas. Lá fora deve ser um pouco diferente da nossa vida aqui.

— Muito sábio, Kaden — meu pai concordou.

— Eu sei.

Kaden voltou a comer, e assim terminou seu reinado imaginário. Que sorte a dele.

Fiquei enrolando com a comida enquanto observava discretamente meu pai. Sim, tinha reparado em seu cansaço naquela outra noite, mas foi apenas uma vez. Claro, ele precisava mais dos óculos ultimamente, e havia pés de galinha em torno de seus olhos, mas isso não significava necessariamente cansaço. O que Hale sabia?

Inspecionei a sala de jantar. Os garotos sussurravam entre si. Ean papeava com Baden. Burke tinha derrubado alguma coisa na gravata e tentava, sem sucesso, limpá-la. Meus olhos então se detiveram sobre Hale, e fiquei feliz por ele não estar olhando na minha direção naquela hora.

Na ponta da última mesa, vi Henri e Kile. Erik traduzia tudo pacientemente. Com base na expressão dos três, a conversa parecia bem animada.

Aquilo me interessou. Tentei por um minuto imaginar do que falavam, mas em vão. Fixei o olhar em Kile, mais precisamente em suas mãos. Era engraçado ver o jeito dele de gesticular para os outros e segurar o garfo quando eu sabia como elas seguravam bem o lápis para desenhar. Ou — melhor ainda — afastavam meu cabelo para me beijar.

Depois de um tempo, Kile me flagrou olhando para ele e, sorrindo, acenou com a cabeça. Henri notou o gesto e virou na cadeira para me dar um oi. Inclinei a cabeça para retribuir, com a esperança de que ninguém reparasse que eu estava corada. Henri voltou-se imediatamente para dizer algo a Erik, que então passou para Kile, que por sua vez levantou as sobrancelhas e confirmou com a cabeça. Eu sabia que eles falavam de mim, e não pude deixar de imaginar que Kile talvez tivesse revelado detalhes do nosso beijo.

Tia May talvez fosse a única pessoa com quem eu poderia desabafar sobre todos os detalhes do beijo sem ficar completamente horrorizada. Eu estaria mentindo se dissesse que não tinha pensado várias vezes naquele momento no corredor.

Ahren levantou e deu um beijo na bochecha de nossa mãe antes de tomar a direção da porta.

— Espere, Ahren, preciso falar com você — chamei, também levantando.

— Vejo você daqui a pouco, querida? — meu pai perguntou, olhando para mim.

— Estarei lá em cima já, já.

Ahren deu o braço para mim, e saímos da sala de jantar juntos. Eu podia sentir quanta atenção chamávamos. Era como uma energia que me seguia a todo lugar que eu ia. Muitas vezes me divertia com aquela sensação.

— O que você queria falar?

Respondi sem desfazer o sorriso.

— Conto quando estivermos no corredor.

As pernas dele vacilaram.

— Oh-oh.

Quando dobramos a esquina do corredor, me afastei e lhe dei um soco no ombro.

— Ai!

— Tive um encontro ontem à noite, foi péssimo e a culpa é especialmente sua.

— O que aconteceu? Ele foi grosseiro? — ele quis saber enquanto esfregava o ombro.

— Não.

— E ele... — meu irmão baixou a voz. — Ele tentou tirar vantagem de você?

— Não — respondi com os braços cruzados.

— Ele foi mal-educado?

— Não exatamente — suspirei. — Mas foi... esquisito.

Ahren ergueu os braços, impaciente.

— Mas é claro que foi. Se você o visse de novo, isso melhoraria. Essa é a questão. Leva tempo para conhecer alguém.

— Eu não quero que ele me conheça! Não quero que nenhum deles me conheça!

O rosto do meu irmão se fechou numa careta de confusão.

— Sempre pensei que você era a única pessoa no mundo que eu sempre entenderia, não importava o que acontecesse. Pensei que sempre me entenderia também. Mas caçoa de mim por eu estar apaixonado e, quando a oportunidade de encontrar alguém cai no seu colo, você detesta tudo.

Apontei o dedo para o peito dele.

— Não foi você quem concordou que não fazia sentido? Não era você que não via a hora de ver os garotos sofrerem? Pensei que nós dois tínhamos concordado que isso era uma grande piada. E agora, de repente, você virou o maior fã da Seleção.

Um silêncio doloroso preencheu o corredor. Esperei Ahren discutir comigo ou pelo menos se explicar.

— Sinto muito por desapontar você. Mas eu acho que isso vai além do encontro de ontem à noite. Você precisa descobrir o que a deixou tão assustada.

Endireitei a postura e ergui a cabeça ao máximo.

— Eu sou a próxima rainha de Illéa. Nada me assusta.

Ele se virou para sair.

— Continue a repetir isso, Eadlyn. Talvez resolva o problema.

Ahren não conseguiu chegar ao fim do corredor, porém. Josie tinha convidado umas amigas para ir ao palácio naquela manhã, e cada uma delas praticamente derreteu ao ver o rosto do príncipe. Reconheci uma delas, a que estivera no jardim outro dia, e só guardei seu rosto porque ela se dirigiu a mim da maneira correta.

Parei e observei enquanto abriam sorrisos tímidos e baixavam a cabeça. Ahren, para seu mérito, foi polido como sempre.

— Josie contou que seu domínio de literatura é impressionante, Alteza — uma garota comentou.

Ahren desviou o olhar.

— Ela exagera. Eu realmente gosto de ler, e até escrevo um pouco, mas nada que valha a pena tornar público.

Outra garota deu um passo à frente.

— Duvido que essa seja a verdade. Aposto que nosso tutor ficaria feliz se um dia o senhor viesse nos dar uma aula. Adoraria ouvir o que pensa dos livros que estamos lendo.

Josie juntou as mãos de entusiasmo.

— Ah, sim, por favor, Ahren. Venha nos ensinar.

As amigas riram ao ouvi-la tratar o príncipe pelo primeiro nome, hábito criado pelo fato de os dois terem crescido juntos.

— Receio ter muitos afazeres agora. Talvez em outro momento. Tenham um excelente dia, senhoritas.

Ele fez uma graciosa reverência e seguiu pelo corredor. Já as garotas não esperaram sequer ele se afastar o suficiente para começar a rir como idiotas.

— Ele é tão lindo — disse uma delas, prestes a explodir de adoração.

Josie suspirou.

— Eu sei. E também é tão gentil comigo. Fizemos um passeio juntos outro dia, e ele disse que me achava uma das garotas mais bonitas que já conhecera.

Não consegui aguentar. Passei pelo meio delas e avisei, sem diminuir o passo:

— Você é jovem demais para ele, e ele tem namorada, Josie. Desista.

Virei nas escadas e comecei a subir para o escritório. Sabia que me sentiria melhor ao fazer algo controlável, que eu pudesse ticar em uma lista.

— Viram? — Josie comentou com as amigas sem se preocupar em baixar o tom de voz. — Eu disse que ela era péssima.

16

O trabalho não me fez sentir melhor. Ainda estava muito desconfortável pelo encontro com Hale, e brigar com Ahren sempre me fazia perder o chão. O mundo inteiro tinha saído dos eixos. Os comentários ridículos de Josie eram a cereja do bolo.

Minha cabeça fervia com as palavras dos outros e com as minhas próprias perguntas. Tinha certeza de que aquele dia estava perdido.

— Sabe — meu pai disse, levantando os olhos do trabalho —, eu também fiquei distraído no começo. Fica mais fácil à medida que o grupo diminui.

Sorri. Tudo bem, deixaria meu pai pensar que eu tinha uma queda por alguém.

— Desculpe, pai.

— Não é nada. Você quer que eu faça seu trabalho hoje? Quer tirar a tarde de folga?

Endireitei os papéis.

— Não precisa. Sou perfeitamente capaz.

— Não duvido de você, amor. É só que...

— Já passei muito tempo longe do trabalho por causa da Seleção. Não quero negligenciar meus deveres. Estou bem.

Não queria ter sido tão dura com ele.

— Tudo bem.

Ele ajeitou os óculos e retomou a leitura. Tentei fazer o mesmo.

O que Ahren queria dizer com aquela história de que meu incômodo ia além do encontro de ontem? Eu sabia por que estava brava. E desde quando eu caçoava dele por causa de Camille? É verdade, eu não falava muito com ela, mas o motivo é que não tínhamos muito em comum. Não era como se não gostasse dela.

Balancei a cabeça e tentei focar os papéis.

— Não tem problema se você quiser espairecer um pouco — meu pai propôs novamente. — Você podia passar um tempo com algum dos Selecionados e voltar depois do lanche. Além disso, teria algo a dizer no *Jornal Oficial*.

Uma torrente de emoções tomou conta de mim. Tentei pensar num jeito de contar que me senti extremamente exposta depois do encontro com Hale... Ou que fiquei atônita depois do beijo de Kile. Tentar organizar aqueles sentimentos conflitantes já me dava vertigem suficiente. Isso sem pensar no resto.

— Tive um encontro ontem, pai. Já não é o bastante?

Ele engoliu em seco e ponderou.

— Logo você precisará começar a nos avisar dos seus encontros. Algumas fotos seriam boas para todo mundo. E acho que precisa marcar pelo menos mais um até sexta.

— Mesmo? — choraminguei.

— Faça algo de que goste. Você encara a Seleção como se fosse um trabalho.

— Mas é isso que ela é! — protestei com uma risada incrédula.

— Pode ser divertido, Eadlyn. Tente. — Ele me olhou por cima dos óculos, como se aquilo fosse um desafio.

— Tudo bem. Um encontro. É tudo o que você terá, meu velho — provoquei.

Ele achou graça.

— O velho aqui está sempre certo.

Meu pai voltou aos seus papéis, satisfeito. Permaneci ali e comecei a espiá-lo furtivamente da minha mesa. Ele se alongava com frequência, levava a mão à nuca. Apesar de não haver tarefas urgentes para o dia, corria a mão pelo cabelo como se estivesse bem preocupado.

Agora que Hale tinha chamado minha atenção, ficaria sempre de olho no meu pai.

Decidi que Baden seria meu próximo alvo. Talvez tia May soubesse de algo, já que Baden não tinha sido afoito mas também não tentava se esconder. Quando alguém roubou um momento que deveria ter sido só dele durante o chá, ele não fez escândalo. E, quando me aproximei para termos um momento a sós, ele se concentrou em mim.

— Você toca piano, certo? — Baden perguntou, quando o convidei para o encontro.

— Sim. Não tão bem quanto a minha mãe, mas sou bem competente.

— Eu toco violão. Talvez pudéssemos tocar um pouco juntos.

Eu não teria pensado naquilo. Mas talvez a música implicasse menos conversa, e eu era totalmente a favor disso.

— Claro. Vou reservar o Salão das Mulheres para nós.

— E eu tenho permissão de entrar lá? — ele perguntou, cético.

— Quando está comigo, sim. Vou cuidar para que esteja vazio. Meu piano favorito fica lá. Você precisa de um violão?

Ele abriu um sorriso malandro.

— Não. Trouxe o meu.

Baden correu a mão pelo cabelo curtinho; estava aparentemente à vontade. Eu ainda tentava passar uma imagem de pessoa distante e impenetrável, mas notei que alguns caras não se incomodavam nem um pouco com a minha atitude. Baden era um deles.

— Quais são as chances de o salão estar vazio agora? — perguntou ele.

Achei graça em seu entusiasmo.

— Altas, de fato, mas tenho que trabalhar.

Ele inclinou a cabeça e assumiu um olhar malicioso.

— Mas você não tem sempre que trabalhar? Aposto que poderia ficar acordada até as três da manhã, se necessário.

— Verdade, mas...

— E o seu trabalho ainda estaria lá quando voltasse.

Cruzei as mãos e considerei.

— Veja, não posso simplesmente... — comecei.

— Vamos, vamos, vamos! — ele começou a cantarolar.

Apertei os lábios na tentativa de esconder o sorriso. Sério, eu precisava avisar alguém. Estava prestes a ter outro encontro sem registro... mas talvez merecesse mais um. *Semana que vem,* negociei comigo mesma. *Depois do* Jornal *de hoje me preocupo com as câmeras.*

— Vá pegar seu violão — cedi.

— Dois minutos!

Ele voou pelo corredor enquanto eu balançava a cabeça. Esperava que ele não contasse a ninguém que havia me convencido.

Caminhei até o Salão das Mulheres na expectativa de que estivesse vazio. Com a exceção de madame Marlee, sentada sozinha no canto com um livro, eu estava certa.

— Alteza — ela cumprimentou.

Era engraçado. Um monte de gente me chamava assim, mas quando os amigos da minha mãe faziam isso, era como se estivessem dizendo “Gracinha”, “Lindinha” ou “Bebê”. Eu não ligava, mas sempre era estranho quando acontecia.

— Onde minha mãe está?

Madame Marlee fechou o livro.

— Enxaqueca. Fui vê-la mas ela quis ficar sozinha. Qualquer ruído é um tormento.

— Ah, eu ia ter um encontro agora, mas talvez devesse conferir como ela está.

— Não — ela insistiu. — Sua mãe precisa descansar, e ela e seu pai adorariam que você tivesse um encontro.

Pensei um pouco. Se minha mãe estava tão mal, talvez fosse melhor esperar mesmo.

— Humm, tudo bem. Teria problema se a gente usasse o salão? Baden e eu vamos tocar um pouco de música — e acrescentei, medindo as palavras. — Nada de mais.

Madame Marlee riu e se levantou.

— Não tem problema nenhum.

— É estranho para você — perguntei do nada — Kile fazer parte disso? Já que estou prestes a me encontrar com uma pessoa que não é ele? Tudo bem, mesmo?

— Foi um choque bem grande ver vocês dois na capa de todos os jornais — ela disse, balançando a cabeça como se não fizesse a menor ideia de como aquilo tinha acontecido. Então ela se aproximou, como se quisesse contar um segredo. — Mas não se esqueça de que seus pais não foram os únicos a passar por uma Seleção.

Me senti uma grande idiota. Por que não tinha pensado naquilo?

— Lembro de ver seu pai penar para arranjar tempo para todas, tentar agradar todos ao seu redor e, ainda por cima, encontrar uma boa companheira. E para você é ainda mais difícil, porque seu contexto é diferente. Você está fazendo história enquanto tenta mudar o foco da população. Dizer que a Seleção é difícil é muito pouco.

— Verdade — admiti, e meus ombros vacilaram como se sentissem o peso de tudo aquilo.

— Não sei como você e Kile acabaram... hum... naquela situação, mas ficaria surpresa se ele chegasse ao topo da sua lista. Em todo caso, sou grata a você.

Por essa eu não esperava.

— Por quê? Não fiz nada.

— Fez — ela rebateu. — Você está dando tempo aos seus pais, um gesto muito generoso da sua parte. E também está dando tempo a mim. Não sei se vou conseguir segurar Kile aqui.

Uma batida soou na porta.

— Deve ser Baden — eu disse.

Ela pôs a mão em meu ombro.

— Não se mova. Eu abro.

— Opa! — Baden exclamou quando madame Marlee abriu a porta para ele.

Ela riu.

— Não se preocupe. Estou de saída. Ela está à sua espera.

Sorrindo o tempo todo, Baden olhou atrás dela e me encontrou. Ele tinha um ar tão triunfal, parecia tão feliz por passar um tempo a sós comigo.

— É esse? — ele perguntou, apontando para o piano atrás de mim.

Me virei, observando o instrumento.

— Sim. O tom deste aqui é maravilhoso, e a acústica do salão é ótima.

Baden me seguiu, e pude ouvir a capa do violão bater contra sua perna ou algum sofá à medida que ele atravessava aquele labirinto de assentos.

Sem perguntar, ele encontrou uma cadeira sem braços e a

puxou para o lado do piano. Corri os dedos pelas teclas e testei as escalas.

Baden afinou o violão, que estava escuro e bem surrado.

— Quanto tempo faz que você toca? — ele perguntou.

— Desde que me entendo por gente. Acho que minha mãe me sentava ao lado dela quando eu ainda era bebê, e eu repetia tudo que ela fazia.

— As pessoas sempre dizem que sua mãe era uma musicista fantástica. Acho que já a ouvi tocar na TV uma vez, em um programa natalino ou algo assim.

— Ela sempre toca bastante na época do Natal.

— Sua época preferida do ano? — ele supôs.

— De certo modo, sim, mas de outro, não. E ela também costuma tocar quando está preocupada ou triste.

— O que você quer dizer? — ele perguntou enquanto apertava uma corda e terminava a preparação.

— Ah, você sabe — desconversei. — Os feriados podem ser desgastantes.

Não me pareceu certo expor as lembranças da minha mãe: a perda do pai e da irmã na mesma época do ano, isso sem falar no ataque terrível que quase levou meu pai.

— Não consigo imaginar um Natal triste aqui. Se ela fosse pobre, eu entenderia o motivo da ansiedade.

— Por quê?

Ele sorriu consigo mesmo.

— Porque é difícil ver todos os seus amigos ganharem pilhas de presentes e não receber nada.

— Ah.

Ele deu aquela cutucada sobre nossas diferenças sociais na brincadeira. Também não ficou bravo ou me chamou de esnobe, coisa que outros talvez fizessem. Examinei Baden na tentativa de obter mais informações. O violão era velho, mas era difícil determinar as condições financeiras do rapaz, já que ele usava roupas fornecidas pelo palácio. Me lembrei do que tia May comentou sobre seu sobrenome.

— Você está na faculdade, certo? — perguntei.

Ele fez que sim com a cabeça.

— Bem, a matrícula está trancada agora. Alguns dos meus

professores ficaram decepcionados, mas a maioria me deixou enviar os trabalhos daqui para concluir o semestre.

— Que impressionante.

Ele deu de ombros.

— Sei o que quero e estou disposto a fazer tudo o que for necessário para conseguir.

Abri um sorriso curioso.

— E como a Seleção se encaixa nisso?

— Uau, mas que rapidez!

Mais uma vez, nenhum traço de raiva na voz dele. Ele praticamente encarou aquilo como piada.

— É uma pergunta justa, acho.

Comecei a tocar um dos clássicos que minha mãe havia me ensinado. Baden conhecia a música e começou a tocar também. Eu nunca tinha imaginado como aquela canção ficaria com cordas.

A música acabou por se sobrepor, e deixamos a conversa de lado. Mas não paramos de nos comunicar. Ele observava meus olhos enquanto eu analisava seus dedos. Eu nunca tinha tocado com outra pessoa que não minha mãe. Fiquei envolvida de um jeito que não acreditava ser capaz.

Fomos tocando com no máximo dois ou três descompassos ao longo de toda a música. Baden estava radiante ao terminarmos.

— Não conheço muito dos clássicos. No geral, um pouco de Beethoven e Debussy.

— Você é tão talentoso! Nunca imaginei essas músicas no violão.

— Obrigado — ele agradeceu com uma ponta de vergonha. — Respondendo à sua pergunta, estou aqui porque quero me casar. Não saí com muitas garotas, mas quando a oportunidade apareceu, pensei que valia a pena tentar. Estou apaixonado por você? Bom, hoje não. Mas gostaria de esperar para ver se isso pode acontecer.

Algo em sua voz me fez crer que ele foi completamente transparente. Baden queria encontrar alguém, e eu era alguém que ele jamais conheceria se não tivesse se inscrito para o sorteio.

— Gostaria de lhe fazer uma promessa, se não houver problema — ele propôs.

— Que tipo de promessa?

Ele dedilhou algumas cordas antes de explicar.

— Uma promessa sobre nós.

— Se pretende jurar devoção incondicional a mim, ainda é cedo demais.

Baden negou com a cabeça.

— Não, não é esse o plano.

— Muito bem, estou ouvindo.

Seus dedos tocaram uma melodia familiar. Não era um clássico, mas eu conhecia... Só não conseguia identificar.

— Se você chegasse à conclusão de que não sou a melhor opção para você, me mandaria para casa para se concentrar nos outros. O que quero lhe prometer é o seguinte: se eu puder lhe dizer que você não é a mulher certa para mim, direi. Não quero que nenhum de nós desperdice tempo.

Concordei.

— Eu agradeceria por isso.

— Ótimo — ele disse animado, para em seguida começar a cantarolar: — *E ela cruza o salão com um sorriso lindo, lindo, e aquelas pernas que vão indo, indo, indo. Sei que procura diversão com o olhar!*

Eu ri. Finalmente reconheci o som. Era uma música do Choosing Yesterday que eu cantava no banho mais do que gostaria de admitir.

— *Não tiro os olhos do seu rosto, rosto, rosto, então ela começa a dançar com gosto, gosto, gosto! É a número um, não dá pra evitar!*

Comecei a acompanhar no piano, rindo demais para conseguir acertar todas as notas do refrão, mas cantamos juntos. A melodia saiu toda errada, mas estávamos nos divertindo demais para ligar.

— *Ah, ela não deve ter mais que dezessete, mas já é grande pra passar no meu teste. É a coisa mais linda, tem que ser minha, ela é... minha rainha!*

Consegui acompanhar Baden quase durante a música inteira, apesar de só ter experiência com música clássica.

— Pra quê fazer faculdade? Você devia era fazer uma turnê — elogiei.

— É o meu plano B se essa história de príncipe não der certo — sua voz era tão honesta, tão real. — Obrigado por matar o trabalho para ficar comigo.

— Sem problemas, mas preciso voltar.

— Esse foi o encontro mais rápido da história! — ele reclamou.

Dei de ombros.

— Você teria tido mais tempo se esperasse até a noite.

— Certo — bufou. — Aprendi a lição.

Voltei a cobrir as teclas com a flanela enquanto ele guardava o violão.

— Você devia levar o violão até os outros — sugeri. — Aposto que eles se divertiriam tentando tocar.

— O quê? O meu violão? Não, não, não. É como se fosse meu filho! — ele disse dando umas palmadinhas na capa puída do instrumento. — Se alguém o quebrasse, eu ficaria arrasado. Foi meu pai quem comprou para mim, e custou caro. Tento cuidar bem dele.

— Sou assim com as minhas tiaras.

— Pffff — Baden riu bem na minha cara.

— O quê?

Antes de responder, ele passou um bom tempo com as mãos no rosto balançando a cabeça.

— Tiaras! Você é mesmo uma princesa, hein?

— E você pensava que os últimos dezoito anos foram só enganação?

— Gosto disso, sabe? De você proteger suas tiaras como protejo meu violão. Gosto de saber que também tem esse carinho especial por alguma coisa.

Abri a porta e seguimos para o corredor.

— Ótimo. Porque elas são lindas.

Ele sorriu.

— Obrigado por passar um tempo comigo.

— Eu que agradeço. Foi um prazer.

Houve uma pausa.

— O que fazemos agora? Um aperto de mão, um abraço, o que vai ser?

— Pode beijar minha mão — respondi, estendendo o braço.

Ele a tomou rapidamente.

— Até a próxima.

Baden me deu um beijo rápido, fez uma reverência e partiu para o quarto. Fui embora pensando que tia May ia dizer "eu avisei" assim que encontrasse com ela.

Eu sabia que seria o foco do *Jornal Oficial*. Geralmente, fazer discursos ou dar notícias não me incomodavam. Mas aquela noite seria diferente. Um: seria a primeira vez que encararia o público depois do desfile. Dois: eles iam querer saber o que eu tinha a dizer sobre Kile.

Fui de vermelho. Me sentia forte de vermelho. E prendi o cabelo no alto na esperança de parecer madura.

Tia May circulava pelos bastidores e dava piscadas para mim de vez em quando, enquanto mamãe ajudava meu pai com a gravata. Ouvi um dos garotos soltar um ganido. Olhei na direção do som e vi Alex com uma coisa afiada na mão. Ele esfregava a bunda como se tivesse sentado naquilo. Vasculhei o estúdio e encontrei Osten, encolhido em um canto, se segurando para não rir alto.

A presença de todos os Selecionados dava a sensação de que o estúdio estava lotado, o que aumentou meu desconforto. Por isso, pulei de susto quando alguém chamou meu nome.

— Sinto muito, Alteza — disse Erik.

— Não. Eu é que estou um pouco à flor da pele. Em que posso ajudar?

— Detesto incomodar, mas não sabia para quem perguntar. Onde posso sentar para traduzir para Henri?

Balancei a cabeça.

— Que grosseria a minha. Nem pensei nisso. Humm, venha comigo.

Levei Erik até o diretor de palco, e colocamos Henri na última fileira da arquibancada. Erik se sentou atrás dele, baixo o suficiente para não ser visto, mas próximo o bastante para Henri ouvi-lo.

Acompanhei tudo até os dois estarem bem instalados. Henri me fez um sinal de positivo, e Erik virou para me agradecer.

— Vou procurar o diretor de palco na próxima vez para não incomodá-la. Peço desculpas.

— Tudo bem, de verdade. Quero que vocês dois estejam confortáveis.

Erik inclinou a cabeça e abriu um sorriso tímido.

— Não se preocupe com meu conforto, Alteza. Não sou um dos pretendentes.

— Eadlyn, Eadlyn, onde você está? — minha mãe chamou.

Dei as costas para Erik e corri até a frente do palco.

— Aqui, mãe!

Ela levou a mão ao coração, como se estivesse acelerado.

— Não conseguia encontrar você. Pensei que talvez tivesse fugido. — Ela se acalmou enquanto se aproximava.

— Calma, mãe — respondi ao tomar sua mão. — Não sou perfeita, mas também não sou covarde.

O *Jornal Oficial* daquela noite girava em torno das mulheres. Minha mãe deu notícias sobre sistemas de auxílio geridos pelas províncias, encorajando as outras a seguir o exemplo de três províncias do norte que ajudavam desabrigados com a doação de comida e ofereciam aulas gratuitas de gestão de finanças e como se comportar em entrevistas de emprego. A srta. Brice falou de uma proposta de perfuração para extração de petróleo que afetaria parte da região central de Illéa. Todo o país se beneficiaria disso, mas as seis províncias do centro deveriam aprovar as medidas antes. E depois, claro, todos os olhares se concentraram nos garotos.

Gavril pisou no palco com a mesma postura brilhante de sempre; ele até saltitava um pouco. Aquela era a quinta Seleção que Illéa testemunhava, e ele havia conduzido três delas. Sabíamos que procuraria um substituto quando acabasse o concurso, mas, de qualquer maneira, parecia muito contente por aquele ser seu último serviço à família real.

— Claro, senhoras e senhores, dedicaremos boa parte do programa aos encantadores jovens da Seleção. Por ora, que tal darmos um olá para eles?

Gavril caminhou pelo palco à procura de uma pessoa específica. Me perguntei se ele estaria tendo as mesmas dificuldades que eu para decorar os nomes.

— Sr. Harrison — ele começou, parado diante de um rapaz de jeito doce, cabelo loiro cinzento e covinhas.

— É um prazer — Harrison cumprimentou.

— Como tem aproveitado o palácio?

O rapaz ficou radiante.

— É lindo. Sempre quis vir a Angeles, portanto só a visita já é um prêmio.

— Algum desafio até agora? — Gavril pressionou.

Harrison deu de ombros.

— Eu estava preocupado antes de vir, pensando que seria uma briga de todos contra todos pela mão da princesa — disse ele, apontando na minha direção, e eu sorri imediatamente. Sabia que a câmera focaria em mim a qualquer momento. — Mas os outros rapazes têm sido ótimos.

Gavril passou o microfone para o garoto ao lado.

— E você? Poderia, por favor, nos lembrar do seu nome?

— Fox. Fox Wesley — ele respondeu. Fox tinha um leve bronzeado, mas, diferentemente de mim, dava para ver que não era de nascença. Ele passava muito tempo sob o sol. — Para ser sincero, e espero não ser o único a pensar isso, o maior desafio até agora são as refeições. Eles colocam pelo menos dez garfos para cada um.

Algumas pessoas riram, e Gavril concordou.

— Você deve se perguntar onde arranjamos espaço para tantos talheres.

— É uma loucura — balbuciou o garoto atrás de Fox.

— Ah, sr. Ivan, certo? — Gavril estendeu o braço para pôr o microfone diante do rapaz.

— Sim, senhor. Fico feliz em conhecê-lo.

— Digo o mesmo. Como você tem lidado com as refeições?

Ivan ergueu as duas mãos à sua frente, como se estivesse a ponto de dizer algo muito sério.

— Minha estratégia atual é usar um garfo diferente em cada garfada e depois empilhá-los no meio da mesa. Está funcionando até agora.

O público riu ainda mais da resposta ridícula de Ivan. Gavril se afastou do grupo e virou para as câmeras.

— É óbvio que temos aqui uma coleção extremamente

divertida de candidatos. Assim, por que não tiramos um momento para conversar com a jovem dama que precisa dar um jeito de reduzi-los a um só? Senhoras e senhores, Sua Alteza Real, princesa Eadlyn Schreave.

— Acabe com eles — Ahren cochichou enquanto eu levantava para atravessar o tablado e dar um abraço no querido Gavril.

— É sempre bom vê-la, Alteza — ele disse quando sentei na cadeira oposta à dele no centro do palco.

— Digo o mesmo, Gavril.

— Então aqui estamos nós: uma semana da primeira Seleção liderada por uma mulher. Qual seria a sua avaliação?

Abri um sorriso vencedor e respondi:

— Acho que vai bem. Claro, ainda preciso trabalhar todos os dias, então o começo foi um pouco devagar...

Gavril lançou um olhar por cima do ombro e comentou:

— A julgar pelo número reduzido de competidores, não consideraria tão devagar.

Dei uma risadinha.

— Sim, cerca de um terço dos cavalheiros convidados ao palácio já foi eliminado. Preciso confiar na minha intuição e, depois de nossos encontros iniciais e das informações que recebi, estava bem confiante das minhas escolhas.

— Aparentemente a senhorita tem usado mais a razão do que o coração no momento — Gavril disse, inclinando a cabeça para o lado.

Lutei para não corar. Não sei se tinha dado certo, mas me recusei a tocar o rosto para conferir.

— Sua sugestão é que eu me apaixone pelos trinta e cinco ao mesmo tempo?

Ele arqueou as sobrancelhas.

— Bom, visto dessa maneira...

— Exatamente. Só tenho um coração, e quero poupá-lo para a pessoa certa.

Ouvi suspiros pelo estúdio. Senti que tinha convencido a todos com aquela frase. De quantas falas como aquela eu precisaria ao longo dos meses seguintes para manter todos entretidos e sob controle? Foi então que percebi: eu não tinha planejado aquelas palavras. Estava realmente sentindo aquilo, e deixei escapar sob pressão.

— Parece que a senhorita se deixou levar pelo coração pelo menos uma vez — Gavril disse como quem sabe das coisas. — E tenho uma fotografia para provar.

Uma enorme foto em que eu aparecia beijando Kile apareceu na tela, bem diante dos meus olhos. Uma salva de palmas irrompeu no estúdio.

— Será que ele poderia descer aqui por um momento? Onde está o sr. Kile?

Kile pulou da cadeira e veio sentar ao meu lado.

— Ora, estou numa circunstância especial aqui — Gavril retomou —, porque conheço os dois desde que nasceram.

Kile começou a rir.

— Estava pensando nisso outro dia. Minha mãe disse que engatinhei até o cenário uma vez quando era bebê e você encerrou o *Jornal* comigo nos braços.

Gavril arregalou os olhos.

— É verdade! Tinha me esquecido completamente disso!

Olhei para Kile, achando graça dessa história. Devia ter acontecido antes de eu nascer.

— Pois bem, com base nas fotos, podemos dizer que talvez essa amizade de infância esteja se transformando em algo mais?

Kile olhou para mim. Fiz que não com a cabeça. Não seria a primeira a falar, de jeito nenhum. Então ele finalmente cedeu.

— Para ser honesto, acho que nenhum de nós jamais considerou o outro como uma opção até ser obrigado a isso.

Nossas famílias caíram na gargalhada.

— Mas se ele tivesse cortado o cabelo uns anos atrás, talvez eu tivesse pensado no assunto — provoquei.

Gavril balançou a cabeça.

— Mas todos estão morrendo de vontade de saber: como foi o famigerado beijo?

Eu esperava a pergunta, mas fiquei aterrorizada. Aquilo era bem pior do que tinha imaginado: minha vida privada em cadeia nacional.

Graças aos céus, Kile assumiu a tarefa de responder.

— Acho que falo por nós dois quando digo que foi uma surpresa. E, embora tenha sido especial, não acho que deva receber muita atenção. Veja, tenho passado muito tempo com os outros rapazes, e muitos deles dariam ótimos príncipes.

— É mesmo? E a senhorita concorda, Alteza? A senhorita teve encontros com mais alguém esta semana?

As palavras de Gavril chegavam até mim com atraso. Só processei o que ele tinha perguntado depois de pensar em tudo o que Kile acabara de dizer. Era verdade? Será que ele não sentia nada? Ou ele dissera aquilo apenas para preservar algum nível de privacidade?

Me concentrei novamente naquele momento e fiz que sim com a cabeça de modo frenético.

— Sim, alguns — respondi.

Gavril me encarou.

— E?

— Foram muito agradáveis.

Eu já não estava muito a fim de falar sobre aquilo, e Kile ainda me fez questionar se devia revelar qualquer coisa.

— Humm.

Gavril então se voltou para os Selecionados.

— Talvez consigamos mais informações com os cavalheiros em questão. Sr. Kile, pode voltar ao seu lugar. Agora, quem foram os sortudos?

Baden ergueu a mão, seguido de Hale.

— Desçam, cavalheiros.

Gavril puxou aplausos que logo foram seguidos por todos da plateia enquanto Hale e Baden se aproximavam. Eu me considerava bastante inteligente, mas era incapaz de pensar em um modo de implorar, sem dizer nada, para que eles mantivessem a boca fechada.

Só então percebi que Kile tinha acabado de fazer exatamente isso, com extrema facilidade. Essa coisa de amizade de infância servia para alguma coisa, afinal.

— Poderia nos recordar seu nome, senhor? — Gavril perguntou.

— Hale Garner — o garoto respondeu e ajeitou a gravata, que já estava no lugar certo.

— Ah, sim. Então, o que pode nos contar de seu encontro com a princesa?

Hale me deu um sorriso tímido e se voltou para Gavril.

— Bom, posso contar que a princesa é tão inteligente e graciosa quanto eu pensava. Humm, e que temos algumas coisas em comum. Nós dois somos os filhos mais velhos de nossas famílias e foi divertido conversar sobre meu trabalho de alfaiate com uma jovem tão bem vestida. Veja, ela é maravilhosa!

Virei um pouco a cabeça na tentativa de levar o elogio na brincadeira, sem baixar a guarda.

— O resto dos detalhes, espero que me desculpe, mas prefiro guardar comigo — Hale acrescentou.

Gavril fechou o rosto.

— Você não vai nos contar mais nada?

— Bom, encontros e romances costumam ser particulares. É meio estranho falar disso no palco.

— Talvez consigamos arrancar mais do próximo cavalheiro — Gavril disse às câmeras com um tom malicioso. — Qual seu nome mesmo?

— Baden Trains.

— O que você e a princesa fizeram?

— Tocamos piano e violão. A princesa Eadlyn é tão talentosa quanto a mãe.

Ouvi o "óun" da minha mãe ao fundo.

— E?

— E ela é uma ótima dançarina, mesmo sentada. E para que todos saibam: a princesa conhece bem as músicas pop atuais — Baden riu e foi acompanhado por outros.

— E? — Gavril pressionou.

— E beijei a mão dela... e espero que venham mais beijos no futuro.

Quis morrer. Por algum motivo, essa esperança por mais beijos me deixou muito mais envergonhada do que conversar sobre um beijo que já tinha acontecido entre mim e Kile.

O público murmurou palavras de encorajamento mais uma vez, e pude notar que Gavril estava tentando espremer o máximo que podia de Baden. Infelizmente para ele, não havia mais nenhum detalhe picante. Kile era o único que poderia ter compartilhado algum detalhe minimamente interessante, mas o momento já tinha passado.

— Você parece tão frustrado, Gavril — comentei rapidamente.

Ele franziu um pouco a testa.

— Estou apenas entusiasmado com a senhorita. Gostaria de saber tudo o que está acontecendo. E, se fosse possível perguntar aos nossos milhões de espectadores, tenho certeza de que concordariam.

— Bem, não se preocupe. Você, como todo o país, ficará feliz em saber que amanhã darei uma pequena festa para os Selecionados e os moradores do palácio. As câmeras registrarão o evento, assim todos poderão espiar um pouco mais o processo da Seleção.

O salão explodiu em palmas outra vez. Pude ver Josie praticamente flutuar de entusiasmo na cadeira.

Gavril sinalizou para que Hale e Baden voltassem aos lugares e começou uma nova série de perguntas.

— Que tipo de festa podemos esperar amanhã, Alteza?

— Uma festa ao ar livre, no jardim, onde poderemos aproveitar o sol para nos conhecermos.

— Parece um plano maravilhoso. Bem relaxante.

— Bom, será, com exceção de um detalhe — acrescentei, cerrando o punho.

— E qual é?

— Depois da festa, teremos uma eliminação.

O estúdio foi tomado por murmúrios. Eu sabia que, não importava o que o público pensasse de mim, todos iam querer saber quem ficaria e quem sairia depois de conhecer alguns candidatos naquela noite.

Retomei a fala, o que silenciou a plateia.

— Pode ser um, podem ser três... Não sei. Então, cavalheiros, estejam preparados — finalizei, me dirigindo aos Selecionados.

— Não vejo a hora de descobrir como vai ser. Tenho certeza de que será um evento maravilhoso. Agora, uma última pergunta antes de encerrarmos.

Me endireitei no lugar.

— Pois não.

— O que a senhorita procura em um marido?

O que eu procurava? Minha independência. Paz, liberdade... Uma felicidade que julgava ter até Ahren questionar se era real.

Dei de ombros.

— Não sei se alguém sabe o que procura até encontrar.

17

Como Josie havia conseguido pegar outra tiara minha de novo? Eu tinha acabado de brigar com ela por causa disso. Ela ia desfilar diante das câmeras com seu melhor vestido e a minha tiara, fingindo ser da família real pela milionésima vez na vida.

Eu trocava olhares e sorria para as pessoas conforme cruzava com elas, mas não parei para conversar com ninguém até encontrar Kile. Ele estava de novo com Henri, tomando chá gelado e assistindo a uma partida de badminton. Henri curvou-se na hora.

— Olá hoje, Alteza — ele cumprimentou, e seu sotaque fazia as palavras soarem mais alegres.

— Olá, Henri. Oi, Kile.

— Oi, Eadlyn.

Devo ter imaginado que havia algo diferente na voz de Kile, mas, talvez pela primeira vez, queria ouvi-lo falar. Sacudi a cabeça e tentei recuperar o foco.

— Kile, você poderia, por favor, falar com a sua irmã?

A animação que ele demonstrava logo se desfez em frustração.

— Por quê? O que ela fez agora?

— Pegou outra tiara minha.

— Mas você não tem mil tiaras?

Bufei.

— Isso não vem ao caso. A tiara é minha, e ela não deveria usar. Quando ela circula por aí desse jeito, dá a impressão de ser da realeza, o que não é verdade. É inadequado. Você poderia, por favor, conversar com ela sobre esse comportamento?

— Desde quando virei o cara que faz todos os favores para você?

Na mesma hora olhei para Henri e Erik, que não sabiam

do acordo por trás do nosso beijo. Os dois não pareceram entender.

— Por favor? — pedi apressadamente.

Kile suavizou o olhar, e pude ver um pouco da pessoa que ele me revelara naquela noite em seu quarto, uma pessoa doce e interessante.

— Tudo bem. Mas Josie só quer atenção. Não acho que faça por maldade.

— Obrigada.

— Vou lá. Já volto.

Ele partiu pisando forte. Enquanto isso, Erik transmitia o ocorrido a Henri.

Henri limpou a garganta antes de falar, e suas palavras saíam com acentos em lugares estranhos.

— Como está hoje, Alteza?

Eu não sabia ao certo se deveria me dirigir a Erik ou não... Falei direto com Henri.

— Muito bem. E você?

— Bem, bem — ele respondeu alegre. — Eu gostar... humm...

Ele precisou dizer a Erik o resto de seu comentário.

— Ele disse que a festa está ótima e que gosta da companhia.

Não soube dizer se ele se referia a Kile ou a mim, mas, em todo caso, era gentil da parte dele.

— E então... quando foi que você veio da Noruécia?

Henri acenou com a cabeça como que confirmando que vinha da Noruécia, o que não respondia a minha pergunta. Erik cochichou a pergunta rapidamente em seu ouvido e Henri deu uma longa resposta que o intérprete logo me transmitiu:

— Henri emigrou para Illéa no ano passado, aos dezessete anos. Vem de uma família de cozinheiros, que é sua profissão em sua província. Eles fazem comida de sua terra natal e geralmente se relacionam apenas com outras pessoas da Noruécia. Só falam finlandês. Ele tem uma irmã mais nova que está se esforçando muito para aprender inglês, mas é uma língua difícil.

— Uau. É muita coisa para acompanhar — eu disse para Erik.

Ele fez um gesto para atenuar o elogio.

— Eu tento.

Eu podia imaginar como era difícil o trabalho de Erik, mas apreciei a modéstia. Virei para Henri e continuei:

— Precisamos passar um tempo juntos logo. Então poderemos conversar mais à vontade.

Erik transmitiu minha frase para Henri, que concordou vigorosamente:

— Sim, sim!

— Até logo, então — me despedi com uma risadinha.

O gramado estava repleto de Selecionados. O general Leger, de braços dados com madame Lucy, conversava com um punhado de garotos perto de uma fonte, e meu pai circulava como sempre. De vez em quando parava para dar um tapinha nas costas de alguém e dizer um oi, mas logo retomava a caminhada. Minha mãe estava sentada sob um guarda-sol, e eu não sabia ao certo se achava fofo ou estranho o fato de que vários Selecionados a rodeavam.

A festa estava agradabilíssima. Jogos, muita comida e um quarteto de cordas tocando sob uma tenda. As câmeras capturavam tudo, e eu torcia para que isso fosse suficiente para dar uma acalmada no povo. Não fazia ideia se meu pai já estava próximo de um plano que pacificasse o país de vez.

Enquanto isso, precisava encontrar uma maneira de eliminar pelo menos uma pessoa no fim do dia, e também precisava de um bom motivo para justificar a escolha.

Kile chegou silencioso.

— Aqui está — ele anunciou com a tiara nas mãos.

— Não acredito que ela devolveu.

— Foi necessário um pouco de persuasão, mas lembrei a ela que nossa mãe não a deixaria vir a outra festa se ela fizesse um escândalo nesta. Isso foi o bastante para que desistisse da tiara. Toma.

— Não posso pegar — disse, cruzando as mãos.

— Mas você pediu.

— Não queria a tiara na cabeça dela, mas também não posso carregá-la por aí. Tenho coisas a fazer.

Ele se contorceu, claramente irritado. Achei legal me vingar, irritando-o dessa vez para variar um pouco.

— Então vou ficar segurando isso o dia inteiro?

— Não o dia *inteiro*. Só até entrarmos, aí eu seguro.

Kile balançou a cabeça.

— Você é inacreditável mesmo.

— Shh. Vá aproveitar a festa. Mas antes precisa tirar essa gravata.

Antes que ele pudesse baixar os olhos, eu já estava com a mão em seu pescoço.

— Mas o que a gravata tem de errado?

— Tudo — afirmei. — Tudo de errado no universo está nesta gravata. Aposto que alcançaríamos a paz mundial se a queimássemos.

Desfiz o nó e enrolei a gravata.

— Bem melhor — eu disse, enquanto enfiava o tecido amassado em uma de suas mãos e pegava a tiara que estava na outra. Em seguida, coloquei-a na cabeça de Kile. — Combina bem com seu cabelo.

Com um sorriso, ele me encarou com um brilho divertido nos olhos.

— Então, como você não quer a tiara agora, talvez eu possa devolvê-la à noite. Posso levar no seu quarto, se quiser.

Kile mordeu os lábios, e só consegui pensar em como eles eram macios.

Engoli em seco; tinha entendido a pergunta implícita.

— Seria bom — respondi, me esforçando para não corar. — Talvez umas nove horas?

— Nove — Kile concordou e saiu.

Então ele só tinha sido discreto no *Jornal Oficial*! Franzi a testa, pensando. Ou talvez seu plano fosse me beijar só para passar o tempo. Ou talvez fosse perdidamente apaixonado por mim desde os sete anos e só agora tinha criado coragem para parar de me provocar e dizer. Ou talvez...

Ean surgiu do nada e atou o braço no meu.

— Oh! — exclamei.

— Você parece nervosa. Seja lá o que aquele garoto tenha dito para deixá-la assim, não pense mais nisso.

— Sr. Ean — cumprimentei, impressionada com a calma dele perto de mim —, o que posso fazer por você?

— Dar uma volta comigo, claro. Ainda não tive chance de conversar com você a sós.

O cabelo caramelado de Ean ficava quase dourado no sol e, embora ele não tivesse o mesmo estilo inovador de Hale, ficava melhor de terno que a maioria dos outros. Alguns homens simplesmente não ficavam bem de terno.

— Bom, agora estamos a sós — falei. — Sobre o que quer conversar?

Ele sorriu.

— Minha maior curiosidade é você. Sempre te achei muito independente. Fiquei surpreso quando anunciou que procuraria um marido ainda tão jovem. Com base no que via no *Jornal Oficial* e em todos os especiais sobre a sua família, pensei que fosse levar mais tempo.

Ele sabia. Seu diagnóstico foi tão tranquilo que eu tinha certeza de que ele sabia que tudo aquilo não passava de entretenimento.

— É verdade, meu plano era esperar. Mas meus pais têm uma vida tão feliz e se amam tanto que julguei que valia a pena tentar.

Ean me inspecionou com o olhar.

— Acha que algum desses candidatos tem o que é necessário para ser seu parceiro?

— Você se tem em tão baixa conta? — perguntei com as sobrancelhas arqueadas.

Ele parou de caminhar e pôs-se à minha frente.

— Não, mas a tenho em altíssima conta. E não suporto vê-la tomar uma decisão dessas antes de ter vivido de verdade.

Parecia impossível que um estranho pudesse me conhecer tão bem, especialmente considerando toda a energia que eu empregava para esconder meus pensamentos e sentimentos. Então ele tinha me acompanhado atentamente ao longo dos anos?

— As pessoas mudam — respondi vagamente.

Ele fez que sim com a cabeça.

— Suponho que sim. Mas, se em algum momento você se

sentir... perdida durante a competição, ficaria feliz em ajudar como puder.

— E como exatamente você me ajudaria?

Ean me conduziu carinhosamente de volta à multidão.

— Acho que essa é uma conversa para outro dia. Mas saiba que estou aqui para o que precisar, Alteza.

Ele me olhou fixamente, como se, assim, todos os meus segredos pudessem ser revelados. Precisei respirar fundo por um tempo até interrompermos o olhar.

— É um dia lindo.

Levantei a cabeça e deparei com um dos Selecionados. Tinha esquecido completamente o nome dele.

— É mesmo. Está se divertindo?

Céus, qual é o nome dele?

— Estou — ele respondeu, com o rosto amistoso e a voz terna. — Acabo de ganhar uma partida de croquet. A senhorita joga?

— Um pouco... — Como eu sairia daquela situação? — Você joga muito na sua província?

— Na verdade, não. Em Whites a temperatura só permite jogos de inverno.

Whites... Não adiantou, ainda não lembrava.

— Para ser honesta, prefiro ambientes fechados.

— Bom, então você iria adorar Whites — ele disse, rindo. — Só saio de casa quando necessário.

— Com licença.

O rapaz de Whites e eu nos voltamos para o recém-chegado. Aquele eu conhecia.

— Perdão, Alteza, mas gostaria de saber se posso roubá-la por um momento.

— Claro, Holden — concordei, já lhe dando o braço. — Foi um prazer falar com você — disse ao rapaz de Whites, que parecia um pouco desapontado.

— Espero não ter sido grosseiro — Holden disse quando nos afastamos.

— Nem um pouco.

Caminhávamos devagar. Ele parecia confortável, como se já tivesse passeado com uma princesa dezenas de vezes.

— Não quero fazê-la perder muito tempo. Só queria dizer que admiro a maneira como a senhorita eliminou as pessoas na semana passada.

O elogio me pegou de surpresa.

— Sério?

— Com certeza! Admiro uma mulher que sabe o que quer, e gosto que a senhorita seja assertiva. Minha mãe é chefe de um laboratório em Bankston, minha província. Sei como é difícil para ela administrar aquele lugar, e olha que é bem pequeno. Então sou incapaz de imaginar o tamanho da pressão sobre uma princesa. Mas a senhorita se sai bem, e gosto disso. Queria que soubesse.

Dei um passo para trás e agradeci:

— Obrigada, Holden.

Ele acenou com a cabeça e me retirei, perdida em pensamentos.

Aquilo só confirmava o que eu sabia que era verdade: se tivesse demonstrado doçura e gentileza, ninguém me levaria a sério. Se tivesse dado tapinhas nos ombros dos eliminados e distribuído abraços na saída, será que Holden teria me admirado menos? Tudo era muito...

— Ai! — Alguém esbarrou comigo e só não acabei no chão graças a um par de braços firmes.

— Alteza — Hale segurou meus braços e me ajudou a me equilibrar. — Sinto muito, não a tinha visto.

Ouvi o clique de uma câmera próxima e forcei o rosto para abrir um sorriso.

— Dê risada — ordenei por entre os dentes.

— Ahn?

— Ajude a levar isso na brincadeira — eu disse, rindo, e um instante depois Hale me acompanhou com algumas gargalhadas.

— O que foi isso? — ele disse sem desmanchar o sorriso no rosto.

— As equipes de filmagem nos observam o tempo todo — expliquei, enquanto ajeitava o vestido.

Ele olhou para o lado.

— Disfarce — protestei, e ele voltou a olhar para mim.

— Nossa, você está sempre na vitrine desse jeito?

Dessa vez meu riso foi autêntico.

— Basicamente.

— Foi por isso que fugiu naquela noite? — ele perguntou. O sorriso dele tinha desaparecido.

Também fiquei séria.

— Sinto muito. Não me senti bem.

— Primeiro você foge, depois mente — ele acusou, frustrado.

— Não...

— Eadlyn — ele sussurrou —, não foi fácil para mim. Não gosto de falar da morte do meu pai, das dificuldades da minha mãe para manter o emprego ou da perda de status da minha família. Foi difícil para mim compartilhar essas coisas. E, quando finalmente começamos a falar de você, você me abandonou.

Aquela sensação de estar totalmente exposta tinha voltado.

— Eu sinto muito, de verdade, Hale.

Ele examinou meu rosto.

— Não acho que sente.

Engoli em seco, nervosa.

— Mas gosto de você mesmo assim — completou.

Levantei o olhar para ele, pasma com a hipótese.

— Quando você estiver pronta para falar, falar de verdade, estarei aqui. A não ser, claro, que você entre no salão como uma ninja e me elimine como fez com os outros.

Comecei a rir, um pouco constrangida.

— Não acho que isso vá acontecer de novo.

— Espero que não.

Hale permaneceu parado, me observando. Não gostei de seu olhar, que parecia capaz de atravessar várias camadas da minha pele.

— Fico feliz por seu vestido não ter manchado. Seria uma pena — ele disse afinal.

Então ele se virou para ir embora, mas agarrei seu braço.

— Ei. Obrigada por ter sido tão discreto no *Jornal Oficial*.

Ele abriu um sorriso sedutor.

— Uma coisa por dia, lembra?

18

— Tudo certo, Alteza, quando estiver pronta.

A maquiadora conferiu tudo uma última vez. Corrigi minha postura e repassei os nomes mentalmente. Ao meu sinal, as luzes foram acesas e as câmeras, acionadas. Estávamos filmando.

— Vocês assistiram a festa extravagante, ouviram falar da comida deliciosa e viram trajes de tirar o fôlego. Mas quem acham que deve ser eliminado? Sim, o sr. Kile pareceu bem pouco masculino com a minha tiara e o sr. Hale quase me deixou no chão... no mau sentido — acrescentei com um sorriso. — Mas, depois de muito refletir, decidi que os dois Selecionados que nos deixarão hoje são Kesley Timber, de Whites, e Holden Messenger, de Bankston.

Fiz uma pausa antes de encerrar:

— Como o seu favorito está se saindo? Você morre de vontade de saber mais sobre os outros concorrentes? Está louco por mais notícias da Seleção? Então sintonize no *Jornal Oficial* toda sexta-feira à noite para conhecer as novidades e os Selecionados em pessoa. E não se esqueça de assistir aos programas especiais dedicados à Seleção, todos exclusivos do canal da rede pública.

Sustentei o sorriso por mais uns segundos.

— Corta! — gritou o diretor. — Excelente. Pareceu perfeito para mim, mas vamos fazer outro por segurança.

— Claro. Quando vai ao ar?

— Vão editar toda a filmagem da festa à tarde e levar ao ar amanhã. Assim, seu vídeo deve sair na segunda.

— Ótimo — comentei. — Mais uma vez?

— Sim, Alteza, se não for incomodá-la.

Engoli em seco e repassei a fala de novo antes de me endireitar e assumir exatamente a mesma pose de antes.

*

Às nove e dez, ouvi a batida na porta e pulei para abrir. Lá estava Kile, apoiado no batente com a tiara na mão.

— Ouvi dizer que você perdeu isso.

— Entra aí, trouxa.

Ele adentrou o quarto e olhou em volta, como se eu redecorasse o ambiente todos os dias.

— E então? Já vou ser eliminado?

Abri um sorriso.

— Não. Kesley e Holden vão. Mas não deixe vazar a informação. Não posso mandá-los embora antes que a festa no jardim seja transmitida.

— Sem problemas. Nenhum dos dois fala comigo mesmo.

— Não? — perguntei ao pegar a tiara.

— Ouvi dizer que eles achavam injusto eu fazer parte da Seleção. E quando viram nosso beijo estampado em toda parte, tiveram certeza.

Guardei a tiara na estante junto com as outras.

— Então eu fiz uma boa escolha, não é?

Kile riu.

— Ah, trouxe outro presente.

— Adoro presentes!

— Este você vai odiar, acredite.

Ele enfiou a mão no bolso e tirou aquela gravata desastrosa.

— Imaginei que, quando tiver um dia ruim, poderá levá-la ao jardim e queimar. Descontar sua agressividade em algo que não vai chorar. Ao contrário de Leeland.

— A minha intenção *não era* fazer Leeland chorar.

— Claro que não.

Com um sorriso, peguei o tecido enrolado das mãos dele.

— Na verdade, gostei do presente. Garante que nenhum ser humano jamais será obrigado a vê-la novamente.

Olhar para ele, para seu sorriso, me fez esquecer de tudo por um instante. Parecia que a Seleção não estava acontecendo. Eu era uma garota, e ele, um garoto. E eu sabia exatamente o que queria fazer com ele.

Soltei a gravata no chão e levei a mão ao seu peito.

— Kile Woodwork, quer me beijar?

Ele soltou um assovio.

— Você não é nem um pouco tímida, hein?

— Pare. Sim ou não?

Ele mordeu os lábios, fingindo pensar sobre o assunto.

— Acho que não me importaria.

— E você entende que esse beijo não significa nada e que nunca, jamais casaria com você?

— Ainda bem.

— Resposta certa.

Enrosquei a mão no pescoço dele e o puxei para perto de mim. Um segundo depois, seus braços já estavam na minha cintura. Era o bálsamo perfeito para o fim de um longo dia. O jeito que ele beijava era direto e lento, e não me deixava pensar em muita coisa.

Caímos na cama e rimos abraçados.

— De todas as coisas que imaginei que aconteceriam quando você leu meu nome naquele dia, te beijar definitivamente não era uma delas.

— E eu definitivamente nunca imaginei que você seria bom nisso.

— Ei — ele protestou. — Tenho um pouco de prática.

Apoiei a cabeça no braço e perguntei:

— Quem foi a última pessoa que você beijou?

— Caterina, quando a família italiana veio visitar o palácio em agosto, pouco antes de eu viajar.

— Isso não me surpreende nem um pouco.

Kile deu de ombros, sem sentir qualquer vergonha.

— O que posso dizer? Elas são muito amistosas.

— Amistosas — repeti com cara de tédio. — Acho que chamaria de outra coisa.

Ele achou graça.

— E você?

— Pergunte para Ahren. Parece que todo mundo já sabe.

— Leron Troyes?

— Como *você* descobriu?

Continuamos lá, chorando de tanto rir. Eu brincava com

o botão da camisa dele, e ele encaracolava uma mecha do meu cabelo entre um beijo e outro. O mundo parecia reduzido a nós dois.

— Nunca tinha visto você assim — ele comentou. — Não sabia que era tão fácil fazê-la sorrir.

— Não é. Você deve estar afiado hoje.

Kile passou o braço pela minha cintura; seu rosto estava a centímetros do meu.

— Como se sente? Sei que esses dias devem estar sendo loucos para você.

— Não faça isso — sussurrei.

— O quê?

— Não estrague o momento. Gosto de ficar aqui com você, mas não preciso de uma alma gêmea. Você pode ficar calado e voltar a me beijar ou sair.

Ele deitou na cama e permaneceu calado por alguns instantes.

— Desculpe. Só queria conversar.

— E pode. Mas não sobre você, não sobre mim, e definitivamente não sobre nós dois juntos.

— Mas você parece tão sozinha. Como consegue lidar com tudo isso?

Bufando, levantei e o puxei em seguida.

— Se quiser conselhos, procuro meus pais. Se quiser um ombro amigo, tenho Ahren. Você estava ajudando até agora, mas tinha que começar a fazer perguntas?

Comecei a empurrá-lo até a porta.

— Você tem noção de como guardar tudo faz mal? — ele perguntou.

— E você por acaso é algum modelo de comportamento? Não consegue nem escapar da barra da saia da sua mãe.

Kile se virou para mim e cravou os olhos nos meus. Com certeza, a raiva em seu rosto estava refletida no meu. Esperei de novo as palavras duras que ele me dirigia milhares de vezes durante a infância. Mas não. Seu olhar se suavizou e, antes que eu me dessa conta, a mão dele já estava na base do meu pescoço e me puxava.

Ele encostou os lábios nos meus. Ao mesmo tempo, odiei

e adorei essa atitude. Só consegui pensar no modo como sua boca se movia e como eu parecia tão frágil em suas mãos. O fogo do início foi diminuindo, até que o beijo ficou tão suave que fazia cócegas.

Quando Kile finalmente recuou, manteve os dedos perto do meu cabelo, para provocar, e acariciou minha pele como se não fosse nada.

— Você é tão mimada, tão desagradável... mas estou aqui para o que precisar.

Com um último beijo, ele abriu a porta e saiu.

Olhei ao redor do quarto, tonta e confusa. Por que ele queria que eu me abrisse, se claramente não me suportava? E eu também não gostava dele! Às vezes, ele conseguia ser tão irritante quanto Josie.

Fui até o closet para me aprontar para dormir e encontrei sua gravata feia no chão. Eu lhe faria um favor se a jogasse fora naquele momento.

Talvez a queimasse na próxima vez em que tivesse um dia particularmente difícil. Por enquanto, a guardaria na minha gaveta.

Minha cabeça estava uma bagunça na manhã seguinte. Não parava de me perguntar qual era o objetivo de Kile na noite anterior. E não conseguia parar de pensar que sentira a mesma coisa quando Hale começou a perguntar demais. Os dois eram muito diferentes e me conheciam de maneiras bastante distintas, mas, mesmo assim, ambos descobriram um jeito de me fazer recuar. Por acaso todos os garotos seriam assim? Será que todos sabiam fazer isso?

— Neena? — chamei enquanto passava a escova no cabelo na tentativa de domá-lo. Ela apareceu atrás de mim no banheiro ainda repleto de vapor, recolhendo o pijama que eu havia deixado no chão.

— Sim, Alteza? — ela falou, me lançando um olhar através do espelho.

— Tenho a impressão de que faz tempo que não falamos do seu namorado. Qual é nome dele mesmo?

— Mark — ela disse, esboçando um sorriso. — Por que pergunta?

— Estou cercada por um milhão de rapazes. Queria saber como é ter que lidar apenas com um.

Ela balançou a cabeça.

— Um homem bem amarrado é uma maravilha. — A felicidade dela ao dizer isso era tamanha que abri um sorriso também. — Ele está muito bem. Finalmente entrou na universidade e está estudando bastante. Nos falamos uma ou duas vezes por semana. Não é muito, mas temos agendas bem lotadas.

— Eu realmente preciso de supervisão permanente — comentei, piscando para ela.

— Eu que o diga.

— Ele não se incomoda? Por você estar sempre longe e ocupada?

Ela dobrou as roupas no braço.

— Não. O curso dele é bem trabalhoso, então isso está até ajudando agora.

Inclinei a cabeça e continuei a ajeitar os cabelos.

— Interessante. O que ele estuda?

— Química.

Arregalei os olhos.

— Sério? Que diferença entre as profissões de vocês.

Neena fechou a cara.

— O sistema de castas não existe mais, Alteza. As pessoas podem namorar quem quiserem.

Tirei os olhos do espelho e me voltei para ela.

— Não foi isso que quis dizer. É que me intriga a dinâmica entre vocês dois. Você está com a minha roupa suja nos braços, e ele pode descobrir o remédio para uma doença. São dois papéis bem distintos no mundo.

Neena engoliu em seco e soltou tudo no chão.

— Não lavarei sua roupa para sempre. Fiz uma escolha ao vir para cá, e posso sair quando quiser.

— Neena!

— Não estou me sentindo bem — ela disse do nada. — Vou chamar outra pessoa para ajudá-la.

Ela saiu sem nem fazer uma reverência.

— Neena, eu só estava comentando!

A porta bateu e vi que ela tinha ido embora. Fiquei chocada por Neena ter saído daquele jeito, sem nem pedir permissão. Não era minha intenção ofender. Só estava curiosa, e aquela observação não era nada de mais perto das coisas sobre as quais eu realmente queria conversar.

Terminei o cabelo e a maquiagem sozinha. Quando a criada substituta apareceu, a dispensei. Mau humor não era motivo para Neena abandonar o trabalho. Eu podia me cuidar, e no dia seguinte ela arrumaria o quarto.

Peguei as fichas de inscrição dos garotos que ainda restavam na Seleção. Gostando disso ou não, eu sabia o que as pessoas esperavam de mim. Tudo o que eu precisava era criar situações que mantivessem as coisas o mais superficiais possível.

Ean com certeza era cativante, mas tanto carisma era quase insuportável. Não sabia se estava pronta para passar um tempo a sós com ele. Edwin era inofensivo o bastante. Puxei o formulário de Apsel e dei uma olhada. Nada de extraordinário. Fiquei tentada a mandá-lo embora por ser tão sem graça, mas, depois da reação do público à primeira eliminação, não seria nada bom. A ficha de Kile era a próxima, mas ele estava banido no momento. Winslow era — eu detestava dizer isso — bem pouco atraente. Quanto mais eu olhava pra ele, mais claro ficava. Eu achava que não tinha um tipo ideal, mas Winslow me fez pensar se eu não teria um "tipo não ideal". Ivan... não era ele que cheirava vagamente a cloro?

Quase no fundo da pilha, a fotografia de Jack Ranger me saltou aos olhos. Eu o flagrara olhando para mim algumas vezes durante a festa, mas não conversamos. Supus que era um sinal de que ele ainda estava intimidado o bastante para que eu pudesse passar a noite com ele sem ficar com a sensação desagradável que os outros tinham provocado.

Escrevi um bilhete para convidá-lo a assistir a um filme comigo naquela noite. Era um encontro bem fácil. Nada de conversa desnecessária. Eu pediria para um mordomo entregar o bilhete assim que Jack se reunisse aos outros. Meu plano era sempre anunciar os encontros por carta ou chamar os garotos para fora do Salão dos Homens e fazer convite. Isso deixaria as coisas mais interessantes.

Tomei o café rapidamente, pronta para trabalhar. Examinar aquele sem-fim de requisições, orçamentos e propostas não era minha atividade favorita, mas me mantinha ocupada. Minhas noites e finais de semana pelos três meses seguintes pertenceriam aos garotos, mas eu tinha trabalho para fazer no resto do tempo.

— Eadlyn, querida — meu pai disse na pausa para o chá. — Não tive a oportunidade de dizer a você, mas considerei a festa no jardim um sucesso. Vi algumas reportagens nos jornais hoje de manhã, e a cobertura foi muito boa.

— Também dei uma olhada. Li um pouco no caderno especial. Tudo parecia muito bem feito — concordei enquanto alongava o corpo, dolorido por ter ficado tanto tempo sentada.

Meu pai abriu um sorriso.

— Acho que você deveria fazer outro evento assim logo. Algo com o grupo todo que as pessoas possam ver.

— Com uma eliminação no final?

— Se acha que isso vai ajudar.

Caminhei até a mesa dele e me servi de chá.

— Acho que ajuda. As pessoas ficam mais interessadas se os favoritos delas estiverem correndo risco.

Meu pai pensou por um momento.

— Interessante. Alguma ideia de como organizar isso?

— Não, mas pensei o seguinte: já que teoricamente estamos à procura de um príncipe, talvez fosse bom testar os garotos em coisas que um príncipe precisa saber. História ou política. Podemos deixar a coisa divertida, com um jogo de perguntas e respostas, algo assim.

Meu pai riu.

— O público ia ficar fissurado.

Dei um gole no chá.

— Viu? Tenho ótimas ideias. Não preciso de um príncipe.

— Eadlyn, você poderia governar *o mundo* sozinha, se precisasse. Essa não é a questão — meu pai disse, ainda rindo.

— Veremos.

19

Segui para a porta de Jack depois do jantar. Lá estava ele à minha espera, do lado de fora. Foi um pouco estranho, mas imaginei que a ansiedade tinha falado mais alto.

— Boa noite, Jack — disse ao me aproximar.

— Alteza — ele me cumprimentou com uma reverência.

— Pode me chamar de Eadlyn.

Ele sorriu.

— Ótimo. Eadlyn.

Houve um silêncio constrangedor enquanto eu esperava que ele oferecesse o braço. Jack, porém, permaneceu imóvel, com um sorriso tenso, mas olhos animados. Quando enfim perdi as esperanças de ele se tocar, apontei para as escadas.

— É por ali.

— Demais — ele disse, e logo começou a andar na minha frente, embora não conhecesse o caminho.

— Não, Jack. Precisamos virar aqui — avisei umas três ou quatro vezes ao longo do trajeto. E ele não se desculpou em nenhum momento. Simplesmente seguia por onde eu mandava como se tivesse planejado tomar aquela direção desde o começo.

Fiz o possível para não tomar nota daquelas mancadas. Já tinha alguns garotos na minha lista mental de eliminados, e não queria acrescentar o nome de Jack a ela.

O palácio possuía quatro andares para cima, e mais alguns para baixo. O *Jornal Oficial* era gravado no primeiro subsolo. Os quartos dos empregados e guardas estavam distribuídos entre o primeiro e o segundo subsolos, mas as alas que ocupavam não tinham ligação com os estúdios. Havia ainda um abrigo monstruoso debaixo de tudo isso. Só lembrava de ter ido lá duas vezes: uma durante um treinamento quando eu tinha três anos, e outra durante o ataque do último grupo de rebeldes.

Era estranho pensar naquilo. Os rebeldes estavam no passado, mas no momento enfrentávamos diferentes grupos contrários à monarquia. Quase desejei que os rebeldes voltassem. Pelo menos podíamos nomeá-los. Pelo menos naquele tempo sabíamos exatamente contra quem estávamos lutando.

Balancei a cabeça e voltei ao presente. Eu estava em um encontro. Censurei a mim mesma ao lembrar. Meu pai gostaria de uma câmera ao nosso lado. Paciência. Ficaria para a próxima.

— Então, espero que você goste de filmes.

— Gosto — Jack respondeu entusiasmado.

— Ótimo. Eu também, mas nem sempre posso ir ao cinema. Temos acesso a alguns filmes novos no andar de baixo, embora as opções sejam limitadas. Talvez a gente encontre algo bom.

— Que ótimo.

Era estranho perceber que ele estava bem na linha tênue entre a grosseria e a educação. Fiquei pensando se fazia ideia da quantidade de erros que cometia.

Um mordomo já havia preparado a pipoca, e usei o controle remoto para passar as opções.

— Que tal *O olho do observador*? — sugeri. A sinopse indicava drama e romance, bem como o cartaz.

— Parece o.k. Tem alguma ação?

— Acho que não. No *Diamantes negros* tem.

O cartaz escuro e sinistro trazia a silhueta de um homem com uma arma. Era algo que eu jamais veria por vontade própria.

— Sim! Esse parece bom!

— Temos outras opções — eu disse, na tentativa de nos fazer voltar ao menu.

— Mas é esse que eu quero ver. Não vai ser assustador demais. E se for, pode ficar pertinho de mim.

Fiz uma careta, pensando que talvez deveria ter apostado mais em Apsel. Os assentos no cinema do palácio eram amplos e muito macios. O único modo de ficar pertinho de alguém seria me espremer no assento ao lado, o que não aconteceria de jeito nenhum. Além disso, preferiria passar a vida com medo a admitir que estava assustada.

No fim das contas, porém, não era isso que me preocupava. É que o filme parecia simplesmente não valer a pena.

Dei um suspiro. Me sentia derrotada. Mais uma vez, ele aparentava não ter consciência de seu comportamento idiota. Deixei passar, mas pensei em avisar meu pai que os garotos precisavam de umas aulas de etiqueta.

O filme começou.

Para resumir: o pai do mocinho é assassinado pelo vilão. O mocinho passa a vida tentando localizar o vilão, que foge várias vezes. O mocinho dorme com a loira platinada. A loira platinada some. O mocinho mata o vilão, e a loira platinada reaparece. Ah, umas coisas explodem.

Jack pareceu gostar, mas fiquei entediada. Se a loira platinada matasse alguém, talvez eu tivesse achado um pouco mais de graça.

Mas pelo menos não precisamos conversar.

Quando subiram os créditos, acendi as luzes pelo controle remoto.

— E então, que tal? — ele perguntou; seus olhos brilhavam de empolgação.

— Mais ou menos. Com certeza já vi melhores.

O filme parecia ter deixado Jack hiperanimado.

— Mas os efeitos eram incríveis!

— Sim, mas a história era cansativa.

Ele estreitou os olhos.

— Eu gostei...

— Que bom.

— Isso te deixa irritada?

— Não — respondi com cara de poucos amigos. — Só significa que você tem mau gosto.

Ele riu, um riso sombrio que parecia mais um mau agouro do que uma expressão de alegria.

— Adoro quando você faz isso.

— O quê? — perguntei antes de levantar e deixar o pote de pipoca no balcão para os funcionários.

— Esperei a noite inteira por um pouco do seu mau humor.

— Como é?

— Queria deixar você brava ou ranzinza.

Ele também deixou o pote no balcão.

— Lembra quando você fez uma limpa no Salão dos Homens no dia seguinte ao desfile? — ele prosseguiu. — Foi ótimo. Quer dizer, não quero voltar para casa, mas não me sentiria um lixo caso gritasse comigo.

Olhei bem para ele.

— Jack, você tem consciência de que nunca tínhamos nos falado e de que você está me dizendo, na nossa primeira conversa, que a minha raiva o excita? Não consegue enxergar que isso é uma completa falta de senso da sua parte?

Ele abriu um sorriso, como se as minhas palavras não o tivessem afetado.

— Pensei que fosse apreciar minha honestidade. Tenho a sensação de que se irrita com facilidade, e quero que saiba que isso não me incomoda. Na verdade, eu até gosto.

Jack segurou minha mão, mas eu a puxei no ato.

— Pensou errado. O encontro acabou. Boa noite.

Ele veio atrás de mim e me agarrou novamente. Eu não queria admitir o quanto estava assustada, mas podia sentir o coração batendo muito rápido. Ele era maior que eu e parecia gostar de brigar.

— Não fuja — ele disse com uma voz sedosa. — Só estou tentando dizer que eu poderia ser um bom par para você.

Ele passou os dedos do alto da minha bochecha até o queixo. Sua respiração era cada vez mais rápida, e eu sabia que não podia perder tempo. Tinha que sair dali imediatamente.

Fechei a cara.

— E eu só estou tentando dizer que se você não tirar a mão de mim *agora*, estará morto antes de ter a chance de se tornar o par de qualquer pessoa.

— Delícia — ele provocou com um sorriso, pensando que eu estava gostando. — Que joguinho divertido.

— Me solte. Agora.

Ele afastou a mão, mas eu ainda conseguia ver o desejo louco em seu olhar.

— Foi divertido. Vamos repetir em breve.

Subi as escadas, rezando para que ele não viesse atrás. Daquele momento em diante, haveria câmeras em *cada um* dos encontros.

Quando alcancei, sem fôlego, o primeiro andar, encontrei dois guardas e corri direto para eles.

— Alteza! — exclamou o primeiro quando caí em seus braços.

— Tirem-no daqui! — ordenei com o dedo apontado para as escadas. — Jack! Tirem-no da minha casa!

Os guardas me soltaram e correram para capturá-lo. Eu me encolhi no chão, petrificada.

— Eadlyn?

Logo atrás de mim, Ahren se aproximava. Soltei um grito e pulei para abraçá-lo.

— O que aconteceu? Você está ferida?

— Foi Jack — gaguejei. — Ele agarrou o meu braço. Ele me tocou.

Sacudi a cabeça tentando compreender como as coisas tinham chegado àquele ponto tão rápido, e só então percebi que o processo não foi nada rápido.

Ele sempre me observava, mas jamais se aproximava, calmamente à espera do seu momento. Mesmo naquela noite, seus movimentos tinham sido lentos. Ele assistia à minha crescente frustração com um prazer discreto, curtindo a tensão cada vez mais forte até o momento de liberar toda a sua energia.

— Ele não parava de dizer coisas estranhas, e a forma como me olhava... Ahren, nunca tive tanto medo.

Ambos viramos na direção do alvoroço que vinha das escadas. Os dois guardas lutavam para trazer Jack até o primeiro andar. Assim que me viu, ele começou a gritar:

— Você gostou! — insistiu. — Você estava dando mole!

Ahren agarrou a minha mão e me arrastou até Jack, embora meu instinto me dissesse para correr na direção oposta. Meu irmão me deixou cara a cara com Jack.

— Acaba com ele, Eadlyn — Ahren ordenou. Olhei para ele achando que era uma piada, mas a raiva em seu rosto me dizia que não.

Fiquei tentada. Não podia retaliar as pessoas que me xingavam ou criticavam as minhas roupas. Não podia voltar ao desfile e dizer àquela gente como tinham agido feito idiotas. Mas ali, pela primeira vez, eu podia punir alguém que realmente me fizera mal.

Talvez eu tivesse dado um tapa, não fosse pelo sorriso pervertido de Jack. Se ele não desejasse aquilo, se não fosse sonhar com aquilo depois. Sexo e violência estavam conectados na cabeça dele, e lhe proporcionar um deles era quase como lhe dar o outro.

— Não posso — suspirei.

Jack fingiu decepção.

— Tem certeza, linda? Eu não lig...

Nunca tinha visto Ahren bater em ninguém antes. Foi quase tão chocante quanto ver o corpo inerte de Jack depois que o punho do meu irmão jogou a cabeça dele para trás num ângulo esquisito.

Ahren urrou e segurou a própria mão.

— Como dói! Ai, dói mesmo!

— Vamos levar você para a ala hospitalar — falei, empurrando Ahren pelo corredor.

— Alteza, devemos levá-lo também?

Olhei para a forma inerte de Jack e notei que seu peito subia e descia.

— Não. Ponham-no em um avião, consciente ou não.

Me aconcheguei na cama de Ahren, com ele de um lado e Kaden do outro. Ahren flexionava os dedos enfaixados, que estavam bem inchados.

— Dói? — Kaden perguntou, aparentemente mais empolgado que preocupado.

— Um pouco, mas faria tudo de novo sem pensar.

Sorri para meu irmão gêmeo. Estava tão grata a ele.

— Se eu estivesse lá — Kaden anunciou —, teria desafiado Jack para um duelo.

Comecei a rir, enquanto Ahren passou o braço por cima de mim para bagunçar o cabelo dele.

— Foi mal, cara — disse Ahren. — Foi tão rápido que não tive tempo de pensar nisso.

Kaden balançou a cabeça.

— Todos esses anos de aulas de esgrima para nada.

— Você sempre foi melhor que eu mesmo — Ahren disse, enquanto Osten entrava no quarto sem bater com um telefone no ouvido.

— Se você ao menos praticasse mais! — Kaden criticou.

Osten se jogou na cama, sem parar de falar ao telefone.

— Sim, sim. Muito bem, um segundo.

Ele pôs a mão sobre o bocal e perguntou para mim:

— Eady, de onde era esse tal Jack?

Tentei lembrar do formulário.

— Acho que de Paloma.

— Era Paloma mesmo — Kaden confirmou.

Osten voltou a falar ao telefone:

— Maravilha. Ouviu isso? Entrarei em contato.

Ele desligou e escorregou o telefone para o bolso. Todos olhamos fixamente para ele.

Comecei a rir.

— Geralmente tento impedir qualquer coisa que você faça, mas desta vez não quero nem perguntar.

— Melhor assim.

Olhei para os meus irmãos, tão prestativos, inteligentes e endiabrados. Eu os havia odiado tantas vezes por não serem mais velhos que eu, por me forçarem a assumir um papel que jamais desejei. Naquela noite, talvez pela primeira vez, eu os amava exatamente por serem quem eram. Kaden me distraía, Ahren tinha me defendido e Osten... Bom, ajudaria à sua maneira.

Osten tinha deixado a porta aberta, e minha mãe e meu pai entraram e encontraram todos os filhos reunidos.

Minha mãe parecia feliz por ver a família bem, mas meu pai estava abalado.

Ele pôs uma mão na cintura e começou a gesticular com a outra.

— Estão todos bem?

— Levemente assustada — confessei.

— E um pouco dolorido — Ahren acrescentou.

Meu pai engoliu em seco enquanto nos contemplava.

— Eadlyn, eu sinto muitíssimo. Não sei como ele escapou

do crivo. Pensei que os formulários fossem conferidos antes. Não fazia ideia...

Então ele parou. Parecia prestes a chorar.

— Estou bem, pai.

Ele acenou com a cabeça, mas permaneceu calado.

Minha mãe deu um passo à frente e retomou:

— Gostaríamos de estabelecer umas normas. Talvez manter um guarda por perto em todos os encontros daqui para a frente ou marcar os encontros em espaços públicos.

— Isso ou ter fotógrafos. Acho que ajudaria também — sugeri ao mesmo tempo que me amaldiçoava mentalmente por não ter pensado nisso antes.

— Excelente ideia, querida. Queremos manter a segurança.

— O que me faz lembrar de uma coisa — meu pai falou, novamente sob controle. — Como vamos proceder com Jack? Devemos encobrir o ocorrido? Dar parte dele à justiça? Por mim, eu arrancaria cada um dos membros do corpo dele, mas é você quem decide.

Abri um sorriso antes de responder:

— Não daremos parte, mas também não vamos encobrir o que ele fez. Quero que todos saibam exatamente que tipo de homem ele é. Será punição suficiente.

— Muito sábio — concordou Ahren.

Meu pai cruzou os braços, pensativo.

— Se é isso que você quer, é isso que faremos — disse. — Fui informado de que ele está a caminho de casa neste momento, então essa história está terminada.

— Obrigada.

Meu pai envolveu minha mãe com o braço, e os dois se viraram para sair. Minha mãe olhou para nós uma última vez.

— Aliás — disse meu pai por cima do ombro —, embora eu concorde com sua ordem de expulsá-lo sem saber se recobraria a consciência... seria péssimo para nós se ele tivesse morrido de fato.

Apertei os lábios, mas sabia que meus olhos estavam radiantes.

— Certo. Nada de expulsar pessoas inconscientes.

— E mais lutas com espadas! — Kaden berrou.

Enquanto Ahren e eu caíamos na gargalhada, nossos pais balançavam a cabeça.

— Boa noite. Não fiquem acordados até tarde — minha mãe preveniu.

E não era essa a nossa intenção, mas acabamos conversando por muito tempo. No final, adormeci com as costas apoiadas nas de Kaden, o braço de Ahren embaixo da minha cabeça e Osten agarrado ao meu pé.

Acordei na manhã seguinte bem antes dos outros e sorri diante dos meus irmãos, meus protetores. A irmã que eu era queria ficar, mas a princesa que eu também era levantou e foi se preparar para um novo dia.

20

Na manhã seguinte, à mesa do café, me peguei analisando os garotos, procurando sinais que indicassem se algum deles era parecido com Jack. Não parava de pensar que, se eu tivesse prestado mais atenção aos primeiros dias, teria sido capaz de perceber que havia algo de errado com ele.

Examinei aqueles que eu já conhecia, como Hale e Henri. Até a presença de Erik era bem-vinda. Depois de conhecê-los, não podia permitir que um garoto me deixasse com medo de todos os outros. E, de verdade, eu nem tinha o privilégio de ficar com medo.

Então recuperei a compostura e lembrei de quem eu era. Não podia viver assustada.

Um pouco antes do término da refeição, levantei e pedi a atenção de todos:

— Cavalheiros, tenho uma surpresa para vocês. Em quinze minutos, me encontrem no estúdio para um pequeno jogo.

Alguns riram, outros aplaudiram, mas não sabiam o que os aguardava. Quase me senti mal. Me retirei antes deles para garantir que meu vestido e meu cabelo saíssem bem na filmagem.

Logo depois, os rapazes apareceram, e todos pareciam um pouco impressionados com o cenário.

Sentei diante deles, um pouco como uma professora, enquanto cada um dispunha de uma banqueta com um bloco de papel, canetinha e um crachá enorme e meio caricaturesco com seus nomes, como os que eu tinha visto em programas de perguntas e respostas na TV.

— Bem-vindos, cavalheiros! — cantarolei. — Por favor, tomem seus lugares.

As câmeras já estavam ligadas e captavam os sorrisos nervosos e os olhares confusos quando eles sentaram e prenderam seus crachás.

— Hoje teremos um teste sobre assuntos que dizem respeito a Illéa. Vamos tratar de história, relações internacionais e política interna. Cada vez que acertarem uma pergunta, uma das criadas presentes — apontei para as senhoritas a postos nas laterais — irá colar um adesivo dourado com sinal de certo em vocês. Se errarem, elas trarão um X preto.

Os garotos riram de entusiasmo e ansiedade ao ver os cestos cheios de adesivos.

— Não se preocupem, pois isto é apenas uma brincadeira. Mas usarei as informações para decidir os próximos eliminados. Errar a maioria das perguntas não implica exclusão automática... mas estou de olho — provoquei com o dedo apontado para eles.

Depois dessas palavras, começamos o teste.

— Primeira pergunta — anunciei. — Esta é importante! Qual é a data do meu nascimento?

Entre risos, os garotos abaixaram as cabeças, rabiscaram suas respostas e espiaram as dos vizinhos.

— Muito bem, levantem as placas — ordenei e corri os olhos pela variedade de datas.

Kile evidentemente sabia que era 16 de abril, e não era o único, mas poucos também sabiam o ano.

— Querem saber? Vou dar o ponto para todos que pelo menos responderam abril.

— Isso! — gritou Fox entusiasmado, enquanto Lodge e Calvin batiam as mãos ao fundo.

As criadas entraram no palco, e os garotos que ganharam um X lamentavam de um jeito cômico, mas receberam o adesivo sem ressentimentos.

— Eis aqui uma questão com muitas respostas em potencial. Quem vocês consideram os maiores aliados de Illéa?

Alguns acertaram ao escrever França, Itália e Nova Ásia. Henri, por sua vez, ergueu o nome da Noruécia acompanhado de montes de pontos de exclamação.

O cartaz de Julian tinha várias setas que apontavam para seu rosto e a palavra EU escrita em letras garrafais.

Apontei para ele e questionei, tentando conter o riso.

— Espere aí! O que isso quer dizer?

Com um sorriso enorme, ele deu de ombros e explicou:

— Só pensei que eu poderia ser um grande amigo do país.

Balancei a cabeça.

— Sem noção — acusei, mas acho que não soou como uma bronca tanto quanto gostaria.

Uma das criadas ao lado do palco ergueu a mão:

— Então ele ganha um X ou...?

— Um X, com certeza! — assegurei, e os garotos riram, inclusive Julian.

A maioria acertou o nome de August Illéa como parceiro de meu pai na erradicação das forças rebeldes, e todos conheciam a história da Quarta Guerra Mundial. Quando chegamos ao fim, gostei de ver como todos eram bem informados.

— Deixem-me ver. Quem tem mais adesivos dourados?

As criadas me ajudaram a contar pelas fileiras, o que foi muito eficiente, já que foram elas que marcaram os pontos.

— Hale tem seis — constatei. — Assim como Raoul e Ean. Bravo, cavalheiros!

Bati palmas, e os rapazes fizeram o mesmo antes de perceber o que vinha depois.

— Muito bem, e quem tem mais adesivos de X?

As criadas logo apontaram para o fundo, onde o pobre Henri estava recoberto de adesivos pretos.

— Ah não, Henri! — exclamei entre risos, tentando demonstrar que o jogo não era assim tão sério.

Eu realmente tinha alimentado a esperança de cortar alguém depois do teste, mas sabia que a falta de informação de Henri tinha a ver com o fato de ele ser novo em Illéa ou com algum problema na tradução.

— Quem mais? Burke e Ivan... não foram tão mal.

Aqueles dois tinham ido muito mal, mas ainda assim tinham três adesivos de vantagem sobre Henri. Pelo menos esse resultado ia ao encontro da minha falta de entusiasmo com Ivan.

— Obrigada a todos por me aturarem esta manhã. Levarei estes resultados em conta para filtrar os pretendentes ao longo das próximas semanas. Parabéns por serem tão inteligentes!

Aplaudi os rapazes, que trocaram tapinhas nas costas enquanto as câmeras eram desligadas.

— Antes de partirem, cavalheiros, tenho uma última pergunta. Ela vem de um acontecimento bem recente, então é melhor todos acertarem.

Eles murmuraram entre si, prontos para o desafio.

— Quem souber a resposta, fique à vontade para simplesmente responder em voz alta. Prontos? Em que momento é aceitável me tocar sem o meu consentimento?

Encarei cada um deles com o rosto frio como pedra, desafiando-os a dar uma risada sequer. Eles trocaram olhares, mas somente Hale teve coragem suficiente para responder.

— Nunca — disse.

— Correto. E é bom que todos se lembrem disso. Jack Ranger foi expulso, levando com ele nada mais que um soco de meu irmão e a vergonha da eliminação. Se qualquer um de vocês tentar me tocar sem meu consentimento, será açoitado ou coisa pior. Está claro?

O grupo permaneceu em silêncio.

— Tomarei isso como um sim.

Saí do estúdio com a expectativa de que minhas palavras repercutiriam. A brincadeira tinha terminado, e eles não podiam duvidar disso.

Depois do almoço, meu pai se atrasou para chegar ao escritório, o que era raro. Assim, eu estava sozinha quando a srta. Brice bateu à porta.

— Alteza — ela cumprimentou. — Seu pai ainda não chegou?

— Não. Não sei bem o que o está atrasando.

— Humm — ela refletiu, enquanto ajeitava a pilha de papéis que carregava no braço. — Preciso muito falar com ele.

A srta. Brice parecia tão jovem às vezes. Era muito mais velha que eu, naturalmente, mas ainda não tinha a idade do meu pai. Nunca soube direito o que pensar dela. Não que a detestasse ou coisa assim, mas sempre me perguntei por que ela era a única mulher a trabalhar com meu pai.

— Posso ajudar com alguma coisa? — perguntei.

Ela baixou a cabeça, mais uma vez pensativa.

— Não sei ao certo se seu pai deseja compartilhar a informação, então receio que a senhorita não possa ajudar. Sinto muito.

Eu sorri, certa de que era verdade.

— Sem problemas — foi minha reação. — Srta. Brice, posso lhe fazer uma pergunta? A senhorita é muito inteligente e bondosa. Por que nunca se casou?

— Eu sou casada — ela respondeu com uma risadinha. — Sou casada com este emprego! Ele significa muito para mim, e prefiro trabalhar direito a procurar um marido.

— É isso aí.

— Sei que a senhorita compreende. Além disso, as únicas pessoas que vejo são os outros conselheiros, e não quero uma relação com nenhum deles. Por isso, continuo apenas trabalhando.

— Respeito a sua escolha — disse, assentindo. — Acho que as pessoas partem do princípio de que uma mulher não pode ser feliz sem marido e filhos, mas a senhorita parece bem satisfeita.

Ela deu de ombros.

— Eu penso sobre isso. Talvez adote uma criança no futuro. E realmente acredito que a maternidade é uma honra. Nem todas são dignas dela.

A ponta de amargura em sua voz me fez pensar que ela se referia à própria mãe, mas não quis entrar no assunto.

— Eu sei. Tenho sorte de ter uma mãe maravilhosa.

Ela suspirou e relaxou um pouco.

— É da natureza dela. De certa forma, ela foi minha segunda mãe quando eu era mais jovem. Aprendi muito com ela.

Franzi a testa.

— Não sabia que a senhorita estava há tanto tempo no palácio.

Tentei me lembrar de uma época em que não a encontrava pelos corredores, embora só tenha começado a prestar atenção aos conselheiros aos treze anos, quando comecei a trabalhar com meu pai com mais frequência. Talvez simplesmente não a tivesse notado.

— Sim, Alteza — ela garantiu com um sorriso no rosto. —

Estou aqui há quase tanto tempo quanto a senhorita. Seus pais são extremamente generosos.

Dezoito anos era bastante tempo em um cargo no palácio, especialmente um cargo de conselheira. Meu pai trocava a maioria das pessoas a cada cinco ou oito anos com base nas recomendações e na situação do país. O que manteve a srta. Brice no posto por tanto tempo?

Observei-a jogar o cabelo por cima do ombro e sorrir. Será que meu pai a deixara ficar por ser atraente? Não. Me senti culpada só de cogitar que ele seria capaz de uma coisa tão vulgar e egoísta.

— Bem, sinto muito não poder ajudá-la, mas avisarei meu pai que você veio.

— Obrigada, Alteza. Não é nada muito urgente, então não há pressa. Tenha um bom dia.

— A senhorita também.

Ela fez uma reverência e saiu. Mantive os olhos na porta por um bom tempo, curiosa com aquela mulher que aparentemente eu conhecia desde sempre sem nunca ter me dado conta. Afastei aqueles pensamentos e voltei à papelada. Entre a Seleção e o trabalho, não havia espaço na minha cabeça para a srta. Brice.

21

O jantar daquela noite foi agradável. Notei que os garotos aprenderam com o erro de Jack. Todos se endireitaram em seus lugares quando entrei e inclinaram a cabeça à minha passagem. Senti, novamente, que estava no controle.

Meu pai parecia mais calmo também, embora desse para perceber um pouco de preocupação em seu rosto. Ahren esticou o pescoço sobre a mesa e piscou para mim com um ar conspiratório. Parecia até que aquele incidente terrível tinha melhorado a nossa relação.

Meu pai havia sugerido que eu tentasse conversar com os garotos durante o jantar, mas falar aos gritos no meio de tanta gente me parecia grosseiro. Não me considerava capaz disso, pelo menos não com naturalidade. Eu sabia que, apesar do que tinha acontecido, precisava voltar à ação. Em vez de conversar, porém, analisei minhas opções...

De todos os remanescentes, Ean era o mais intimidador. Não por parecer violento, mas por sua segurança e calma constantes. Era como se um terremoto fosse incapaz de movê-lo contra a sua vontade.

Talvez um passeio com ele me permitisse vencer uma espécie de receio. Não era possível que fosse tão inabalável quanto parecia. Bastava combinar alguma coisa num ambiente aberto e garantir a presença dos fotógrafos.

Como se tivesse lido meus pensamentos, Ean olhou para mim naquele mesmo segundo. Virei o rosto e fingi estar prestando atenção no meu irmão.

Percebi que Kaden lia um jornal por baixo da mesa.

— Do que trata esse artigo? — perguntei.

Ele respondeu sem desviar o olhar, como se tentasse concluir o dia de trabalho antes do fim do jantar.

— Uma arrecadação em uma área de Midston. Estão levantando fundos para que uma garota possa ir para a escola de arte. Ela tem talento, mas não consegue pagar o curso sozinha. Ela diz... um momento. Aqui está: "Venho de uma linhagem de Três. Minha família acha que estudar arte seria me rebaixar, embora as castas já não existam. É difícil. Eu tento lembrá-los que a rainha nasceu Cinco e é maravilhosa. Eles não querem pagar pela minha educação, por isso peço ajuda para ir atrás dos meus sonhos". Veja as fotos dos quadros dela. Nada mal.

Cresci com uma profunda admiração por arte e, apesar do trabalho da jovem não me agradar esteticamente, dava para ver que tinha talento.

— São bons. Quanta tolice. O objetivo de acabar com as castas era dar às pessoas a possibilidade de escolher qualquer profissão que desejassem. Mas eles não querem saber. É quase como se não quisessem que o plano desse certo.

— Criar um sistema não implica que as pessoas vão segui-lo.

— É óbvio — comentei friamente antes de tomar um gole de bebida.

— O ponto-chave é fazer as pessoas compreenderem. Lembra quando a mamãe mostrou aqueles livros antigos de história? Os Estados Unidos tinham aquele documento — ele fez uma pausa para lembrar o nome —, a Declaração de Independência... Ali estava escrito que as pessoas tinham permissão para buscar a felicidade. Mas ninguém que produziu aquele papel era capaz de dar a felicidade às pessoas.

— Você é muito inteligente — eu disse com um sorriso.

— Eu tomaria isso como elogio, mas semana passada você foi flagrada beijando Kile no escuro.

— Ah. Ha-ha-ha — ironizei, com vontade de mostrar a língua para ele. — Não que a minha opinião valha muita coisa.

— Você vai casar com Kile?

Quase engasguei.

— Não!

Kaden gargalhou como um louco, o que fez quase todos os presentes olharem em nossa direção.

— Retiro o que disse — comentei. — Você é só um idiota especialmente esperto.

Levantei para sair e dei um peteleco na orelha de Kaden ao passar por ele.

— Ei! — ele reclamou.

— Obrigada por estar ao meu lado, Kaden. Você é um ótimo irmão.

Ele esfregou a orelha sem desfazer o sorriso e respondeu:

— Faço o possível.

"Casar com Kile", pensei, fazendo força para não rolar de rir de novo. Se Kile continuasse a ser discreto, as chances de eu beijá-lo novamente eram muito, *muito* altas... Mas eu não conseguia me imaginar casada com ele. Não sabia se era capaz de me imaginar casada com qualquer um daqueles garotos.

Na verdade, não sabia nem se era capaz de me imaginar casada.

Desacelerei os passos e comecei a olhar para os rapazes à medida que avançava. Como seria adormecer ao lado de Hale? Ou ver Baden colocar um anel no meu dedo?

Tentei visualizar a cena e falhei. Me lembrei de Ahren comentando que alguns garotos haviam perguntado se era possível que eu gostasse de garotas. Me fazia rir só de pensar. Sabia que não era isso que me impedia de ter um envolvimento genuíno com um garoto... mas eu sentia que havia uma barreira. Não era só o meu desejo de ser independente. Havia um muro ao meu redor, e eu não sabia bem o motivo.

Mas, com ou sem muro, eu havia feito uma promessa.

Me detive ao passar por Ean.

— Sr. Cabel?

Ele levantou e fez uma reverência.

— Sim, Alteza.

— Sabe montar?

— Sei.

— Gostaria de me acompanhar em um passeio amanhã?

Um brilho malicioso reluziu em seu olho.

— Gostaria.

— Excelente. Nos vemos amanhã.

Optei por usar vestido e montar de lado. Não era a maneira como eu preferia, mas julguei que um toque de feminilidade contribuiria ao propósito da tarde.

Quando cheguei aos estábulos, Ean estava à minha espera, selando seu cavalo.

— Ean! — chamei ao me aproximar.

Ele levantou a cabeça e acenou. Era muito bonito, o tipo de homem que as pessoas esperavam ver ao meu lado. Cada um de seus atos era controlado, e eu estava decidida a imitá-lo e não me deixar vencer pela ansiedade.

— Está pronta? — ele perguntou.

— Quase. Preciso pegar minha sela — respondi ao cruzar com ele em direção às baias.

— Você vai vestida assim?

Olhei por cima do ombro.

— Posso fazer mais com esse vestido do que a maioria dos homens faria usando calça em um dia inteiro.

Ele riu.

— Não duvido.

Caramelo estava ao fundo, em uma baia um pouco maior que as outras. A égua de uma princesa merecia um pouco de espaço e uma bela vista.

Eu a preparei e voltei a Ean.

— Se não se importa, vamos tirar algumas fotos no jardim antes.

— Ah, não. Tudo bem.

Tomamos os cavalos pelas rédeas e os conduzimos ao redor do jardim. Um homem estava à nossa espera, fotografando o céu e as árvores enquanto não chegávamos. Quando nos viu, veio até nós.

— Alteza — ele saudou, apertando minha mão. — Meu nome é Peter. Acho que seria bom tirar algumas fotos dos dois juntos.

— Obrigada — agradeci enquanto acariciava Caramelo. — Onde ficamos?

Peter olhou em volta.

— Se puderem deixar os cavalos perto de alguma árvore, acho que algumas imagens diante da fonte ficariam bem.

Soltei Caramelo, sabendo que ela não correria.

— Venha — chamei Ean animada e o tomei pela mão.

Ele amarrou seu cavalo em um galho e me seguiu. Peter não perdeu tempo. Ean e eu sorrimos e evitamos timidamente olhar um para o outro. O breve passeio ficou registrado. Paramos diante da fonte, sentamos perto de arbustos e até tiramos fotos em frente aos cavalos.

Quando Peter avisou que já tinha o bastante, quase ergui os braços para o céu. Olhei ao redor e, como prometido, não estávamos completamente a sós. Havia guardas enfileirados ao longo dos muros do palácio, e alguns trabalhadores circulavam pelo terreno para cuidar da grama e das trilhas.

— Aqui, Caramelo! — chamei, já caminhando até a égua, que agitou a cauda.

Ean montou seu cavalo com maestria. Fiquei feliz por ele ser tão competente quanto me fizera crer.

— Me desculpe, mas isso tudo pareceu um pouco armado — Ean disse à medida que trotávamos em direção aos limites do gramado.

— Eu sei. Mas deixá-los capturar os momentos armados significa que posso manter os espontâneos em particular.

— Interessante. E a cena com Kile? Foi armada ou espontânea?

Abri um sorriso. Uau, como ele era rápido.

— Na última vez que conversamos, me pareceu que você queria dizer alguma coisa — lembrei.

— Eu quero. Quero ser honesto com você. Mas isso requer que você seja completamente honesta comigo. Você consegue?

Quando olhei para ele, duvidei que seria capaz de lhe dar o que pedia. Não naquele dia.

— Depende.

— Do quê?

— De muitas coisas. Não costumo abrir a alma para quem conheço há apenas duas semanas.

Trotamos mais uns minutos em silêncio.

— Comida favorita? — ele perguntou com um sorriso satisfeito no rosto.

— Vale responder "coquetéis"?

Ele riu.

— Claro. O que mais...? O melhor lugar que já visitou?

— Itália. Parte pela comida, parte pela companhia. Se eles vierem aqui, você precisa conhecer a família real. São muito divertidos.

— Eu gostaria. Bom, cor favorita?

— Vermelho.

— A cor do poder. Ótimo.

Ele parou de me sabatinar por um tempo, e continuamos a trilha em volta do palácio. Foi uma cavalgada pacífica, até. Passamos pelos portões da frente, e os jardineiros interromperam o trabalho para se curvar para nós. Assim que nos afastamos deles, Ean aproximou sua montaria da minha.

— Posso estar muito errado, mas vou fazer algumas suposições a seu respeito.

— Vá em frente — desafiei.

Ele hesitou.

— Espere. Vamos fazer uma parada aqui.

Havia um banco perto do muro do palácio e foi ali que paramos.

Saltei de Caramelo e sentei naquele lugar estreito ao lado de Ean.

— Alteza.

— Eadlyn — corrigi.

— Eadlyn.

Ele engoliu em seco e revelou a primeira rachadura em sua armadura superconfiante.

— Tenho a sensação — começou — de que a Seleção não era algo que você realmente queria.

Fiquei em silêncio.

— Se era, então não saiu conforme o esperado, e agora você se encontra em uma situação que lhe desagrada pessoalmente. A maioria das mulheres morreria para ter dezenas de homens a seu dispor, mas você parece querer manter distância.

Abri um sorriso gentil.

— Já disse: não me abro para pessoas que conheço há pouco tempo.

Ele balançou a cabeça e prosseguiu:

— Há anos que a vejo no *Jornal Oficial*. Você parece estar acima de um concurso como este.

Respirei bem fundo, sem saber o que dizer.

— Gostaria de lhe fazer uma oferta. Talvez jamais necessite disso, mas apresento a opção mesmo assim.

— E o que o senhor poderia oferecer à futura rainha?

Ele sorriu, mais uma vez seguro de si.

— Uma saída.

Era arriscado perguntar o que ele queria dizer, mas não consegui esconder a curiosidade.

— Como?

— Eu jamais a sufocaria. Jamais tiraria sua liberdade. Jamais sequer pediria que me amasse. Se me escolher, poderá ter um casamento livre das restrições convencionais. Faça de mim seu rei, e você será livre para reinar como julgar adequado.

Tirei o pó do vestido.

— Você jamais seria rei.

Ele inclinou a cabeça de um jeito cômico.

— Não faço o seu tipo?

Revirei os olhos.

— Não é essa a questão. Qualquer homem que se casasse comigo jamais seria rei. Seria o príncipe consorte, já que ninguém pode portar um título mais alto que o meu.

— Eu aceitaria isso.

Me apoiei sobre o braço do banco.

— Por curiosidade, por que fazer tal oferta? Você é muito carismático e bem bonito. Suponho que possa ter um casamento repleto de felicidade, o que me faz pensar: por que se comprometer voluntariamente com uma vida sem amor?

Ele concordou com a cabeça.

— É uma pergunta justa. Pessoalmente, acredito que o amor é supervalorizado.

Não consegui conter o sorriso.

— Venho de uma família grande. Seis filhos. Consegui sobreviver, mas não quero viver assim para sempre. A oportunidade de uma vida confortável com uma mulher agradável é melhor do que tudo o que posso esperar.

— Agradável? — questionei com as sobrancelhas arqueadas. — Só isso?

Ele achou graça.

— Gosto de você. Por ser sempre você mesma, não importa o custo disso. E certamente não considero um casamento com uma mulher inteligente, bela e poderosa como um simples acordo. Mas posso lhe oferecer os meios para um fim se você não encontrar ninguém adequado neste grupo. Para ser sincero, posso dizer que a maioria desses caras não passa de uma piada. E você pode me dar algo que nunca tive.

Fiz uma pausa para refletir. Até aquele momento, a Seleção não tinha sido nada do que eu esperava. Começara com o povo atirando comida em mim, reclamando da minha primeira eliminação e julgando meu beijo com Kile. Embora eu só estivesse percebendo isso agora, havia algo na própria ideia de casamento que não me atraía nem um pouco. Porém, não podia deixar de pensar na possibilidade de escolher alguém apenas para agradar meu pai. Cada vez que o olhava, percebia o quão cansado estava.

Eu amava meu pai.

Mas também me amava.

E viveria comigo mesma por muito mais tempo.

— Você não precisa dizer "sim" ou "não" — Ean concluiu, me trazendo de volta à conversa. — Só digo que estarei aqui se precisar de mim.

Concordei com a cabeça.

— Não sei nem se posso me comprometer a pensar no caso — disse ao levantar. — Por ora, continuemos a cavalgada. Não é sempre que vejo Caramelo.

E nós realmente cavalgamos por bastante tempo depois daquela conversa, mas Ean não falou muito. Foi reconfortante passar alguns momentos sem o fardo de ter que puxar assunto. Ean aceitou meu silêncio com gratidão. Fiquei me perguntando se em algum momento ele se cansaria daquele tipo de vida.

Passei o resto do tempo analisando o garoto. Bonito, orgulhoso, direto. Sua autoconfiança não dependia da minha aprovação, e eu não me preocuparia em receber a aprovação dele. Poderia casar sem me *sentir* casada de verdade...

Ean talvez fosse um pretendente bem atraente mesmo.

22

Dispensei Ean pouco depois, e ele não reclamou, talvez para provar que seria tão obediente quanto necessário. Sua proposta era certamente interessante, mas eu tinha que avançar muito mais no processo para decidir se precisaria usá-la ou não.

Sem que me desse conta, já estava na hora de me preparar para o jantar. Levei Caramelo para a baia e escovei as botas, que não estavam muito sujas.

— Boa noite — sussurrei à égua, oferecendo-lhe um torrão de açúcar antes de voltar ao palácio.

— Eadlyn — alguém chamou assim que entrei.

Era Kile. Ele, Henri, Erik, Fox e Burke conversavam. Kile fez um sinal para que os outros o esperassem e veio até mim quase correndo.

— Ei — ele disse com seu sorriso torto. Parecia um pouco nervoso.

— Como você está?

— Bem. Estava falando com os outros, e temos uma proposta para você.

Suspirei.

— Mais uma?

— Hein?

— Nada — eu disse, balançando a cabeça para afastar as distrações. — Falo com eles agora?

— Bom, sim, mas eu queria perguntar uma coisa primeiro.

— Claro.

Kile enfiou as mãos no bolso.

— Está tudo bem entre a gente?

Franzi a testa.

— Kile, você tem consciência de que não é meu namorado, certo?

Ele riu.

— Sim, tenho. Mas, sei lá, gostei de ter alguém para mostrar meus desenhos e com quem dar risada, e quis ver como você estava quando soube da história do Jack, mas achei que talvez não quisesse falar nisso. Mas também achei que me manter afastado deixaria você irritada. Tem noção de como você é complicada?

— Eu esqueceria se você não ficasse sempre me lembrando! — provoquei.

Kile hesitou antes de continuar:

— Vou relaxar. Mas, de verdade, está tudo bem entre a gente?

Observei-o morder o lábio, e tive de me segurar para não ficar pensando em como ele beijava bem. Kile disse que estaria sempre ao meu lado, então eu esperava que talvez pudesse sentir aqueles lábios nos meus de novo.

— Sim, Kile. Está tudo bem. Não se preocupe tanto.

— Ótimo. Venha aqui. Acho que você vai gostar da ideia.

Demos meia-volta e fomos até o grupinho de garotos à nossa espera. Henri imediatamente beijou minha mão.

— Olá hoje — ele cumprimentou, o que me fez rir.

— Olá, Henri. Burke, Fox. Oi, Erik.

— Alteza — Burke começou. — Talvez isso não seja muito da nossa conta, mas estávamos pensando que a Seleção deve ser muito difícil para você.

— Vocês não fazem ideia — concordei, rindo.

Fox sorriu. Ele e Burke pareciam meio cômicos um ao lado do outro. Burke era tão musculoso, e o outro, tão esguio.

— Deve ser uma loucura — Fox supôs. — Você tem trabalho a fazer, e ainda precisa arrumar tempo para encontros a sós e dar atenção a todos nas festas. Parece exaustivo.

— Então tivemos uma ideia — Kile disse. — Será que não poderíamos, nós quatro, fazer alguma coisa com você esta semana?

Era totalmente brilhante.

— Sim! — exclamei. — Seria ótimo. Alguma ideia?

— Pensamos em cozinhar juntos — Burke revelou, com uma cara tão feliz que eu não poderia dizer "não", embora essa fosse a minha vontade.

— Cozinhar? — eu disse, com um sorriso falso estampado no rosto.

— Vamos lá — Kile insistiu. — Vai ser divertido.

Suspirei, nervosa.

— Tudo bem. Cozinhar. Que tal amanhã à noite?

— Perfeito! — Fox confirmou logo, como se tivesse medo de que eu mudasse de ideia.

— O.k. Quinta-feira às seis da tarde. Encontro vocês no vestíbulo, e de lá vamos juntos até as cozinhas. — Ia ser um pesadelo. — Se vocês me dão licença, preciso me aprontar para o jantar.

Subi as escadas pensando se havia algum jeito de melhorar a situação. Duvidava muito.

— Neena? — chamei ao entrar no quarto.

— Sim, Alteza?

— Pode preparar meu banho? Preciso de um antes do jantar.

— Claro.

Arranquei as botas e o vestido. Além de dar e receber ordens, nós duas não estávamos conversando muito. E eu tinha que admitir: era difícil para mim. Meu quarto era meu refúgio, o lugar onde eu descansava e desenhava e me escondia do mundo. Neena fazia parte daquilo, e o fato de estar chateada deixava tudo fora dos eixos.

Entrei no banheiro e fiquei muito feliz ao descobrir que ela tinha posto lavanda na banheira sem que eu pedisse.

— Neena, você lê a minha mente.

— Eu tento — ela disse com um ar maroto.

Avancei com cuidado. Não queria aborrecê-la outra vez.

— Teve notícias de Mark recentemente?

Ela pareceu incapaz de conter o sorriso.

— Sim, ontem mesmo.

— O que você disse que ele estudava mesmo? — perguntei ao entrar na água morna e me sentir imediatamente melhor.

— Química. Bioquímica, para ser mais específica.

Ela baixou a cabeça antes de continuar:

— Admito que ele usa um monte de palavras que não conheço quando me explica as coisas, mas consigo fazer uma ideia do que ele quer dizer.

— Não quis dar a entender que você era burra, Neena. Estava só curiosa. Pensei que isso fosse óbvio.

Bioquímica. A palavra não me era estranha.

Ela soltou um suspiro e despejou mais lavanda na banheira.

— Mas no fim a impressão foi essa.

— Há rapazes aqui com histórias de vida bem diferentes da minha. Mal consigo ficar no mesmo ambiente que eles. Eu estava intrigada porque vocês dois têm profissões tão diferentes e ainda assim conseguem ter coisas em comum.

Ela balançou a cabeça.

— Demos certo. Não dá para demonstrar no papel. Algumas pessoas nasceram para ficar juntas.

Recostei de novo na banheira. Se não havia como explicar, por que tentar entender, então? Pensei de novo na proposta de Ean, na preocupação de Kile e nas perguntas de Hale. Não dava para acreditar como tudo tinha ficado tão nebuloso. Eu mal entendia meus próprios sentimentos. Sabia que queria minha independência, e a ideia de um homem tentando fazer ou "consertar" meu trabalho era inaceitável. Mas depois pensei nos fios brancos no cabelo do meu pai, aos poucos se misturando aos loiros, e me perguntei o quanto eu seria capaz de ceder para facilitar a vida dele.

Era estranho. Basicamente, cada um dos garotos no andar de baixo era uma opção, se eu tivesse mesmo que escolher. E cada um deles poderia facilmente lançar minha vida num rumo diferente. Eu não gostava disso. Queria ser responsável pelo meu caminho. Pensei se essa não seria a razão para eu ter erguido uma muralha à minha volta: talvez eu sentisse medo de que alguém cruzasse essa barreira e tomasse o controle da minha vida.

Mas talvez esse controle fosse uma ilusão. Mesmo se dispensasse todos os garotos da Seleção, será que um dia outra pessoa não me faria esquecer completamente o autocontrole? Ou talvez até me fizesse abrir mão dele por livre e espontânea vontade?

Parecia impossível, algo que eu jamais teria imaginado algumas semanas antes.

Ainda havia diversas razões para levantar a guarda, então era isso o que eu faria. Ainda assim, não sabia se teria como ignorar por muito mais tempo a maneira como aqueles garotos me afetavam.

23

Ansiosa, esperei os garotos no vestíbulo do palácio. Não sabia se minha roupa era adequada — o que as pessoas vestiam para cozinhar? —, nem como fingir ter prática na cozinha, nem como dividir a atenção entre quatro pretendentes.

E, embora eu soubesse que a presença de um fotógrafo era boa tanto por publicidade quanto por segurança, a ideia de registrar aquela noite não me deixava nem um pouco mais tranquila.

Ajeitei minha camisa — que era bem simples para o caso de sujar — e toquei o cabelo para conferir se estava no lugar. O relógio indicava que os garotos estavam quatro minutos atrasados, e eu estava ficando impaciente.

Quando estava a ponto de pedir que um mordomo fosse buscá-los, ouvi o eco das vozes no corredor. Kile foi o primeiro a surgir. Burke vinha ao seu lado, em uma tentativa clara de fazer amizade com o suposto líder da turma. Fox estava com Henri, e ambos sorriam calmamente. Não muito atrás, Erik caminhava com as mãos atrás das costas. Sua presença era necessária, mas eu tinha a impressão de que ele se sentia um pouco deslocado por ser o único a não participar daquele encontro em grupo.

Kile esfregou as mãos e perguntou:

— Pronta para comer?

— Para comer, sim. Para cozinhar? Vamos ver — tentei esconder o receio com um sorriso, mas acho que Kile percebeu.

— Então é verdade que vocês dois se conhecem desde que nasceram? — perguntou Burke, tão de repente que eu não soube como responder.

— Acredite em mim: sua situação é muito melhor — Kile rebateu tranquilo e lhe deu uma leve cotovelada nas costelas.

— É verdade — confirmei. — É como Kile disse no *Jornal*

Oficial: nunca o enxerguei como um namorado em potencial até ser obrigada a isso. Ele é praticamente da família.

Todos riram, e me dei conta do quanto aquilo era verdade. Eu ficava incomodada ao ouvir Josie dizer a todos que era como uma irmã para mim, mas, de fato, eu tinha muito mais contato com ela e Kile que com meus primos.

— A cozinha é por aqui — eu disse, apontando para a sala de jantar. — Os funcionários estão avisados da nossa chegada, então vamos nessa.

Kile sacudiu a cabeça diante do meu falso entusiasmo, mas não disse nada.

Seguimos até o fundo da sala de jantar e contornamos uma divisória. Havia um amplo elevador de alimentos, usado pelos funcionários para trazer as refeições, além de uma escadaria que dava para a cozinha principal. Burke apareceu ao meu lado e logo ofereceu o braço enquanto descíamos pelos largos degraus.

— O que vai cozinhar esta noite? — ele perguntou.

Torcia para meu rosto não ter transparecido o choque. Pensara que alguém já teria as ideias.

— Ah, eu topo qualquer coisa — desconversei.

— Vamos fazer uma refeição completa — Kile sugeriu. — Entrada, prato principal e sobremesa.

— Parece bom — Fox concordou.

Erik interveio lá do fundo:

— Henri e eu faremos a sobremesa, se não se importarem.

— Sem problemas — Kile respondeu.

Dava para sentir o cheiro do jantar que estava sendo preparado para o resto do palácio. Não consegui identificar todos os aromas, mas havia um delicioso quê de alho no ar. Foi então que ganhei um novo motivo para odiar aquele encontro: eu teria de adiar minha refeição de verdade.

Em um cômodo de teto baixo, uma dúzia de pessoas com o cabelo bem preso ou sob toucas corria de um lado para o outro enquanto jogavam legumes em panelas de água fervente ou conferiam o tempero dos molhos. Ainda que precisassem terminar a refeição para todos do palácio, o pessoal da cozinha tinha liberado metade do espaço para nós.

Um homem com chapéu de chef nos abordou:

— Alteza, o espaço é suficiente?

— Mais do que suficiente, obrigada.

Me lembrei de tê-lo visto semanas antes, quando me apresentara amostras de opções para o primeiro jantar da Seleção. Estava tão irritada naquele dia que minha mãe fez a maior parte das escolhas. Depois, sequer pensei em agradecer. Ao olhar ao redor naquele momento e ver quanto trabalho dava uma simples refeição, senti vergonha de mim mesma.

— *Missä pidät hiivaa?* — Henri perguntou educadamente.

Olhei para Erik, que traduziu:

— Com licença, senhor, mas onde fica o fermento?

Fox e Burke riram, mas lembrei do que Erik dissera uma vez e do que estava mal escrito na ficha de Henri: ele era cozinheiro.

O chef gesticulou chamando Henri, e Erik seguiu para ajudar na conversa. O chef claramente estava muito feliz por ter alguém com experiência na cozinha. Já os outros garotos... nem tanto.

— O.k., então... vamos ver o que tem na geladeira — Fox incentivou, hesitante, e foi até um dos grandes refrigeradores alinhados à parede.

Encarei o conteúdo bem arrumado nas prateleiras — embrulhos de carne organizados com etiquetas, os quatro tipos diferentes de leite de que dispúnhamos, diversos molhos e aperitivos prontos e armazenados com antecedência — e tive certeza de que aquela não era a minha praia.

Ouvi um clique e virei para ver de onde vinha. A fotógrafa tinha chegado.

— Finja que não estou aqui! — ela sussurrou com uma voz alegre.

Kile pegou um pouco de manteiga.

— Sempre vamos precisar de manteiga — ele me garantiu.

— Bom saber — concordei.

Burke encontrou uma pilha de alguma coisa no balcão.

— O que é isso? — perguntou ao chef.

— Massa folhada. Dá para fazer dezenas de coisas com isso. Derretam um pouco de manteiga enquanto eu arranjo umas receitas para vocês.

Kile me olhou, convencido:

— Viu só?

— Como vamos decidir quem ajuda com quem? — Burke perguntou, com a óbvia esperança de que eu simplesmente o escolhesse.

— Pedra, papel e tesoura? — sugeriu Fox.

— Justo — Kile concordou.

Ele e Fox começaram a disputar primeiro e, embora ninguém tenha dito, sabíamos que os perdedores ficariam juntos.

Kile ganhou tanto de Fox como de Burke. Fox não reclamou, mas Burke não tinha tanto talento para disfarçar suas emoções. Os dois decidiram preparar uma entrada — aspargos envoltos em *prosciutto* e massa folhada — enquanto Kile e eu ficamos parados diante de um frango, tentando descobrir o que fazer com ele.

— E então? Qual é o primeiro passo? — perguntei.

— Cozinhei bastante quando morei em Fennley, mas preciso de uma receita. Aposto que aqueles livros vão ajudar.

Fomos até uma estante com dezenas de livros de receitas. A maioria tinha várias páginas marcadas, e havia ainda uma pilha de fichas ao lado, com mais ideias de pratos.

Enquanto Kile folheava os livros, eu brincava com os potes de temperos. A cozinha me deu a impressão de ser como um laboratório científico, só que com comida. Abri alguns potes para sentir o aroma ou a textura.

— Cheire — insisti para Kile, segurando a jarra.

— O que é?

— Açafrão. Não é delicioso?

Ele sorriu para mim e foi direto para o fim do livro que segurava.

— A-há! — exclamou ao encontrar a página com a receita. — Frango com açafrão. Quer tentar?

— Claro.

Segurei o pote firme, como se aquela tivesse sido minha grande contribuição para a noite.

— Muito bem. Frango com açafrão... Então vamos preaquecer o forno — Kile instruiu.

Fiquei ao lado dele, olhando para aquele monte de botões

e mostradores. Provavelmente, na casa de pessoas normais o forno devia ser bem diferente, mas o trambolho industrial do palácio parecia pronto para lançar um satélite se apertássemos o botão errado. Continuamos encarando, como se o aparelho fosse dar instruções se esperássemos o suficiente.

— Pego mais manteiga? — perguntei, irônica.

— Calada, Eadlyn.

O chef passou por nós e murmurou:

— Botão da esquerda, um pouco para cima.

Kile estendeu a mão e acendeu o forno como se soubesse o que fazer o tempo todo.

Dei uma olhada em Fox e Burke. Burke claramente assumira o papel de líder e gritava as ordens. Fox parecia não se importar; ria e fazia piadas sem ser impertinente. Eles olhavam para nós o tempo todo, e Burke chegou a vir nos ver algumas vezes. Mais ao fundo, Erik e Henri trabalhavam em silêncio. Erik ficou com a menor parte do trabalho e só ajudava quando Henri pedia.

As mangas da camisa de Henri estavam arregaçadas, e sua calça, suja de farinha. Gostei de ver que ele parecia não se importar em botar a mão na massa. Mesmo Erik estava um pouco sujo e também não tentava se limpar.

Olhei para Kile, que estava com a cabeça enterrada no livro de receitas.

— Já volto — avisei.

— Claro.

Assim que me afastei, ouvi ele tentar chamar a atenção do chef sem fazer muito barulho.

— Parece bom, rapazes — eu disse, parada ao lado de Fox.

— Obrigado. Isso é até relaxante. Nunca cozinhei muito em casa... nada assim, pelo menos. Mas não vejo a hora de experimentar.

Depois dessas palavras, Fox voltou ao trabalho e se atrapalhou um pouco, tentando recuperar o ritmo.

— Vai ser o melhor prato de aspargos que a senhorita já provou — Burke prometeu.

— Mal posso esperar — comentei antes de ir para a ponta da mesa.

Erik levantou o olhar e me cumprimentou com um sorriso.

— Alteza, como vai nosso jantar?

— Muito mal, para ser sincera — confessei.

Ele riu e contou a Henri sobre o estado da nossa ceia.

As mãos de ambos estavam cobertas de massa. Reparei nos potes de canela e açúcar.

— Já a sobremesa parece bem promissora. Você também cozinha, Erik?

— Ah, não profissionalmente. Mas moro sozinho, então cozinho para mim. E adoro todos os pratos tradicionais da Noruécia. Este é um dos meus favoritos.

Erik se voltou para Henri, e deu para ver que ambos falavam de comida, pois Henri estava radiante de empolgação.

— Ah, sim! Henri acabou de contar sobre uma sopa que ele toma quando está doente. Leva batata, peixe e... Ah! Sinto falta da minha mãe só de pensar.

Abri um sorriso enquanto tentava imaginar Erik sozinho, tentando fazer as receitas da mãe, e Henri nos fundos de um restaurante, dominando todas as receitas tradicionais de sua família. Sempre me preocupava a ideia de que Erik podia se sentir excluído. Ele certamente se esforçava para se separar dos outros: vestia roupas diferentes, caminhava mais devagar e até com os ombros um pouco encolhidos. Mas, quando o vi ali, interagindo com Henri — que era gentil demais para eliminá-lo da competição —, fiquei grata por sua presença. Ele deu uma atmosfera caseira a uma situação que era muito fora do normal para Henri.

Deixei-os trabalhar em paz e voltei para o meu posto. Kile tinha juntado alguns ingredientes na minha ausência. No momento, ele picava o alho em cima de uma tábua de madeira. Ao lado, havia um pote de algo que lembrava iogurte.

— Aí está você. Muito bem, triture o açafrão e misture no pote.

Depois de alguns instantes olhando sem entender, peguei um potinho e um socador que, supus, serviam para isso, e comecei a apertar. Foi um exercício estranhamente satisfatório. Kile fez a maior parte do trabalho: untou o frango com a mistura de iogurte e levou ao forno. As outras duplas estavam em estágios de preparo diferentes. No final, a sobremesa ficou pronta primeiro, seguida da entrada; o prato principal foi o último.

Tarde demais, Kile e eu nos demos conta de que deveríamos ter feito algo para servir com o frango. Então decidimos usar os aspargos como acompanhamento, e todos riram da nossa falta de planejamento.

Em seguida, nos amontoamos em uma das pontas da longa mesa. Eu estava espremida entre Burke e Kile, com Henri à minha frente e Fox na cabeceira. Erik estava um pouco distante, mas claramente desfrutava da companhia.

Para ser honesta, eu também. A ideia de cozinhar tinha me deixado nervosa por ser algo completamente estranho. Eu não sabia cortar, refogar nem nada assim. E detestava fracassar ou fazer papel de tonta. Mas a maior parte do grupo não tinha muita experiência e, em vez de a tarefa se transformar num fardo, virou uma brincadeira, o que tornou aquela refeição uma das mais tranquilas da minha vida. Nada de mesas postas ou lugares marcados. Como quase toda a porcelana que tínhamos estava em uso na ceia do palácio, comemos em pratos simples, tão velhos que a única razão para ainda estarem ali devia ser sentimental.

— Muito bem, como os aspargos seriam a entrada, acho que devemos prová-los primeiro — Kile propôs.

— Vamos lá! — concordou Burke, que espetou sua criação e deu uma mordida, o que todos nós imitamos.

O resultado foi variado. Henri agitava a cabeça, aprovando, mas o meu tinha um gosto péssimo. Percebi que o de Fox também, porque ele não conseguiu esconder uma careta.

— Isso... isso é a pior coisa que já provei na vida — Fox reclamou enquanto tentava mastigar.

— O meu está bom! — Burke se defendeu. — Você provavelmente não está acostumado com comida de primeira.

Fox abaixou a cabeça, e então descobri algo que não saberia de outra maneira: Fox era pobre.

— Posso experimentar o seu? — cochichei para Henri, gesticulando um pouco. Fiquei feliz por ele ter compreendido sem a ajuda de Erik.

— Qual é o problema? — Fox reagiu em voz baixa. Fingi

estar muito concentrada na comida para ouvir. E o pedaço de Henri realmente estava bem melhor. — E quem disse que não foi você quem cozinhou mal?

— Bom, talvez se o meu parceiro fosse melhor... — Burke disparou.

— Ei, ei, ei! — Kile interrompeu. — Não é possível que o prato de vocês esteja pior que o nosso.

Comecei a rir, tentando desfazer a tensão. Dava para sentir a raiva de Burke pairando no ambiente, e eu só queria voltar à tranquilidade de quando nos sentamos para comer.

— Muito bem — eu disse com um suspiro. — Acho que a primeira coisa a fazer é cortar cada pedaço de frango ao meio para conferir se está bem cozido. Sério: não quero matar ninguém.

— Você está duvidando de mim? — Kile perguntou, ofendido.

— Com certeza!

Hesitante, mordi um pedaço... e estava muito gostoso. Não estava mal cozido. Na verdade, os cantos que não foram bem untados ficaram até meio secos, mas ainda assim dava para comer! Tendo em conta que só fizera uma fração do trabalho, talvez tivesse ficado orgulhosa demais.

E assim comemos, repartindo os pedaços de aspargo que não estavam tão ruins, mas ainda me preocupava com a possibilidade de passar mal mais tarde.

Quando finalmente estava satisfeita, anunciei:

— Estou pronta para a sobremesa!

Henri riu ao compreender e foi até o balcão onde as tortas esfriavam. Com movimentos cuidadosos, usando apenas a ponta dos dedos apesar de os pãezinhos parecerem firmes, ele passou cada um deles para uma travessa e os apresentou diante de nós.

— É *korvapuusti* — ele informou o nome do prato.

Em seguida, Henri tomou a minha mão e fez um discurso que parecia muito sério pela intensidade de seu olhar. Desejei tanto compreendê-lo por conta própria...

Quando ele terminou, Erik sorriu e se voltou para mim:

— *Korvapuusti* é um dos pratos que Henri mais gosta de

fazer e comer. Ele diz que, se a senhorita não gostar, pode mandá-lo para casa esta noite, porque ele tem certeza de que o relacionamento de vocês não daria certo se a senhorita não amasse esse doce tanto quanto ele.

Fox riu da minha cara de espanto, enquanto Henri fez que sim com a cabeça para garantir que suas palavras eram sérias.

Respirei fundo e peguei um dos delicados pãezinhos enrolados.

— Aqui vamos nós.

O sabor da canela foi a primeira coisa que senti. Havia algo mais que me lembrava toranja... mas eu sabia que não era. Tinha um sabor deliciosamente doce e, além de ter ficado claro que era uma sobremesa fantástica, também era evidente que havia sido preparada por um chef fantástico. Henri pusera a alma naquilo. E eu podia apostar que parte daquele esforço se devia a mim... mas pensei que o mérito maior era dele próprio, que não se permitiria fazer algo que não fosse incrível.

— Está perfeito, Henri! — exclamei, totalmente encantada.

Os outros pegaram seus pedaços, enfiaram na boca e aprovaram o doce com gemidos de prazer.

— Minha mãe morreria se comesse isto. Ela é muito fã de doces! — comentei.

Kile concordou com a cabeça. Ele sabia como minha mãe era com sobremesas.

— Está ótimo, Henri — ele elogiou com os olhos arregalados. — Bom trabalho também, Erik.

Erik sacudiu a cabeça.

— Quase não ajudei.

— Isso é armação, não é? — Burke perguntou com a boca meio cheia de massa.

Olhamos para ele, confusos.

— Quer dizer, eu vim com essa ideia, e Henri embarcou no último segundo só para envergonhar a gente.

O rosto de Burke ficava cada vez mais vermelho, e a sensação de desconforto voltou a tomar conta do ambiente.

Fox pôs a mão no ombro dele.

— Calma, cara. É só um pãozinho de canela.

Burke afastou a mão de Fox e jogou o resto da sobremesa no chão.

— Eu teria me saído bem melhor se você não estragasse tudo o tempo inteiro!

Fox fechou a cara.

— Ei, foi você quem ficou parado, dizendo como a princesa era gostosa, quando deveria estar olh...

Burke deu um soco que fez Fox recuar vários passos para trás. Fiquei paralisada, quase sem respirar. Fox avançou para dar o troco, e Burke me derrubou no chão enquanto se preparava para outro golpe.

— EI! — Kile pulou por cima de mim e começou a empurrar Burke, enquanto Henri berrava com Fox em finlandês.

Depois de tudo que acontecera com Jack, meu instinto era levantar e revidar. Ninguém ia me machucar e sair impune. E eu teria tentado se não fosse por uma coisa.

Erik, o observador silencioso, deslizou por cima da mesa para me ajudar a levantar.

— Venha — disse ele.

Eu não era muito de obedecer ordens, mas ele disse aquilo com tanta pressa que o segui.

24

Erik me fez acelerar escada acima até a sala de jantar, onde o resto do palácio estava bem no meio da refeição. Havia muito barulho.

— Eadlyn? — meu pai chamou, mas Erik continuou a me apressar. De algum modo, ele sabia que eu não suportaria ficar ali.

Ele só fez uma pausa quando chegamos ao fundo da sala, parando o tempo necessário para avisar os guardas sobre o problema.

— Com licença, guardas. Alguns dos Selecionados estão brigando na cozinha. Já partiram para as vias de fato e acho que vai piorar.

— Obrigado — agradeceu um dos soldados, que acionou outros dois, e os três correram em direção à cozinha.

Foi então que percebi: eu estava com os braços em volta de mim mesma, com medo e raiva ao mesmo tempo. Erik tocou levemente as minhas costas para me apressar. Meus pais me chamaram, mas eu não conseguiria lidar com um monte de pessoas ao meu redor me fazendo perguntas.

Depois de um tempo, Erik diminuiu o ritmo e perguntou em voz baixa:

— Onde quer ir?

— Para o meu quarto.

— Mostre o caminho.

Ele não me tocou em nenhum momento, exceto quando roçou as minhas costas sem querer, o que me fez perceber que mantinha a mão a centímetros de mim, caso houvesse algum problema.

Empurrei a porta do quarto. Neena estava lá, lustrando a mesa com um produto com aroma de limão.

— Alteza?

Ergui a mão, sinalizando que não tinha condições de falar.

— Você poderia trazer um chá para ela? — Erik sugeriu.

Ela fez que sim com a cabeça e saiu correndo.

Dei uns passos até a cama e respirei fundo algumas vezes. Erik permanecia ali, calmo e calado.

— Nunca tinha visto algo assim — confessei. Ele se ajoelhou ao meu lado para ficarmos no mesmo nível. — Meu pai jamais me deu sequer um tapinha na mão, e sempre nos ensinou a buscar soluções pacíficas. Ahren e eu desistimos de brigar antes mesmo de aprender a falar.

Ri ao lembrar disso.

— Quando estávamos lá em baixo, só consegui pensar em quando fugi de Jack. Burke me derrubou, e dessa vez eu queria reagir, mas percebi que não tinha ideia do que fazer.

Erik sorriu.

— Henri diz que, quando a senhorita está nervosa, seu olhar é tão forte quanto um soco. A senhorita não é impotente.

Abaixei a cabeça e pensei nas várias vezes em que disse a mim mesma que não havia nenhuma pessoa no mundo tão poderosa quanto eu. E em certo sentido era verdade, com certeza. Mas se Jack me imobilizasse ou Burke levantasse os punhos contra mim, minha coroa só valeria de algo depois do acontecido. Eu podia punir, mas não evitar.

— Sabe, partindo de um homem ou de uma mulher, considero a agressividade um sinal de fraqueza. Sempre me impressiona mais quando as pessoas conseguem resolver conflitos através de uma conversa. — Erik fez uma pausa, e seus olhos pareciam enxergar outro tempo e outro lugar. — Talvez por isso a linguagem tenha sido sempre tão importante para mim. Meu pai sempre costumava dizer: "Eikko, palavras são armas. São tudo de que precisa".

— Eico? — perguntei.

Ele esboçou um sorriso envergonhado e soletrou:

— E-I-K-K-O. Como eu disse, Erik é o mais próximo em inglês.

— Gostei. De verdade.

Ele voltou a olhar para mim e para os meus braços.

— Está machucada?

— Ah... Hum, acho que não.

Eu estava um pouco dolorida por causa da queda, mas nada sério.

— Não consigo acreditar em como foi tudo tão rápido — comentei.

— Não quero de forma alguma justificar o comportamento deles, que foi inaceitável, mas escuto as conversas dos rapazes e eles estão tensos. Todos querem impressionar, mas não fazem ideia de como, visto quem a senhorita é. Alguns falam de sabotar os outros sem ser pegos. Outros estão malhando sempre que podem para ficar fisicamente superiores aos concorrentes. A meu ver, a pressão é muito grande, por isso Burke estourou. Mas, como eu disse, não justifica o que ele fez.

— Sinto muito por você ter que conviver com tudo isso.

Ele deu de ombros.

— Tudo bem. Quase sempre fico com Henri e Kile, às vezes com Hale, e eles são boas companhias. Não estou querendo escolher nada para a senhorita, mas os três são boas opções para começar sua procura.

— Acho que você tem razão — concordei com um sorriso.

Embora não tivesse ficado a sós com todos ainda, já sabia que Hale era uma pessoa boa. E depois de ver Henri tão empolgado com a comida naquela noite, com aquela parte de sua vida, pude vislumbrar a pessoa que ele era de verdade... Bom, não sabia bem o que dizer de Kile, mas ele se revelou um companheiro melhor do que eu esperava.

— Você poderia dizer a Henri que a sobremesa estava maravilhosa? — pedi. — Dava para ver como era importante para ele, e admiro essa paixão.

— Direi com prazer.

Estendi a mão, ele me deu a sua e as duas ficaram apoiadas sobre o meu joelho.

— Muito obrigada por tudo. Você realmente foi além do seu dever esta noite, e agradeço muito por estar aqui.

— Era o mínimo que eu podia fazer.

Inclinei a cabeça e olhei bem para ele. Senti que algo tinha acabado de acontecer, mas não sabia dizer o quê.

Erik, sem me conhecer, acertara tanto. Ele me tirou da cozinha antes que eu piorasse a situação, me trouxe até o quarto antes que eu perdesse o controle das minhas emoções e ficou ao meu lado, ouvindo minhas preocupações e me acalmando. Havia pessoas a postos, prontas para fazer qualquer coisa que eu pedisse.

Era estranho, mas com ele nem precisei pedir.

— Não vou esquecer isso, Eikko. Jamais.

Ele esboçou um leve sorriso ao ouvir seu nome e apertou minha mão com toda a delicadeza.

Me lembrei do que senti no meu primeiro encontro com Hale, quando tive certeza de que ele quebrara minha armadura e entreolhara meu verdadeiro *eu*. Dessa vez, me senti do outro lado da cena. Fui eu que deixei de lado dever, preocupação e status para enxergar o verdadeiro coração de uma pessoa.

E o dele era tão bom.

Neena voltou com uma bandeja, e Erik e eu afastamos as mãos rapidamente.

— Está tudo bem, Alteza?

— Sim, Neena — assegurei ao levantar. — Houve uma briga, mas Erik me tirou de lá. Com certeza os guardas logo apresentarão um relatório sobre isso. Enquanto isso, preciso apenas descansar.

— O chá vai ajudar. Trouxe um pouco de camomila. Vamos trocar sua roupa e pôr algo mais confortável antes que chamem a senhorita — Neena disse, já facilitando a minha noite.

Virei para Erik, que estava de pé ao lado da porta. Ele fez uma reverência demorada.

— Boa noite, Alteza.

— Boa noite.

Ele se retirou rapidamente, e Neena veio até mim para servir uma xícara de chá. Por mais estranho que pudesse parecer, minhas mãos já estavam quentes.

Uma hora mais tarde, me reuni com meus pais no escritório para tratar do ocorrido.

— O sr. Fox está bem mal — um guarda informou. — O

sr. Henri tentou puxá-lo, mas era praticamente impossível parar o sr. Burke. O sr. Henri e o sr. Kile se machucaram apenas tentando separar os dois.

— Estão muito feridos?

— O sr. Henri tem uma marca no peito e um corte no supercílio. O sr. Kile está com um ferimento nos lábios, mas nenhuma outra cicatriz. Contudo, está dolorido por causa do esforço para conter o sr. Burke.

— Pode parar de chamá-lo de senhor! — meu pai urgiu. — Burke vai embora já! E Fox também!

— Maxon, pense melhor. Fox não fez nada — minha mãe insistiu. — Concordo que foi um comportamento inadequado, mas não decida no lugar de Eadlyn.

— Decido sim! — ele berrou. — Organizamos a Seleção para alegrar nosso povo, para dar à nossa filha uma chance de alcançar a mesma felicidade que temos. E ela já foi atacada duas vezes! NÃO VOU tolerar monstros como esses debaixo do meu teto! — ele concluiu com um murro na mesinha de canto que fez seu chá cair no chão.

Fiquei tensa e agarrei os braços da cadeira.

— Pai, pare — supliquei baixinho, com medo de que minhas palavras piorassem a situação.

Ele me olhou por cima do ombro, como se apenas naquele momento tivesse notado que minha mãe e eu ainda estávamos presentes. Seu rosto se suavizou. Ele desviou o olhar e começou a balançar a cabeça.

Depois de respirar fundo, ajeitou o terno e falou com o guarda:

— Antes de continuarmos a Seleção, espero que seja feita uma análise profunda do histórico de cada um dos concorrentes. Sejam discretos e usem todos os meios disponíveis. Quem tiver entrado em uma mísera briguinha na escola está fora.

Mais calmo, ele sentou ao lado da minha mãe e se dirigiu a nós:

— Faço questão absoluta de que Burke saia. Isso não está aberto a discussões.

— Mas e Fox? — minha mãe perguntou. — Parece que ele não provocou nada.

Meu pai sacudiu a cabeça.

— Não sei. A ideia de deixar um dos envolvidos permanecer me parece pouco prudente.

Minha mãe apoiou a cabeça no ombro de meu pai.

— Anos atrás, me envolvi numa briga durante a Seleção, e você me deixou ficar. Imagine como seriam as coisas se tivesse feito o contrário.

— Mãe, você entrou numa briga? — perguntei, estarrecida.

— É verdade — meu pai confirmou com um suspiro.

Minha mãe sorriu.

— Na verdade, ainda penso bastante na outra garota. Mais tarde ela se revelou adorável.

Meu pai bufou e começou a falar de má vontade:

— Ótimo. Fox pode ficar, mas apenas se Eadlyn achar que ele pode fazê-la feliz um dia.

Os dois olharam para mim. Fiquei confusa com tantas coisas ao mesmo tempo, e com certeza meu rosto demonstrava isso. Me voltei para o guarda:

— Obrigada pelas informações. Providencie que Burke seja acompanhado para fora das instalações e diga a Fox que conversaremos em breve. Pode ir.

Assim que ele saiu, levantei da cadeira e tentei organizar as ideias.

— Não vou perguntar sobre essa briga da mamãe, embora realmente não consiga imaginar por que vocês dois esconderam de mim tantas informações sobre a última Seleção e só agora decidiram contar tantos detalhes importantes. E o pior: só *depois* de eu ter enfrentado algo por que vocês já passaram.

Ambos fizeram um silêncio culpado.

— A mamãe conheceu você antes da hora — acusei, apontando para meu pai. — Suas candidatas foram todas escolhidas pelo seu pai... Talvez vocês pudessem ter me dado alguma dica sobre como lidar com brigas duas semanas atrás.

Cruzei os braços, exausta.

— Prometi a você três meses, e vou cumprir — eu disse enquanto contemplava os dois, visivelmente preocupados. — Vou marcar encontros e tirar fotos para que tenhamos material para a imprensa e o *Jornal Oficial*. Mas vocês parecem achar que, se eu seguir todo o plano, vou me apaixonar num passe de mágica. — Fiz uma pausa e balancei a cabeça. — Isso não vai acontecer. Não comigo.

— Mas poderia — minha mãe murmurou com ternura.

— Sei que estou decepcionando vocês, mas não é isso que eu quero. E esses garotos são o.k., mas... alguns deles me deixam desconfortável, e acho que ninguém ali é capaz de lidar com a pressão do cargo. Não vou me algemar a alguém só para produzir manchetes e distrações.

Meu pai levantou.

— Eadlyn, nós também não queremos isso.

— Então, por favor — eu disse, erguendo as mãos à frente do corpo —, parem de pressionar para que eu ame gente que eu nem queria que estivesse aqui para começo de conversa.

Cruzei as mãos e continuei:

— Toda essa situação tem sido péssima. Jogaram comida podre em mim em público, me julgaram por causa de um beijo. Um garoto me agarrou contra a minha vontade e outro me derrubou no chão. Não importa quanto esforço eu faça para acertar, a imprensa faz a festa com a minha vergonha constante.

Meus pais trocaram olhares consternados.

— Quando eu disse que ia ajudar a distrair as pessoas, não imaginava que seria tão degradante.

— Querida, magoá-la nunca foi nossa intenção — minha mãe disse. Ela parecia arrasada, prestes a chorar.

— Eu sei, e não estou brava. Só quero minha liberdade. Se preciso fazer isso para alcançá-la, farei. Se vocês querem distração, darei. Mas, por favor, não ponham tantas expectativas sobre mim. Não quero decepcioná-los mais do que já decepcionei.

25

Bati à porta de Fox, quase esperando que ele não abrisse. A noite tinha sido cansativa, e eu queria me esconder debaixo das cobertas.

Mas, claro, seu mordomo abriu a porta e a escancarou de tal maneira que Fox me viu antes mesmo de eu ser anunciada.

Ele parecia mesmo tão mal quanto falaram. Um dos olhos estava inchado e envolto em diversos tons de roxo. O outro lado da cabeça estava enfaixado, bem como os nós de sua mão direita.

— Eadlyn! — ele exclamou, saltando da cama. E logo depois levou a mão às costelas. — Perdão. Quis dizer "Alteza".

— Pode ir — disse de passagem ao mordomo enquanto caminhava a passos rápidos na direção de Fox.

— Sente-se — ordenei. — Você não deveria estar na ala hospitalar?

Ele negou com a cabeça e voltou a deitar.

— Já fui medicado, e me disseram que era melhor descansar no quarto.

— Como se sente? — perguntei, embora soubesse que estava dolorido.

— Fora os machucados? — perguntou. — Humilhado.

— Posso sentar? — perguntei, apontando para um lugar ao lado dele na beira da cama.

— Claro.

Não sabia por onde começar. Não queria mandá-lo embora naquele momento, em parte por caridade. Dei uma olhada nos formulários de Burke e Fox antes de conversar com meu pai. De fato, Fox deixara na ficha várias indicações de como era sua vida. No geral, eu procurava interesses comuns ou assuntos sobre os quais falar, e assim perdi detalhes importantes a respeito dele.

Ele morava em Clermont e era salva-vidas na praia, o que explicava a pele dourada e o cabelo muito loiro. Dava a impressão de que o salário não era suficiente para sustentar o resto da família, embora a situação não ficasse muita clara no papel. A mãe não morava em casa, mas eu não sabia se isso significava ou não que ela tinha morrido. O pai dele estava no estágio terminal de uma doença e imaginei que não devia contribuir com as finanças.

Além disso, se eu tivesse prestado um pouco de atenção, teria notado como as bochechas de Fox estavam mais cheias no palácio, onde ele se alimentava direito, do que em sua foto do formulário.

Eu queria que ele ficasse. Que não perdesse a ajuda de custo. Queria que ele roubasse algumas coisas do seu quarto e vendesse ao voltar para casa.

Mas pedir a ele para ficar significava lhe dar esperança.

— Ouça — ele começou. — Vou entender se a senhorita tiver que me mandar embora. Sério. Não quero partir, mas conheço as regras. É só que... Não quero sair deixando a mesma impressão que Burke ou Jack. Tente não pensar mal de mim quando eu for, certo?

— Não pensarei e nem penso agora.

Fox fixou os olhos em mim e abriu um sorriso triste.

— Nunca tive oportunidade de lhe dizer tantas coisas... Por exemplo: queria ser capaz de controlar um ambiente como a senhorita. É tão impressionante. E seus olhos brilham quando a senhorita faz uma piada. É muito lindo.

— Verdade? Espere: eu faço piada?

Ele riu.

— Sim. Bom, elas são bem sutis, mas seus olhos revelam. E dá para reparar como você gosta de nos provocar, como no jogo do outro dia.

Abri um sorriso.

— Foi divertido. Esta noite também, com exceção do final.

— Jamais esquecerei sua expressão ao morder aquele aspargo.

Apertei os lábios, convencida de que a minha expressão e a dele tinham sido similares. O que melhorou as coisas foi saber o quanto ele tinha se esforçado e que não tinha ficado tão chateado com o resultado. A única coisa que o magoava no momento era a preocupação de que eu não o considerasse um cavalheiro.

— Fox, vou lhe fazer algumas perguntas e preciso que você seja totalmente sincero comigo. Se suspeitar que está mentindo, já era e você vai embora o quanto antes.

Ele engoliu em seco, e a expressão mais tranquila dos últimos minutos desapareceu de seu rosto.

— Dou a minha palavra — ele garantiu.

Acreditei nele.

— Muito bem. Pode me falar sobre seu pai?

Ele deu um suspiro. Claramente não esperava que a conversa tomasse esse rumo.

— Humm, ele está doente, acho que a senhorita sabe. Ele tem câncer. Ainda consegue se virar bem. Até trabalha, mas agora só meio período. Precisa dormir bastante. Quando ficou doente, minha mãe foi embora... e não quero mesmo falar dela, se a senhorita não se importar.

— Não me importo.

Ele baixou os olhos antes de continuar:

— Tenho um irmão e uma irmã; eles não param de dizer que ela vai voltar, mas sei que não vai acontecer. Se acontecer, *eu* vou embora.

— Não precisamos mesmo falar dela, Fox.

— Perdão. Sabe, pensei que a pior parte de vir para cá seria a distância, mas o que me deixa pior, o que mais dói é ver sua família.

Ele fez uma pausa e usou a mão boa para coçar a cabeça.

— Seus pais ainda se amam, e seus irmãos olham para a senhorita como se fosse o céu na terra. Não tenho nada nem perto disso.

Pus a mão em suas costas e disse:

— Não somos perfeitos. Juro. E parece que você e seu pai têm uma relação especial.

— Temos — ele confirmou, olhando para mim. — Desculpe, não queria ficar desse jeito. Não falo muito sobre a minha família.

— Tudo bem. Tenho outras perguntas.

Ele sentou na cama; dava para ver que o movimento tinha doído. Retirei a mão das costas dele e olhei para o lado.

— Na verdade, talvez esta seja difícil também — avisei.

— Vá em frente — ele disse com um sorriso.

— Tudo bem... Você veio aqui por minha causa ou para escapar deles?

Fox fez uma pausa e cravou os olhos nos meus.

— As duas coisas. Eu amo meu pai. Não consigo nem expressar o quanto ele é importante para mim, e não me importo de cuidar dele, de verdade. Mas também é um pouco cansativo. Para mim, o palácio é como um período de férias na maior parte do tempo. Também acho que meu irmão e minha irmã começaram a valorizar mais meu esforço, o que é um incentivo em certo sentido.

Ele balançou a cabeça antes de continuar:

— E então vem a senhorita. Veja, a senhorita sabe que vivo à espera do dia do pagamento. E que venho de uma família falida. Tenho consciência de que não sou especial — ele levou a mão ao peito e, de repente, ficou tímido. — Mas, sabe, tenho assistido à senhorita a minha vida inteira, e sempre te achei tão esperta e linda. Não sei se tenho a menor chance de ser escolhido... mas pelo menos tinha que me inscrever. Não sei. Só pensei que, se chegasse até aqui, daria um jeito de mostrar que valeria a pena me dar uma chance.

Nesse momento, Fox fez uma pausa e deu de ombros.

— E então eu me envolvi numa briga. Acho que acaba por aqui.

Eu odiava a frustração em sua voz. Não *queria* me importar. Sabia que deixá-lo se aproximar acabaria mal. Não sabia explicar o motivo, mas tinha certeza de que se permitisse a qualquer um desses garotos cruzar um certo limite de intimidade, os resultados seriam desastrosos. Então por que — *por quê* — eu não os impedia de chegar perto?

— Tenho outra pergunta.

— Claro — ele replicou, derrotado.

— Como é trabalhar o dia todo na praia?

Ele nem tentou conter o sorriso.

— Maravilhoso. O oceano é fascinante. É quase como se

tivesse humores diferentes em dias diferentes. Por exemplo, há dias em que o mar fica parado, e há outros em que fica muito agitado. Estou tão feliz por Angeles ser quente o tempo todo. Do contrário, acho que não conseguiria aguentar.

— Eu também adoro o clima daqui, mas não vou à praia com frequência. Meus pais não gostam, e as pessoas acabam se amontoando em torno de Ahren e de mim quando vamos sozinhos. É um pouco chato.

Ele me cutucou de leve.

— Se um dia vierem a Clermont, procurem por mim. Podem alugar uma praia particular e nadar e relaxar até dizer chega.

Suspirei, sonhando com aquilo.

— Seria perfeito.

— É sério. É o mínimo que posso fazer.

Olhei para as minhas mãos e depois para o rosto esperançoso de Fox.

— Que tal o seguinte: se você ficar entre os, digamos, três finalistas, poderíamos ir até lá juntos e alugar uma praia e talvez eu pudesse conhecer seu pai.

O rosto dele congelou com o impacto da notícia.

— Eu não vou embora?

— Não foi culpa sua o que aconteceu esta noite. E admiro sua sinceridade. Então que tal ficar um pouco mais? Veremos como as coisas avançam.

— Eu adoraria.

— Muito bem, então.

Me levantei, sentindo muitas coisas. Antes daquela noite, Fox estava longe de ser uma opção para mim. Depois daquilo, eu não via a hora de encontrá-lo de novo.

— Desculpe a pressa, mas tenho muitas coisas para preparar para amanhã — me despedi.

— Posso imaginar — ele disse, enquanto me acompanhava até a porta. — Obrigado, Alteza, por me dar uma chance.

— Era tudo o que você queria, certo? — perguntei, sorrindo. — E pode me chamar de Eadlyn mesmo.

Ele abriu um sorriso de orelha a orelha e usou a mão boa para pegar a minha. Então, deu o mais suave dos beijos entre os meus dedos.

— Boa noite, Eadlyn. E mais uma vez obrigado.

Acenei brevemente com a cabeça antes de sair do quarto. Mais um assunto resolvido... Mas a manhã seguinte traria outros mil.

A fotógrafa do encontro do dia anterior tinha sido tão discreta que nem percebi que ela ainda estava lá quando a briga começou. Burke e Fox eram matéria de capa, e a manchete contava que o primeiro tinha sido expulso e o segundo, poupado. Havia outras fotos também. Eu, ao lado de Kile, triturando açafrão, e também ao lado de Erik, que traduzia algo para Henri. Mas tudo isso era eclipsado pela fúria no rosto de Burke ao se lançar sobre Fox.

Ignorei aquelas fotos e me concentrei nas menores, em que eu aparecia com os outros, recortando-as do jornal para guardá-las, não sei bem por quê. Acabei por enfiá-las na gaveta junto com a gravata horrorosa de Kile.

Fui tomar café sentindo o peso dos olhares de todos. Geralmente, isso não era um problema para mim, mas como os garotos estavam supercuriosos com a briga, e meus pais, superpreocupados, me senti soterrada pelas palavras não ditas.

Comecei a pensar se não teria exagerado na noite anterior, se pareci acusar meus pais de alguma coisa. Minha intenção tinha sido explicar como a Seleção podia ser dolorosa e exaustiva, não culpá-los por ela. Ainda assim, por menos que eu quisesse participar, sabia que cumpriria com o prometido. Os socos de Burke superaram qualquer outro problema no país, pelo menos por um dia.

— O que aconteceu? — Kaden sussurrou.

— Nada.

— Mentira. A mamãe e o papai estão esquisitos hoje.

Espiei os dois. Meu pai não parava de coçar a sobrancelha, e minha mãe brincava com a comida no prato.

— Coisa de adulto. Você não entenderia — eu disse, suspirando.

Kaden fez uma cara de tédio.

— Não fale assim comigo, Eadlyn. Tenho catorze anos,

não quatro. Leio todos os jornais e presto atenção nas edições do *Jornal Oficial*. Falo mais línguas que você e aprendo tudo o que você precisa saber sem ser obrigado. Não aja como se fosse melhor que eu. Eu sou um príncipe.

Suspirei de novo.

— Sim, mas eu serei a rainha — corrigi enquanto dava um gole no café. Eu realmente não precisava daquilo tão cedo.

— E seu nome algum dia aparecerá em um livro de história. Um moleque de dez anos entediado vai decorá-lo para a prova e depois esquecer tudo a seu respeito. Você tem um emprego, como qualquer outra pessoa. Pare de agir como se ser rainha fizesse de você alguém melhor ou pior que os outros.

Fiquei sem palavras. Era isso que Kaden pensava mesmo de mim?

Era isso que *todos* pensavam de mim?

Minha intenção era ser forte naquele dia, mostrar aos meus pais que eu realmente cumpriria o combinado e provar aos garotos que situações como a briga da noite anterior não me abalavam. Mas as palavras de Kaden fizeram meus esforços parecerem inúteis. Assim como eu mesma.

Levantei para sair, tentando lembrar o que tinha que pegar no escritório. Com certeza não conseguiria trabalhar lá naquele dia.

— Ei, Eadlyn, espere.

Era Kile, que corria para me alcançar. Eu nem tinha olhado para ele quando entrei na sala para o café. Seus lábios estavam um pouco inchados, mas de resto ele parecia bem.

— Está tudo certo? — ele perguntou.

Fiz que sim com a cabeça... Depois que não.

— Na verdade, não sei — respondi finalmente.

Ele pôs as mãos nos meus ombros e me consolou.

— Está tudo bem.

Eu estava tão perdida que dei um beijo nele. Sabia que isso faria tudo parar por um minuto.

— Ei! — ele exclamou, recuando.

— Desculpe! Eu só...

Ele me agarrou pelo pulso, me levou para a sala mais próxima, fechou a porta com força e me empurrou contra a parede. Me beijou com mais força do que eu tinha feito, aparentemente sem se incomodar com o lábio machucado.

— O que foi isso? — ele disse, ofegante.

— Não quero pensar. Só me beije.

Sem mais nenhuma palavra, Kile me puxou para junto dele e enfiou as mãos em meu cabelo. Agarrei sua camisa e o segurei com força.

Deu certo. Enquanto estávamos ali agarrados, todas as minhas preocupações desapareceram. Seus lábios passaram da minha boca para o meu pescoço. Ele me beijava de um jeito novo. Mais agressivo, mais exigente, roubando toda a minha concentração. Sem nem pensar, puxei a camisa dele para cima.

Ele riu maliciosamente no meu ouvido.

— Bom, se vamos tirar a roupa, temos que ir para um quarto. E você deveria saber meu segundo nome.

— É Ashton? Arthur? Acho que começa com A.

— Não passou nem perto.

Suspirei e o soltei.

— Que bom.

Ele recuou, ainda com os braços na minha cintura, e sorriu.

— Você está bem? Sei que a noite passada foi meio tensa.

— É que eu não esperava. Foram os aspargos... O moleque literalmente socou o outro por causa de um vegetal.

Kile riu.

— Viu? Por isso é melhor ficar com a manteiga.

— Você e sua manteiga idiota. — Balancei a cabeça e corri o dedo pelo peito dele. — Sinto muito pelo seu lábio. Algum outro lugar dói?

— Minha barriga. Ele me deu umas cotoveladas quando tentou escapar, mas fiquei até surpreso por não ter sido pior. O olho de Henri deve estar doendo bastante. Ainda bem que Burke não acertou um centímetro mais para baixo.

Fiz uma careta ao imaginar o quão ruim as coisas poderiam ter ficado.

— Kile, você teria enxotado os dois? Se estivesse no meu lugar, quer dizer.

— Acho que teria pensado na possibilidade de expulsar até Henri e eu mesmo, se fosse você — ele respondeu.

— Mas vocês tentaram acabar com a briga.

Ele ergueu o dedo para explicar:

— Verdade. Você sabe porque estava lá. Mas os outros viram os jornais, e as fotos dão a impressão de que os quatro estavam envolvidos.

— Então permitir que você, Fox e Henri fiquem pode passar a ideia de que vocês saíram impunes?

— E que outros também poderiam sair impunes no futuro.

— O dia só piora — suspirei, passando a mão no cabelo e me escorando na parede.

— Eu beijo tão mal assim?

Comecei a rir ao lembrar daquela noite no meu quarto. Fiquei tão desconfortável quando Kile quis conversar comigo, mas já não sabia ao certo por que tinha me sentido assim. Poderia ter contado com uma válvula de escape, com uma nova perspectiva sobre as coisas.

— Por que a gente nunca conversou antes? É tão fácil.

Ele deu de ombros.

— Você é quem manda aqui. O que acha?

Baixei a cabeça, envergonhada do que ia dizer.

— Acho que não gostava de você por causa de Josie. A imitação constante dela me deixa maluca.

— Eu acho que não gostava de você por causa do palácio. É culpa dos nossos pais, não sua. Mas transferi para você, já que você será a rainha um dia.

— Entendo.

— E sei o que você quer dizer sobre Josie, mas é difícil para ela crescer à sua sombra.

Não podia lidar com a entrada de Josie na minha lista de coisas pelas quais me sentia culpada. Ajeitei a roupa, sabendo que o trabalho me distrairia.

— Vamos fazer algo logo. Não um encontro, só passar um tempo juntos.

O sorriso torto apareceu no rosto dele.

— Eu adoraria.

Ele voltou a colocar a camisa para dentro da calça, e precisei me esforçar para não corar. Como eu tinha perdido o controle daquele jeito?

— Ouça — ele disse. — Não desanime com essas coisas. Você é muito mais do que a Seleção.

— Obrigada, Kile — agradeci e dei um beijo na bochecha dele antes de partir para o meu quarto.

Lembrei como tinha ficado brava quando vi seu nome sair no sorteio. Me senti enganada. Mas, naquele momento, já não me preocupava em saber como a ficha de inscrição dele tinha ido parar na pilha de cartas. Estava feliz por isso.

E tinha esperança de que ele sentisse o mesmo.

26

Aquela noite seria um desafio. Sim, as fotos com Ean tinham ficado fantásticas nos jornais, e sim, a gravação do programa de perguntas e respostas ficou encantadora. Porém, comecei a pensar que talvez Gavril se sentiria obrigado a falar sobre a eliminação de Jack e Burke em vez de focar os candidatos remanescentes.

O pior era que eu não sabia se teria muito que dizer sobre os candidatos do jeito que as coisas iam. Meu pai dera início às checagens de segurança e, a não ser que os guardas fossem muito rápidos, eu ficaria sem encontros na semana seguinte... O que resultaria em nada para compartilhar com o público no próximo *Jornal Oficial*. Naquela noite tinha que causar impacto, mas eu não sabia como.

Eu também não conseguia me livrar da sensação de que havia algo errado, de que me faltava uma peça-chave para melhorar o andamento da Seleção.

A meu ver, o processo não era um completo desastre: pelo menos eu tinha conhecido Kile, Henri, Hale e Fox. Mas, para o público, tudo estava indo por água abaixo.

Ainda que eu só tivesse dedicado um milissegundo de atenção aos jornais naquela manhã, lembrava da minha imagem no dia do desfile, encolhida no carro alegórico. Pior que isso: ainda podia ver as pessoas na calçada, rindo, com o dedo apontado para mim. Já tínhamos expulsado dois candidatos por mau comportamento na mesma semana, e o impacto disso apagava qualquer momento romântico.

As coisas pareciam ruins, bem ruins.

Fiquei no quarto, desenhando, tentando organizar as ideias. Tinha que haver um modo de virar o jogo, de transformar a Seleção em algo bom.

Meu lápis corria pela página. Cada linha traçada me trazia

uma sensação boa, quase como se tivesse resolvido um problema. Eu provavelmente não poderia falar sobre meus encontros daquela semana. Mencionar um implicaria a obrigação de falar sobre todos, e eu não queria lembrar das mãos de Jack em mim.

Em vez de contar sobre os encontros, talvez pudesse falar do que conhecia sobre os rapazes. Havia muito que elogiar e, se eu desse a impressão de estar apaixonada pelos talentos deles, faria sentido estar confusa quanto a quem escolher. Nesse caso, o problema não era a Seleção, mas o excesso de boas alternativas.

Meu desenho ficou pronto junto com o meu plano. Era bonito: um vestido frente-única, bem justo até o meio das coxas. Sobre ele, uma saia longa e translúcida o fazia parecer comportado. As cores — vermelho tinto para o vestido e marrom dourado para a sobressaia — conferiam ao modelo um delicioso ar outonal.

Já conseguia imaginar o penteado que combinaria. Sabia até quais joias ficariam boas.

Mas, olhando bem, sabia que o vestido era mais apropriado para uma atriz que para uma princesa. Eu o achava maravilhoso, mas a opinião dos outros me preocupava. Na verdade, ela importava mais do que nunca na minha vida.

— Oh, Alteza! — exclamou Neena ao entrever o desenho de passagem.

— Gostou?

— É a coisa mais glamorosa que já vi.

Olhei fixamente para o desenho.

— Você acha que eu poderia usá-lo no *Jornal Oficial* sem grandes consequências?

Neena fez cara de que eu já devia saber a resposta.

— A senhorita vai estar coberta dos pés à cabeça. Desde que não pretenda revesti-lo de brilhantes, não vejo por que não.

Acariciei o papel quase como se pudesse tocar o vestido.

— Posso começar? — Neena perguntou com uma ponta de entusiasmo na voz.

— Na verdade, você poderia me levar até o ateliê? Acho que quero ajudar neste aqui. Vou usá-lo esta noite.

— Eu ficaria encantada.

Peguei meu caderno e a segui pelo corredor, mais empolgada do que nunca.

A maratona de corte e costura valeu a pena quando entrei no estúdio do *Jornal Oficial* e a primeira coisa que vi foi a inveja escancarada nos olhos de Josie. Eu estava com saltos dourados e cacheei os cabelos até a altura do ombro. Acho que nunca tinha me sentido tão bonita. Os olhares descarados dos Selecionados apenas confirmaram que eu estava particularmente adorável naquela noite, e eu estava tão maravilhada que precisei virar de costas para ocultar o sorriso.

Foi então que senti que algo estava errado. O ambiente estava tenso, o que se sobrepôs ao meu orgulho pelo vestido ou à sensação de ser admirada pelos garotos. Quase senti calafrios.

Olhei ao redor em busca de pistas. Meus pais estavam no canto e tentavam ser discretos. O cenho franzido de meu pai e os gestos nervosos de minha mãe revelavam que havia mesmo algo errado. Só que eu não tinha certeza se podia ir falar com eles. Será que uns dias de silêncio bastavam?

— Ei! — Baden me surpreendeu.

— Oi.

— Assustei você?

Educada, dei atenção a ele.

— Não, estou bem. Um pouco perdida em pensamentos. Precisa de algo?

— Bom, queria saber se posso convidá-la para um jantar ou alguma outra coisa esta semana? Talvez outro dueto musical? — ele perguntou antes de morder o lábio e fingir tocar uma guitarra invisível.

— Que fofo da sua parte. Mas segundo a tradição sou eu quem faz os convites.

Ele deu de ombros.

— E? A história de cozinhar não aconteceu porque os caras convidaram você?

Apertei os olhos, tentando recordar.

— Talvez, tecnicamente.

— Então, como não fui criado no palácio, não posso convidar, mas Kile pode?

— Garanto que Kile tem menos vantagem do que você imagina — respondi, rindo ao pensar em todo o tempo que passamos odiando um ao outro.

Baden permaneceu imóvel, calado e descrente.

— Claro.

Fiquei completamente chocada quando ele se retirou, com as mãos no bolso e passos firmes. Por acaso eu tinha cometido alguma grosseria? Fui sincera. E, na verdade, nem cheguei a rejeitar o convite.

Tentei não me abalar com aquela afronta e me concentrar no meu dever daquela noite: ser encantadora e graciosa, e tentar convencer a todos de que estava me apaixonando.

Foi então que meu pai passou por mim, e segurei seu braço com delicadeza.

— Qual o problema? — quis saber.

Ele balançou a cabeça e acariciou minha mão.

— Nada, querida.

Aquela mentira me chocou mais que a rejeição de Baden. As pessoas zanzavam pelo estúdio, dando ordens e conferindo anotações. Ouvi a risada de Josie, que logo alguém fez calar. Os garotos conversavam entre si num volume um pouco mais alto do que seria considerado adequado. Baden estava de cara amarrada ao lado de Henri e ignorava a todos. Levei a mão à barriga e tentei me acalmar.

Ao lado de Henri, na parte escura dos bastidores, vi uma mão acenar. Era Erik, de pé no canto, esperando para tomar seu lugar escondido. Assim que captou minha atenção, fez um sinal de positivo, tentando confirmar se estava tudo bem comigo. Dei de ombros. Ele apertou os lábios e pronunciou a palavra *desculpe*. Dei um sorriso tenso e retribui seu gesto de positivo. Não era bem verdade, mas era só o que eu podia fazer. Erik acenou com a cabeça, o que estranhamente me deixou confortada. Pelo menos uma pessoa ali parecia entender como eu me sentia.

Respirei fundo e fui para o meu lugar, entre minha mãe e Ahren.

— Alguma coisa está errada — cochichei com ele.

— Eu sei.

— Sabe o que é?

— Sim.

— Vai me contar?

— Depois.

Suspirei. Como eu ia me apresentar com aquela preocupação na cabeça?

Não houve notícias. Meu pai fez um breve discurso, no qual não consegui me concentrar nem um pouco. Só conseguia ver as rugas ao redor dos olhos dele, os ombros curvados sob o fardo das preocupações, fossem quais fossem.

No meio do programa, Gavril avançou para o meio do palco e anunciou que tinha algumas perguntas para os Selecionados. Pude notar que, nessa hora, todos os rapazes endireitaram a gravata ou o punho da camisa e assumiram posturas mais assertivas.

— Então, vejamos... Sr. Ivan?

Na primeira fileira, mais perto do centro do palco, Ivan ergueu a mão.

— Tem aproveitado a Seleção até o momento? — Gavril perguntou.

Ivan deu uma risadinha.

— Aproveitaria mais se conseguisse um encontro a sós com a princesa. — Ele piscou para mim, e senti meu rosto pegar fogo.

— Imagino que não seja fácil para a princesa arrumar tempo para todos — Gavril comentou graciosamente.

— Claro! Não é uma reclamação. É só uma esperança — Ivan acrescentou, ainda rindo como se tudo não passasse de uma piada.

— Bom, talvez você consiga pressionar a princesa esta noite e convencê-la a arrumar tempo para você. Diga-nos: na sua opinião, qual é a função mais importante de um futuro príncipe?

Ivan parou de rir.

— Não sei. Acho que é importante apenas ser uma boa companhia. A princesa Eadlyn é obrigada a estabelecer diversas relações por causa do trabalho, e acho que seria bacana ser uma das pessoas que ela sempre vai querer por perto. Só para se divertir, sabe?

Tentei não fazer cara feia. "*Você* é uma relação forçada, querido", pensei.

— Interessante — Gavril comentou. — E quanto a você, sr. Gunner?

Gunner era do time dos baixinhos. Na verdade, ele parecia quase minúsculo ao lado do gigante Ivan. Tentou endireitar a postura, mas não adiantou.

— Penso que o futuro príncipe deva estar sempre disponível. Você já mencionou a agenda cheia da princesa. Alguém que faça parte da vida dela precisa ser capaz de ajudar. Claro, ainda não sei como isso funciona, mas acho importante ter em mente que sua vida e suas prioridades devem mudar.

Gavril fez uma cara de aprovação e meu pai puxou uma salva de palmas para Gunner. Eu também aplaudi, mas era estranho. Era uma pergunta séria, e eu não sabia se me agradava vê-la convertida em entretenimento.

— Sr. Kile, você passou a vida inteira no palácio — Gavril disse enquanto cruzava o palco. — Como você acha que sua vida mudaria caso se tornasse príncipe?

— Eu precisaria dar muito mais atenção à minha higiene.

— *Pffffff!* — levei a mão à boca de vergonha, mas não consegui parar de rir.

— Ah! Parece que alguém ali concorda.

Atrás de Kile, Henri ria atrasado. Claro: tinha ouvido a resposta com defasagem. Gavril percebeu a presença do rapaz e deu uns passos para trás.

— Sr. Henri?

Henri confirmou com a cabeça, mas era evidente o terror em seus olhos.

— Qual sua opinião sobre tudo isso? Para você, qual será o papel mais importante do futuro príncipe?

Ele tentou não demonstrar medo ao se inclinar para o lado e ouvir Erik. Assim que compreendeu, acenou com a cabeça.

— Ah, ah, sim. O príncipe deve sendo para princesa... humm...

Levantei. Não consegui suportar.

— Henri? — chamei, e todos os olhares se voltaram para mim. Gesticulei para que ele se juntasse a mim no meio do palco, o que ele fez, descendo cuidadosamente do seu lugar.

— Erik? Você também — acrescentei.

Henri esperou o amigo dar a volta por trás do cenário. Erik parecia nervoso; não estava preparado para os holofotes. Com um sorriso no rosto, Henri cochichou algo em seu ouvido que o fez relaxar. E os dois foram ao encontro de Gavril.

Passei o braço pelo de Henri, e Erik entrou em "modo sombra", posicionando-se logo atrás de nós.

— Gavril, o sr. Henri foi criado na Noruécia. Sua língua nativa é o finlandês, por isso ele precisa de um intérprete.

Nesse momento, apontei para Erik, que acenou brevemente com a cabeça antes de voltar à obscuridade.

— Tenho certeza de que Henri ficaria feliz em responder a pergunta — continuei —, mas acho que seria bem mais fácil se Erik não estivesse escondido atrás da estrutura dos assentos.

Henri sorriu quando Erik traduziu o que eu tinha dito. Senti um orgulho estranho quando ele estendeu a mão e apertou levemente o meu braço.

Após uma pausa para se recompor, Henri deu sua resposta. Notei que pensou bem nas palavras e, embora estivesse desprevenido, falou de maneira segura. Quando finalmente terminou, todos os olhares recaíram sobre Erik.

— Ele disse que o futuro príncipe deve lembrar que não se trata de assumir um único papel, mas vários: marido, consultor, amigo e muitos outros. Precisa estar preparado para estudar e trabalhar tanto quanto a princesa, e estar disposto a deixar seu ego de lado para servir.

Erik pôs as mãos atrás das costas, e notei que tentava lembrar as últimas palavras do amigo.

— E o futuro príncipe também precisa compreender que a princesa aguenta uma pressão que ele jamais conseguiria suportar, e que às vezes precisaria estar pronto para ser apenas um palhaço.

Ri, contente por ver o enorme sorriso de Henri quando

Erik concluiu. Todos os presentes irromperam em aplausos. Fiquei na ponta dos pés e sussurrei ao seu ouvido:

— Bom, bom.

Henri ficou radiante.

— Bom, bom?

— Alteza, mas essa é uma situação complicada para o desenrolar da Seleção — Gavril admirou-se. — Como a senhorita consegue?

— No momento, com paciência e Erik.

Um burburinho de risos ecoou no estúdio.

— Mas como é possível? Em algum momento isso vai ter que mudar.

Aquela foi a primeira vez na vida que senti vontade de correr, pegar minha cadeira e arremessar pelo cenário até Gavril Fadaye.

— Sim, provavelmente, mas com certeza existem coisas piores que a barreira da linguagem.

— Poderia nos dar alguns exemplos?

Gesticulei para que Henri e Erik voltassem aos seus lugares, e tive que me segurar bastante para não rir da rapidez de Erik. Henri me deu um sorriso carinhoso ao sair, o que me deixou inspirada.

— Bom, já que isso começou com Henri, permita-me usá-lo como exemplo. Temos dificuldades para nos comunicar, mas ele é uma pessoa incrivelmente gentil. Por outro lado, Jack e Burke falavam inglês perfeitamente, mas se comportaram muito mal.

— Sim, todos soubemos da briga de Burke. Aliás, fico feliz pela senhorita ter escapado ilesa daquela confusão.

Sem ferimentos? Com certeza. Ilesa? Questionável. Mas ninguém ia querer me ouvir falar sobre aquilo.

— Sim. De qualquer maneira, eles parecem ser a exceção, não a regra. Há muitos candidatos que eu poderia elogiar.

— É mesmo? Por favor, que não seja eu a impedi-la!

Sorri e olhei para os garotos.

— O sr. Hale tem um gosto incrível e é alfaiate. Não ficaria surpresa se visse o país inteiro coberto por seus modelos um dia.

— Adorei o vestido! — ele gritou.

— Fui eu que fiz! — gritei de volta, incapaz de conter meu orgulho.

— Perfeito.

— Viu? — disse, voltando a encarar Gavril. — Eu disse que ele tinha bom gosto.

Olhei ao redor de novo e prossegui:

— Claro, já mencionei os dotes musicais do sr. Baden, mas vale a pena recordá-los. Ele é muito talentoso.

Baden acenou rapidamente com a cabeça. Se ainda estava irritado, disfarçou bem.

— O sr. Henri, descobri, é um cozinheiro maravilhoso. E não é fácil me impressionar nesse quesito. Como você sabe, os chefs do palácio podem competir com qualquer um do mundo. Portanto, acredite quando digo que você teria inveja de mim porque pude experimentar a comida dele.

Mais risos tomaram o ambiente. Entrevi o rosto de meu pai em um dos monitores, e ele parecia muito, mas muito satisfeito.

— O sr. Fox... Bom, alguns podem não ter consciência do valor dessa habilidade, mas ele é capaz de ver o que há de positivo em qualquer situação. A Seleção pode ser estressante, mas, mesmo assim, ele sempre vê o lado bom. É um prazer tê-lo por perto.

Meus olhos e os de Fox se encontraram. Mesmo com o corte na cabeça e o olho inchado aparecendo um pouco através da maquiagem, ele parecia o menos ameaçador possível. Estava feliz por tê-lo deixado ficar.

— Alguém mais? — Gavril indagou, e corri os olhos pelos garotos. Sim, restava um.

— A maior parte das pessoas custa em acreditar que não conheço o sr. Kile tão bem, apesar de termos morado a vida inteira no mesmo lugar. Mas é verdade. A Seleção me permitiu conhecê-lo muito melhor. Agora sei que ele é um arquiteto promissor. Se algum dia precisasse construir um segundo palácio, ele seria a primeira pessoa que eu chamaria.

Alguns suspiros doces ecoaram pelo estúdio diante da perspectiva de que os dois amigos de infância pudessem finalmente se apaixonar.

— Embora eu concorde que ele precisa de ajuda no quesito higiene — acrescentei, o que levou o público a gargalhar mais uma vez.

— Parece que esse grupo conta com jovens impressionantes! — Gavril declarou ao puxar mais uma salva de palmas para eles.

— Com certeza.

— Então, se a senhorita está tão impressionada, tenho que perguntar: alguém já conquistou um lugar especial em seu coração?

Quando dei por mim, estava enrolando o cabelo com o dedo.

— Não sei.

— Ora, ora!

Dei uma risadinha e baixei o olhar. Não era de verdade... era?

— Será que é um dos que a senhorita mencionou?

Dei uma palmadinha brincalhona no braço dele.

— Minha nossa, Gavril!

Ele segurou o riso, como quase todos os presentes. Me abanei com a mão e voltei a olhar para ele.

— A verdade é que ainda é difícil falar publicamente sobre isso, mas espero ter mais a dizer no futuro.

— Que notícia maravilhosa, Alteza. Uno-me ao país inteiro quando lhe desejo boa sorte na procura de um parceiro.

— Obrigada.

Inclinei a cabeça com pudor, e lancei um olhar casual na direção de meu pai.

A expressão em seu rosto era um misto de descrença e otimismo. Vê-lo assim era ao mesmo tempo triste e alegre para mim: por um lado, eu tinha muitas incertezas em relação àquela história toda; por outro, via que mesmo a mais frágil possibilidade de me apaixonar era capaz de tirar bastante preocupação de seus olhos.

Por enquanto, era o bastante.

27

— É ruim.

Eu estava encolhida na cama de Ahren que, sentado, me contava tudo o que nossos pais não queriam que eu soubesse.

— Diga logo.

Ele engoliu em seco.

— Parece que sempre começa nas províncias mais pobres. Não estão se rebelando, não como na época em que eles eram jovens... Estão mais é se levantando contra nós.

— O que isso quer dizer, exatamente?

— Estão se unindo para acabar com a monarquia. Ninguém conseguiu o que queria com a dissolução das castas, e eles acham que não ligamos.

— Não ligamos? — perguntei, estupefata. — O papai está fazendo das tripas coração para tentar consertar as coisas. Estou saindo com estranhos por causa deles!

— Eu sei. E não faço ideia de onde você tirou a apresentação desta noite, mas foi espetacular.

Fiquei orgulhosa e aceitei o elogio, mas comecei a refletir sobre o quanto minha apresentação tinha sido planejada e o quanto tinha sido autêntica.

— Mesmo assim — Ahren continuou —, o que vamos fazer? Distraí-los para sempre?

— Ha-ha! — zombei. — Como se já tivessem pedido a você para servir de distração alguma vez. Seria sempre eu, e não aguento. Já me sinto sufocada do jeito que as coisas vão.

— Nós podemos abdicar — meu irmão comentou. — Mas aí o que aconteceria? Quem tomaria o poder? E se não abdicarmos, eles vão nos expulsar?

— Eles fariam isso? — pensei alto.

Ahren olhou para o nada.

— Não sei, Eady. As pessoas já fizeram coisas muito piores por estarem passando fome, exaustas ou sem dinheiro.

— Mas não podemos alimentar todos. Não podemos fazer todos ganharem o mesmo. O que eles querem de nós?

— Nada — ele disse com sinceridade. — Só querem mais para si. Não posso culpá-los, mas as pessoas estão confusas. Acham que a vida deles está em nossas mãos, mas não está.

— Está nas mãos deles próprios.

— Exatamente.

Permanecemos em silêncio por um longo tempo, pensando no que aquilo significaria para nós. Contudo, para ser sincera, eu sabia que seria a mais atingida caso as pessoas levassem isso adiante. Não sabia como coisas assim aconteciam, mas governos mudavam. Reinos surgiam e desapareciam; uma ideologia tomava conta de tudo e deixava as outras de lado. Será que eu seria abandonada na sarjeta?

Tremi ao tentar imaginar como seria minha vida nesse caso.

— Eles já jogaram comida em mim — balbuciei.

— O quê?

— Fui tão idiota — respondi, balançando a cabeça. — Cresci acreditando que era adorada... mas o povo não me ama. Assim que nossos pais renunciarem, não consigo pensar numa maneira de evitar que o país se livre de mim.

A sensação era tangível: antes eu tinha uma ideia que me mantinha nas nuvens. Agora que sabia que era uma mentira, sentia meu corpo mais pesado.

Ahren estava visivelmente preocupado. Esperei ele me contradizer, mas não conseguiu.

— Você pode conquistar o amor deles, Eadlyn.

— Não sou charmosa como você, nem inteligente como Kaden, nem um pestinha adorável como Osten. Não tenho nada de especial.

Ele bateu a cabeça contra a cabeceira da cama e gemeu.

— Eadlyn, é brincadeira, né? Você é a primeira herdeira. Você é diferente de tudo o que esse país já conheceu. Só precisa aprender a usar isso, a lembrá-los de quem é.

Sou Eadlyn Schreave. Nenhuma pessoa é tão poderosa quanto eu.

— Não sei se gostariam de mim se me conhecessem de verdade.

— Se vai começar a choradeira, expulso você daqui.

— Vou mandar chicotearem você.

— Você me ameaça com isso desde os seis anos.

— Um dia vai acontecer. Aguarde.

Ele riu.

— Não se preocupe, Eady. As chances de as pessoas se organizarem a ponto de fazer qualquer coisa são mínimas. Estão só extravasando. Quando o ódio diminuir, tudo voltará ao normal, você vai ver.

Fiz que sim com a cabeça e suspirei. Talvez eu estivesse em pânico por nada, mas ainda podia ouvir os gritos furiosos durante o desfile e lembrava dos comentários maldosos sobre meu beijo com Kile. Com certeza aquela não seria a última vez que ouviríamos falar sobre a abolição da monarquia.

— Não conte aos nossos pais que eu sei, certo?

— Se você insiste.

Levantei com um salto e beijei a bochecha de Ahren. Senti pena das garotas sem irmão.

— Até amanhã.

Ele abriu um sorriso.

— Durma uma pouco.

Saí do quarto dele com a intenção de voltar ao meu. Mas, no meio do caminho, percebi que estava com fome. Passei a gostar da cozinha depois daquela visita. Me lembrei das frutas e do queijo na geladeira. Sem dúvida já era tão tarde que ninguém se incomodaria, então apertei o passo e segui em direção às escadas no fundo da sala de jantar.

Errei ao supor que a cozinha estaria completamente vazia. Havia um punhado de moças e rapazes batendo massas e picando legumes. Contemplei a cena por um momento, hipnotizada pela eficiência e concentração deles. Adorei aquilo: apesar da hora, todos pareciam despertos e contentes, conversando entre si enquanto realizavam seu trabalho.

Era tão interessante que levou um bom tempo até eu notar a cabeleira loira e cacheada que se agitava em um dos cantos.

Henri tinha pendurado a camisa em um gancho e estava com uma camiseta azul coberta de farinha. Caminhei devagar, mas os funcionários foram aos poucos me reconhecendo e se curvando à medida que eu avançava, o que alertou Henri sobre minha presença.

Ao me ver, ele tentou limpar a bagunça na roupa, mas falhou miseravelmente. Jogou o cabelo para trás e sorriu para mim, como sempre.

— Sem Erik?

— Ele dormir.

— Por que você não dorme?

Ele apertou os olhos, concentrando-se para tentar juntar as palavras.

— Hum, perdão. Eu cozinhar?

Fiz que sim com a cabeça.

— Posso cozinhar também?

Ele apontou a pilha de maçãs e a massa sobre a mesa.

— Quer? Você cozinhar?

— Sim.

Ele ficou radiante e confirmou com a cabeça. Em seguida, do nada, trocou de posição comigo e hesitou um pouco antes de pegar a camisa e amarrar as mangas atrás de meu pescoço. Um avental. Ele queria que eu usasse um avental.

Sorri comigo mesma. Era só um vestido simples que eu estava usando antes de dormir, mas nossa comunicação limitada não dava brecha para discussões.

Ele pegou uma maçã e tirou a casca inteira de uma vez. Quando terminou, deixou a fruta na bancada e trocou de faca.

— *Pidäveitsi näin* — ele disse, indicando o modo como segurava o cabo.

Ele abriu a outra mão como se fosse uma garra, segurou a maçã de modo a esconder a ponta dos dedos e explicou:

— *Pidäomena huolellisesti.*

Então começou a cortar.

Mesmo com a minha inexperiência, era evidente que ele usava o mínimo de força para realizar o trabalho e que aquela posição simples protegia seus dedos da faca.

— Você — ele disse, me entregando a faca.

— O.k. Assim? — perguntei ao ajeitar a mão na posição que ele ensinara.

— Bom, bom.

Minha velocidade não era nem metade da dele, e minhas fatias também não tinham metade da uniformidade. A maneira como ele sorria, porém, dava a impressão de que eu tinha preparado um banquete sozinha.

Ele terminou de fazer a massa e acrescentou canela e açúcar. Em seguida, preparou uma das frigideiras penduradas na parede.

Fiquei pensando se ele era o responsável pelas sobremesas em seu trabalho ou se apenas gostava muito de prepará-las.

Ajudei a despejar as maçãs e rechear a massa e, embora tivesse muito medo de óleo fervente, ajudei a fritar um dos pasteizinhos. Dei um gritinho quando o óleo começou a borbulhar, pulando na panela. Henri riu só um pouquinho, o que foi uma gentileza da parte dele.

Quando finalmente pôs a bandeja à minha frente, eu já estava morrendo de fome e ansiosa demais para esperar. Mas esperei, e ele indicou com um gesto que eu provasse. Peguei um dos pasteizinhos fritos e mordi.

Foi o paraíso, melhor até do que os pãezinhos do outro dia.

— Ah! Hummm! — exclamei enquanto mastigava.

Henri deu risada e pegou um dos pasteizinhos. Ele pareceu bem satisfeito, mas notei que estava avaliando sua criação. Eu achei perfeita.

— Como se chamam?

— Ahn?

— Err... Nome? — e apontei o doce.

— Ah, *omenalörtsy*.

— *Omenalortsi?*

— Bom!

— É?

— Bom.

Sorri comigo mesma. Teria que contar a Kaden mais tarde que já dominava o nome de várias sobremesas noruecas.

Comi duas e me senti um pouco estufada. Henri passou a bandeja entre os cozinheiros, e todos ficaram admirados com seu talento. Lamentei profundamente que Henri não entendesse as palavras que usavam para elogiá-lo.

Um deleite. Indefectível. Perfeito.

Fiquei com a impressão de que, se tivesse entendido, Henri diria que todos estavam sendo generosos demais. Mas era difícil ter certeza. Esse era só o meu palpite sobre quem ele era. Na verdade, eu não sabia.

E, lembrei a mim mesma, *nem quero saber.*

Estava ficando cada vez mais difícil ter que lembrar disso.

Quando Henri parou de circular e a bandeja retornou, sem uma migalha para contar a história, abri um sorriso tímido.

— Preciso dormir.

— Você dormir?

— Sim.

— Bom, bom.

— Err... Hoje? O *Jornal Oficial*? — perguntei, tentando manter as coisas simples.

— *Jornal*, sim — ele confirmou.

Pus a mão em seu peito e elogiei:

— Você foi um doce.

— Doce? Hum, o açúcar?

— Sim. Como açúcar — confirmei, rindo.

Ele colocou a mão sobre a minha, que ainda repousava sobre seu coração. Seu sorriso se desfez. Ele me olhou e engoliu em seco. Um calafrio percorreu seu corpo, mas ele parecia querer fazer o momento durar. Segurou minha mão por uma eternidade, e percebi que não parava de pensar em palavras para dizer, se esforçando ao máximo para encontrar uma que eu pudesse compreender...

Mas não havia.

Queria demonstrar que eu entendia o que ele estava sentindo. Eu notava em cada sorriso e em cada gesto que ele se importava comigo. E, contra todos os meus esforços, também me importava com ele. Me preocupava o quanto lamentaria o que estava prestes a fazer, mas só havia uma forma de expressar aquele sentimento.

Diminuí o espaço entre nós e levei a mão até sua bochecha. Ele me olhou fundo nos olhos, como se tivesse descoberto algo realmente valioso, tão raro que talvez jamais voltasse a ver. Acenei com a cabeça e ele baixou a boca até a minha.

Henri estava com medo. Eu podia sentir. Medo de me tocar, de me segurar, de se mover. Não sei se porque eu era uma princesa ou porque nunca tinha feito aquilo antes, mas aquele beijo parecia vulnerável.

O que me fez gostar ainda mais.

Apertei os lábios contra os dele, na tentativa de dizer sem palavras que estava tudo bem, que queria ser abraçada por ele. E, por fim, após um momento de hesitação, ele reagiu. Henri me envolveu como se eu fosse delicada, como se eu pudesse me desfazer se ele apertasse demais. E o beijo dele transmitia a mesma sensação, só que não mais por medo: era impulsionado por uma espécie de reverência. Um afeto quase insuportável de tão belo.

Recuei, levemente tonta. Os olhos dele pareciam sofrer, mas os lábios denunciavam um sorriso discreto.

— Preciso ir — repeti.

Ele fez que sim com a cabeça.

— Boa noite.

— Boa noite.

Caminhei devagar até sair de seu campo de visão. Então corri. Minha cabeça girava e eu não compreendia o que estava sentindo. Por que tinha ficado tão incomodada quando Gavril implicou com Henri? Por que mantive Fox quando ele deveria ter saído? Por que Kile — céus, Kile! — não saía da minha cabeça?

E por que eu ficava tão apavorada só de fazer essas perguntas?

Ao chegar no quarto, me joguei na cama; estava desorientada. Por mais brava que estivesse com Gavril por mencionar o assunto, realmente me incomodava o fato de que não podia conversar com Henri, não podia comunicar nada íntimo porque precisaria passar pelo desconforto de falar com Erik antes. Por mais desconfortável que a ideia parecesse, se eu tivesse que contar algo pessoal para alguém, seria para Henri. Me sentia segura perto dele, e sabia que ele era inteligente, e admirava sua paixão. Henri era bom.

Mas eu não falava finlandês. E isso era ruim.

Rolei na cama, frustrada, e soltei um gemido ao sentir algo no pescoço. Tateei e senti o nó: ainda estava usando a camisa de Henri.

Desamarrei-a e, apesar de ser um absurdo, levei-a ao nariz. Claro. Claro que ela tinha cheiro de canela, mel e baunilha. Claro que ele tinha cheiro de sobremesa.

Confeiteiro norueco idiota com suas especiarias idiotas.

A Seleção estava me tornando uma mula!

Por isso o amor era uma ideia terrível: ele enfraquecia as pessoas.

E não havia nenhuma pessoa no mundo tão poderosa quanto eu.

28

No café da manhã, várias coisas me chamaram a atenção. Primeiro: Henri tentando atualizar Erik sobre os acontecimentos da noite anterior. Os olhos de Erik iam de mim para Henri, a quem ele parecia tentar acalmar. Pensei que certamente Henri ficaria exultante por ter sido o segundo Selecionado a receber um beijo. Em vez disso, ficou frenético.

Diante de Henri, o olhar confuso de Kile acompanhava a conversa dos dois, apesar de ele claramente não conhecer palavras suficientes para compreender nem uma fração da conversa. Ele levava a comida à boca devagar, sem se intrometer.

Também notei que Baden tentava atrair minha atenção. Ele me deu um breve aceno e esticou a cabeça na direção da porta. Movi os lábios dizendo "depois" e fiz o máximo para não me irritar com sua nova quebra de protocolo.

Mas o pior de tudo eram meus pais, que me olhavam furtivamente, tentando averiguar o quanto eu sabia sobre as rebeliões.

Limpei a garganta.

— E então? Me saí bem ontem?

Meu pai finalmente esboçou um sorriso.

— Fiquei impressionado, Eadlyn. Depois de uma semana tão cansativa você conseguiu ser incrivelmente articulada. Quando Henri foi até o palco e você foi generosa com ele... que coisa maravilhosa de se ver. Fico feliz por saber que talvez alguns deles estejam... mexendo com você. Isso me dá esperança.

— Bom, vamos ver como as coisas avançam — desconversei. — Mas prometi três meses, e acho que vou precisar de no mínimo esse tempo para resolver a questão.

— Sei exatamente o que você quer dizer — ele disse, como se milhares de lembranças voltassem à sua cabeça. — Obrigado.

— De nada.

Observei seu sorriso doce e saudoso. Pude ver como aquilo era importante para ele.

— Você ficaria decepcionado se eu chegasse ao final e não escolhesse ninguém? — perguntei.

— Não, querida. *Eu* não ficaria decepcionado — ele quase não deu ênfase ao pronome, mas foi o suficiente para me suscitar uma preocupação repentina.

O que significaria, para mim, chegar ao final da Seleção e continuar solteira? Se já não estávamos lidando apenas com a confusão pós-castas mas sim tentando sufocar uma rebelião iminente, três meses não bastariam para resolver a questão. Na verdade, duas semanas já haviam se passado em um piscar de olhos.

Não seria o bastante.

Então compreendi por que eles queriam esconder qualquer sinal de conflito de mim: se eu pensasse que a Seleção não adiantaria nada, corria o risco de desistir. E, se eu desistisse, não haveria mais o que fazer.

— Não se preocupe, pai — eu disse, pondo minha mão sobre a dele. — Vai ficar tudo bem.

Ele pôs a outra sobre a minha e respondeu:

— Tenho certeza que sim, meu amor.

Depois de uma pausa, ele deu um gole no café e anunciou:

— Queria lhe dizer que terminamos de analisar o histórico dos garotos. Se tivéssemos dados uns telefonemas antes, saberíamos que Burke tinha problemas para controlar a raiva e que uma garota da escola de Jack o denunciou uma vez por conduta inadequada. Também descobrimos que Ean passa a maior parte do tempo sozinho. Não acho que isso seja motivo para mandá-lo embora, mas devemos ficar de olho nele.

— Na verdade, Ean foi bem generoso comigo.

— Ah é?

— Sim. Mas notei que é meio solitário. Não sei o motivo, porém. Ele é bom de conversa.

Meu pai bebeu mais um pouco do café e observou Ean.

— Estranho.

— Mais alguém com quem eu deva me preocupar? — perguntei para desviar o foco de Ean. Isolado não queria dizer problemático.

— Um dos rapazes teve notas ruins na escola, mas isso não é motivo para fazer escândalo.

— Muito bem então. O pior já passou — disse, tentando parecer animada.

— Espero que sim. Vou providenciar uma equipe especial para continuar a investigação. Não fui tão cuidadoso como deveria. Sinto muito — meu pai admitiu.

— Mas veja o lado bom: posso ter encontros de verdade para contar na próxima sexta.

Meu pai riu.

— Verdade. Então talvez valha a pena dar uma chance para alguém com quem você ainda não tenha conversado. Garanto: é realmente possível encontrar-se com cada um deles.

Corri os olhos pela massa de garotos.

— Talvez eu não vá para o escritório esta semana.

Ele balançou a cabeça.

— Sem problemas. Conheça-os. Ainda estou torcendo para encontrar alguém, apesar de parte de você achar que isso não faz sentido.

— Devo lembrar que a sua meta não era essa ao propor a Seleção.

— Mesmo assim.

— Há tantos rapazes. Algum lhe desagrada?

Meu pai fez uma careta de concentração antes de responder:

— Para ser sincero... — Ele percorreu o rosto de cada garoto, até encontrar um em particular. — Aquele ali. Camisa verde.

— Cabelo preto?

— Sim.

— É Julian. Qual o problema dele?

— Pode parecer trivial, mas, quando você elogiou os outros no *Jornal Oficial*, ele não sorriu nem aplaudiu. Não é uma boa atitude. Se não suporta ficar à sombra deles por um tempo, como vai aguentar ser a sua sombra pelo resto da vida?

Todo o tempo que eu passara imaginando se meu pai me considerava uma líder: desperdício total. É claro que ele me via como uma líder.

— E isso também pode parecer trivial, mas acho que vocês não teriam filhos bonitos.

— Pai! — gritei, o que causou certo alvoroço. Enterrei o rosto nas mãos, enquanto meu pai levava as mãos à barriga de tanto rir.

— Só estou dizendo!

— Muito bem. Estou de saída. Obrigada pela dica.

Praticamente voei pelo corredor, embora tenha cuidado para que meu ritmo fosse apenas um pouco mais rápido do que o esperado de uma dama. Assim que me vi sozinha, corri com tudo para o quarto. Lá, repassei as fichas remanescentes à procura de algo capaz de tornar uma pessoa mais animadora que a outra.

Pausei na foto de Julian. Meu pai tinha razão. Não importava como combinássemos: o nariz dele com os meus olhos, a minha boca com as bochechas dele — cada uma das variações me parecia de fato horrível.

Não que isso fosse importante.

Eu o mandaria para casa em breve, mas só depois que mais alguns encontros dessem errado e ele tivesse companhia. As eliminações individuais tiveram resultados péssimos. Naquele momento, eu precisava de um plano. Dez encontros: essa seria minha meta antes de enfrentar o próximo *Jornal Oficial*. E pelo menos três precisavam sair nos jornais. Como eu faria para que todos parecessem magníficos?

Minha mãe estava no Salão das Mulheres com madame Lucy e uma prefeita. Não havia muitas mulheres nesse tipo de cargo, então eu sabia seus nomes de cor. A que visitava nossa casa naquele dia era Milla Warren, de Calgary. Não era minha intenção transformar aquilo em uma visita formal, mas já não tinha escolha.

Fiz uma reverência à minha mãe e à sua visitante.

— Alteza! — a sra. Warren cantarolou ao levantar e se

curvar. — É um prazer vê-la, ainda mais nesse período tão emocionante!

— Também estamos muito felizes em vê-la, senhora. Por favor, sente-se.

— Como está, Eadlyn? — minha mãe quis saber.

— Bem. Tenho algumas perguntas para lhe fazer mais tarde — emendei discretamente.

— Sem dúvida vão falar um pouco sobre os garotos, hein? — a sra. Warren perguntou, piscando.

Minha mãe e madame Lucy fizeram o favor de rir com ela, mas ainda que eu tenha sorrido, achei que ela devia saber a verdade.

— Acho que a Seleção não é bem como a senhora imagina.

Ela ergueu as sobrancelhas.

— Por favor, arrumem trinta e cinco homens para lutar por mim quando quiserem.

— Para ser sincera, dá mais trabalho que qualquer outra coisa — assegurei. — Fazemos parecer emocionante, mas é desafiador.

— E eu posso atestar isso — minha mãe interveio. — Não importa o lado da situação em que você está, é difícil. São três horas de tédio total seguidas de uma avalanche de acontecimentos — ela disse, balançando a cabeça. — Ainda hoje, só de lembrar já me sinto cansada.

Minha mãe apoiou a cabeça na mão e olhou para mim. Algo em seu rosto — a expressão maternal, de aceitação — fez com que eu me sentisse compreendida e reconfortada.

Mas ela também exibia a mesma preocupação, o mesmo quê de desgaste que meu pai demonstrara naquela manhã. No entanto, retomou a compostura e concentrou-se na sra. Warren.

— Então, Milla, pelo que ouvi da última vez as coisas iam bem em Calgary.

— Ah, sim, somos um povo tranquilo.

A prefeita estava no palácio apenas para uma visita social. Permaneci ali, sustentando minha postura perfeita até ela decidir ir embora. E isso só aconteceu porque passei um bilhete para a criada pedindo que entrasse e dissesse que a presença da minha mãe era requerida com urgência.

No instante que a sra. Warren cruzou a porta, minha mãe ajeitou o vestido.

— Vou ver do que se trata.

— Relaxa, sou só eu — expliquei, inspecionando as unhas e concluindo que precisava fazê-las.

Minha mãe e madame Lucy cravaram os olhos em mim.

— Queria falar com você, mas ela não ia embora. Por isso marquei uma hora, mais ou menos — eu disse, com um sorriso fofo.

Minha mãe balançou a cabeça.

— Eadlyn, às vezes você consegue ser bem manipuladora — ela disse, para logo dar um suspiro. — E às vezes isso é uma bênção. Acho que nem eu aguentaria muito mais.

Minha mãe, madame Lucy e eu rimos como cúmplices. Fiquei feliz por não estar sozinha.

— Sinto pena dela — minha mãe disse com a voz culpada. — Ela não sai muito, e é difícil encarar esse trabalho sozinha. Mas não gostei do jeito como falou com você.

Fiz uma careta.

— Já ouvi coisa pior.

— Verdade — minha mãe engoliu em seco. — Do que você precisava?

Olhei para madame Lucy, que entendeu meu pedido silencioso.

— Vou estar em casa o dia inteiro se precisarem — ela disse. Em seguida, fez uma reverência à minha mãe, me beijou na testa e saiu. Foi um gesto tão carinhoso.

— Ela é tão boa para mim — eu disse. — Para os garotos também. Às vezes tenho a sensação de que acabei tendo várias mães.

Abri um sorriso para minha mãe, que concordou.

— Mantenho as pessoas que amo perto de mim, e elas babaram por você desde o momento em que souberam da sua chegada.

— Gostaria muito que ela tivesse filhos — comentei, triste.

— Eu também — minha mãe engoliu em seco. — Acho que a esta altura já é de conhecimento geral que ela lutou anos para isso, em vão. Faria quase qualquer coisa para ajudar.

— Você tentou ajudar?

Minha sensação era de que havia poucas coisas que os Schreave não conseguiam.

Minha mãe piscou algumas vezes para afastar as lágrimas.

— Não devia contar isso; é pessoal. Mas, sim, já fiz tudo o que podia. Já me ofereci até para gestar o filho dela no meu ventre. — Ela apertou os lábios. — Foi a única vez em que me arrependi de ser rainha. Parece que meu corpo nem sempre me pertence, e há certas coisas que não estou autorizada a fazer.

— Quem disse isso? — inquiri.

— Todos, Eadlyn. Não se tratava exatamente de um procedimento tradicional, e nossos conselheiros julgaram que o povo não iria gostar. Alguns até argumentaram que um bebê gerado por mim teria que entrar na linha de sucessão ao trono. Era ridículo, então tive que desistir da ideia.

Permaneci em silêncio por um minuto. Apenas observava minha mãe se recuperar daquela mágoa antiga, mágoa que nem era dela, na verdade.

— Como você consegue?

— O quê?

— É como se você sempre se desdobrasse pelos outros. O que vai sobrar de você desse jeito? Às vezes me canso só de olhar.

Ela sorriu.

— Quando você sabe quem é importante para você, abrir mãos de algumas coisas, e mesmo de si própria, não parece um sacrifício. Há um punhado de pessoas por quem eu daria a vida sem pensar duas vezes. E também há o povo de Illéa, nossos súditos, por quem dou a vida de maneira diferente. — Ela baixou os olhos e pôs as mãos sobre o vestido impecável. — Provavelmente existem pessoas por quem você se sacrificaria, mas ainda não sabe. Um dia saberá.

Por um segundo, até duvidei se éramos mesmo mãe e filha. Todas as pessoas em quem ela pensava — meu pai, Ahren, madame Lucy, tia May — eram importantes para mim também. Só que quase sempre era eu quem lhes pedia ajuda, não o contrário.

— Mas isso não vem ao caso — ela disse. — O que você queria?

— Ah, o papai concluiu que os garotos remanescentes não são completos lunáticos, então vou me concentrar em encontrá-los esta semana — respondi, inclinando-me para a frente. — Estou em busca de ideias simples, mas que fiquem bem na câmera.

— Ah — ela levou os olhos ao teto, pensativa. — Não sei se posso ajudar muito nesse ponto. Quase todos os meus encontros com seu pai durante a Seleção foram passeios no jardim.

— Sério? E como vocês dois acabaram juntos? É tão chato!

Ela riu.

— Bom, tivemos muitas oportunidades de conversar. Ou discutir. E a maior parte do tempo que passávamos juntos era ocupada por uma dessas duas coisas.

Franzi a testa.

— Vocês dois brigavam?

— O tempo t-o-d-o — por algum motivo, essas palavras trouxeram um sorriso ao seu rosto.

— De verdade: quanto mais descubro sobre a Seleção de vocês, menos ela faz sentido. Sequer consigo imaginar você e o papai brigando.

— Eu sei. Tínhamos muita coisa para resolver, e a verdade era que nós dois queríamos alguém que fosse sincero conosco, mesmo quando isso era difícil de encarar.

Não era que eu não quisesse alguém sincero na minha vida também — se eu escolhesse casar algum dia, aliás —, mas a pessoa teria que ser muito cautelosa ao falar comigo se quisesse uma chance de continuar por perto.

— Muito bem, encontros — ela disse e voltou a se recostar na cadeira para pensar. — Nunca fui boa em arco e flecha, mas se algum dos garotos tiver talento, pode ficar bem.

— Acho que conseguiria fazer isso. Ah, e já fiz uma cavalgada, então passeio a cavalo não vale.

— Certo. Cozinhar também não — minha mãe emendou, sorrindo, como se não pudesse acreditar que eu tivesse deixado aquele encontro acontecer.

— E terminou em desastre.

— Bom, Kile e Henri se saíram muito bem. E Fox não foi péssimo.

— Verdade — corrigi.

Pensei em Henri comigo na cozinha, naquele encontro de que ninguém sabia.

— Querida, acho que em vez de apostar em algo chamativo, você podia tentar encontros mais simples. Um chá, uma caminhada nos jardins. Refeições são sempre uma boa escolha: é uma atividade diária, então não vai ficar repetitivo. Pode trazer um resultado melhor do que a sua imagem montada num cavalo.

Eu vinha tentando evitar qualquer coisa pessoal demais. Mas esse tipo de encontro dava uma impressão de intimidade, algo que o público talvez quisesse. Talvez minha mãe estivesse certa. Se eu fosse preparada com uma lista de perguntas e assuntos seguros, talvez as coisas não saíssem tão mal.

— Obrigada, mãe. Acho que vou tentar isso.

— Estou à disposição, linda. E sempre ao seu lado.

— Eu sei — admiti, mexendo nervosamente no vestido. — Desculpe se tenho sido insuportável ultimamente.

Minha mãe estendeu o braço para me tocar.

— Eadlyn, você está sob muita pressão. Compreendemos. E, a não ser que opte por se tornar uma assassina em série, nada vai me fazer amá-la menos.

Eu ri.

— Uma assassina em série? É o seu limite?

— Bom... talvez amasse você mesmo assim — ela disse, piscando. — Mas vá. Você tem vários encontros esta semana, é melhor se planejar.

Assenti e, por motivos que não sabia ao certo, me aninhei em seu colo por um segundo.

— Uff! — ela reclamou ao sentir meu peso.

— Amo você, mãe.

Ela me apertou em seus braços.

— Também amo você. Mais do que imagina.

Dei um beijo na bochecha dela e levantei com um salto. Pensei na semana que estava por vir, esperando satisfazer a todos. Mas esses pensamentos desapareceram da minha cabeça quando pus os pés no corredor e deparei com Baden à minha espera.

29

Baden levantou e atravessou o corredor. As janelas filtravam a luz do sol do meio-dia, aquecendo o ambiente e tingindo tudo com um leve tom de amarelo. Mesmo a pele escura dele parecia mais brilhante.

— Está me perseguindo? — perguntei, tentando fazer uma brincadeira.

A dureza nos olhos dele me disse que não estava no clima.

— Não sabia mais o que fazer. Você é tão difícil de encontrar.

Cruzei os braços.

— Você está claramente irritado. Por que não me diz o que se passa para podermos seguir em frente?

Ele fechou a cara; parecia descontente com a minha proposta.

— Quero ir embora.

A sensação era como bater a toda velocidade contra uma parede de concreto.

— Como é?

— A noite passada foi vergonhosa. Fiz um convite e você me dispensou.

Ergui a mão para interrompê-lo.

— Eu nem cheguei a dizer não. Você não me deixou chegar a esse ponto.

— E você diria sim? — ele perguntou, cético.

Levantei os braços e os deixei cair.

— Você nunca saberá, porque fez uma cena e foi embora.

— Vai mesmo me passar um sermão sobre fazer cena?

Fiquei de queixo caído. Como ele ousava?

Me aproximei, embora parecesse minúscula diante da estrutura de Baden, mesmo com a postura mais altiva.

— Você tem consciência de que eu poderia puni-lo por falar comigo dessa maneira, certo?

— E agora você vai me intimidar? Primeiro, me rejeita; depois me usa para um momento de descontração no *Jornal Oficial* e agora tive que passar a manhã inteira te procurando, porque você havia me dito que falaria comigo durante o café.

— Você é uma pessoa entre vinte! Eu preciso trabalhar! Como pode ser tão egocêntrico?

Ele arregalou os olhos e apontou para o próprio peito.

— Eu? Egocêntrico?

Tentei me afastar; me negava a deixar Baden me ferir.

— Você sabe que era um dos meus favoritos. Ia deixá-lo ficar por um bom tempo. Minha família gostou de você, e admirei seu talento.

— Não preciso do selo de aprovação da sua família. Você foi simpática comigo por uma hora inteira, para depois desaparecer como se nada tivesse acontecido. Tenho liberdade para ir embora e estou pronto para partir.

— Então vá!

Dei-lhe as costas e comecei a andar. Não precisava aturar aquilo.

Ele gritou no corredor, querendo me dar a última pontada:

— Todos os meus amigos me disseram que eu era louco de me inscrever! Eles tinham toda a razão!

Continuei a andar.

— Você é prepotente! Egoísta! Onde eu estava com a cabeça?

Virei uma esquina, embora não quisesse seguir por ali. Acabei por retomar meu caminho depois. Me contive. Sustentei a postura de coragem que me ensinaram. Ninguém fazia ideia de como aquilo doía.

Depois de um trajeto duas vezes mais longo que o necessário, finalmente cheguei ao terceiro andar. Comecei a chorar assim que subi o último degrau, incapaz de manter as aparências por mais tempo. As palavras de Baden ecoavam na minha cabeça e cruzei os braços na barriga. Sentia como se tivesse levado socos de verdade.

Antes de os garotos chegarem, eu tinha uma lista de ideias para me livrar deles. Planejara deixá-los tão furiosos que diriam várias coisas que Baden acabara de me jogar na cara... sem que eu tivesse feito nada para provocá-lo. O que havia de tão errado comigo que me fazia ser rejeitada simplesmente por ser eu mesma?

As palavras dele tiveram exatamente o efeito desejado. Aparentemente, tive milhões de opções na hora do sorteio, quase um mês antes. Mas quantos homens não entraram porque já tinham alguma reserva em relação a mim?

Será que as pessoas me achavam prepotente? Egoísta? O que agradava mais o público: os doces momentos que eu passava com os garotos ou aqueles em que eu fracassava?

Ajeitei o vestido para seguir até meu quarto. Quando cheguei lá, encontrei Erik diante da porta à minha espera. Com certeza tinha acabado de testemunhar meu acesso de choro.

Esfreguei o rosto para secar as lágrimas, mas não havia como esconder os olhos inchados ou as bochechas vermelhas. Erik me ver daquele jeito era quase tão ruim quanto o acontecimento original, mas a única maneira de fazer *parecer* que não tinha sido nada era *agir* como se não tivesse sido nada.

Caminhei até ele com a dolorosa consciência da tristeza em seus olhos, e ele se curvou quando me aproximei.

— Acho que vim em um mau momento — ele disse, com um levíssimo tom de sarcasmo na voz.

Abri um sorriso.

— Um pouco — respondi, confessando minha mágoa apesar de tudo. — Ainda assim, ficarei feliz por ajudar no que puder.

Erik apertou os lábios, sem saber ao certo se continuava.

— Queria falar com a senhorita sobre Henri. Mas não foi ele quem me enviou! — advertiu, levantando a mão. — Acho que ele viria em pessoa se pudesse falar por conta própria. Mas tem vergonha. — Erik engoliu em seco. — Hum... Ele me falou do beijo de vocês.

— Imaginei.

— Ele está com medo de ter ultrapassado um limite. Disse algo sobre tê-la segurado, mas que não devia, mas fez e...

Balancei a cabeça.

— Isso faz tudo soar pior do que foi. Ele... nós... — Eu

estava perdida. — Nós estávamos tentando nos comunicar e, quando as palavras falharam, aquilo funcionou.

Por algum motivo, me incomodava admitir o acontecido a Erik, ainda que ele já soubesse de tudo.

— Então a senhorita não está com raiva dele?

Tomei fôlego e quase ri daquela ideia bizarra.

— Não. Ele é uma das pessoas mais gentis que conheço. Não estou nem um pouco brava com ele.

Erik fez que sim com a cabeça.

— Tudo bem se eu contasse isso a ele?

— Claro.

Esfreguei os olhos de novo e acabei borrando o delineador.

— Eca!

— Está tudo bem, Alteza?

A voz dele era muito terna e, felizmente, sem pena. Quase expliquei a ele tudo o que tinha acontecido, mas não tinha certeza se era adequado. Uma coisa era falar com ele sobre Henri, outra era conversar longamente sobre os outros pretendentes.

— Estou bem. Ou ficarei. Não se preocupe comigo. Apenas cuide para que Henri esteja bem.

Sua expressão mudou levemente, e vi em seus olhos o peso daquele papel.

— Faço o meu melhor.

Eu o examinei por um instante.

— Henri quer mesmo isso, não é?

Erik balançou a cabeça.

— "Isso" não. Ele quer a senhorita.

Depois da fala massacrante de Baden, era difícil imaginar que uma coisa daquelas fosse possível, mas Erik prosseguiu:

— Ele fala sobre a senhorita o tempo todo. Diariamente, no Salão dos Homens, traduzo livros de ciência política para ele ou tento explicar a diferença entre a monarquia absoluta daqui e a monarquia constitucional sob a qual ele cresceu na Noruécia. Ele até... — Erik fez uma pausa para rir. — Ele até estuda a maneira como seus irmãos andam e se postam. Ele quer ser digno da senhorita em todos os sentidos.

Engoli em seco, assombrada por essa declaração. Sorrindo para tentar amenizar a sensação, repliquei:

— Mas ele nem consegue falar comigo.

— Eu sei — Erik respondeu em tom solene. — E é por isso que me pergunto...

— O quê?

Ele passou a mão na boca, considerando se devia continuar.

— O mais fácil é aprender idiomas estrangeiros na infância. É possível aprender mais tarde, mas o sotaque provavelmente será forte para sempre. Henri simplesmente tem dificuldade para reter o que aprende. No ritmo que vai, levará *anos* para vocês dois conseguirem ter as conversas mais básicas. E as nuances dos idiomas, como gírias e coloquialismos, vão levar mais tempo ainda. A senhorita entende o que quero dizer?

Que eu seria incapaz de me comunicar com ele sabe lá quanto tempo. A Seleção chegaria ao fim, e nós ainda mal nos conheceríamos.

— Entendo — uma palavra tão pequena, mas que parecia enorme, capaz de ocupar todo o corredor e me esmagar.

— Só achei que a senhorita deveria saber disso. Queria que estivesse consciente de como as coisas caminhariam caso viesse a nutrir algum sentimento por ele também.

— Obrigada — balbuciei.

— A senhorita — ele perguntou do nada — nutre sentimentos por ele?

Eu já estava tão emotiva que a pergunta me deixou ainda mais abalada.

— Para ser sincera, não faço ideia do que sinto por ninguém.

— Ei — ele estendeu a mão para mim sem pensar. — Sinto muito. Fui enxerido. Não é mesmo da minha conta, e seu dia obviamente está sendo duro. Sou um idiota.

Esfreguei o nariz.

— Não. Você tenta ser um bom amigo. Para ele, para mim. Não foi nada.

— Eu sou, sabe? — ele disse com as mãos atrás das costas.

— Hein?

Ele suspirou; parecia envergonhado.

— Seu amigo. Se a senhorita precisar.

Foi uma oferta tão simples, mas generosa em um milhão de sentidos.

— Não posso imaginar um amigo melhor.

Ele ficou radiante, mas permaneceu quieto. Parecia que os nossos momentos de silêncio eram os mais fáceis. Por fim, limpou a garganta e disse:

— Tenho certeza de que você tem trabalho a fazer, mas detesto deixá-la só sentindo-se tão mal.

— Não. Eu até prefiro.

Erik deu um sorriso hesitante.

— Se você diz. Espero que seu dia melhore — e se despediu com uma reverência.

— Já melhorou — garanti.

Passei por trás dele e entrei no quarto, com um sorriso pacífico no rosto.

— Alteza? — Neena perguntou quando cruzei a porta. Eu era incapaz de imaginar o quanto minha aparência estava péssima.

— Oi, Neena.

— Tudo bem com a senhorita?

— Não muito, mas chegarei lá. Você poderia me trazer as fichas da Seleção? Tenho trabalho a fazer.

Apesar da patente confusão em seu rosto, ela fez o que pedi. E trouxe também uma caixa de lenços.

— Obrigada.

O pior já tinha passado, mas meus olhos voltaram a lacrimejar quando repassei as fotografias, me perguntando quem mais estaria no palácio apesar de ter reservas em relação a mim. Também os odiei só de pensar na possibilidade de que essa fosse a situação de cada um.

— Neena, pode me arranjar papel?

Mais uma vez ela obedeceu. E trouxe uma xícara de chá junto. Ela era mesmo boa demais naquilo.

Tentei planejar minha semana. A ficha de Apsel dizia que ele tocava piano; eu providenciaria para que tocássemos em dueto na manhã seguinte. No começo da noite, faria uma caminhada ao ar livre com Tavish. Na segunda-feira, agendaria um chá com Gunner e uma saída fotográfica com Harrison. Meu pai provavelmente adoraria esse programa.

Concluí meus planos e deixei a pilha de papéis de lado. Sem uma palavra, Neena começou a preparar um banho. Dei um último gole no chá e pus a xícara de volta na mesa, perto da chaleira. Assim, Neena não precisaria caçá-la mais tarde.

O ar do banheiro enchia-se de vapor. Me posicionei diante do espelho e comecei a tirar os grampos do cabelo. Graças ao banho relaxante e à presença tranquila de Neena, já tinha deixado a maioria das palavras duras de Baden para trás ao me secar.

— Quer falar sobre isso? — Neena perguntou baixinho, enquanto escovava meu cabelo.

— Não há muito o que dizer. As pessoas atiram comida contra mim, atiram palavras contra mim... E eu tenho que ser mais forte que tudo se quiser sobreviver.

Ela deixou escapar um som de desaprovação, e pude ver seus olhos perturbados pelo espelho.

— Que houve?

Neena parou a escovação por um minuto e olhou para o meu reflexo.

— Eu tenho muitos problemas, mas nunca os trocaria pelos seus. Sinto muito.

Levantei.

— Não há por que sentir muito. Nasci para fazer isso.

— Mas não é justo, é? Sempre pensei que o fim das castas significava que ninguém mais nascia destinado a fazer qualquer coisa. Será que isso se aplica a todos, menos à senhorita?

— Parece que sim.

De nada adiantou o talento de Apsel e o fato de que me desfiz em elogios a ele. E de nada adiantou que as fotos com Tavish no jardim tivessem ficado realmente boas. Apesar de todo o meu esforço, nada disso foi manchete na segunda-feira de manhã.

Acima das minhas fotos durante os encontros, havia uma história completamente diferente.

"É TRABALHO!" gritava a manchete acima de uma foto em que eu aparecia bocejando. Uma "fonte exclusiva" tinha revelado que eu achava que a Seleção dava "mais trabalho que qualquer outra coisa" e que nós a fazíamos "parecer emocionante". Só conseguia pensar no quanto queria bater em Milla Warren.

A culpa não era toda dela, porém. O relato de Baden sobre como a Seleção era um grande teatro não ajudou em nada. Ele me descreveu longamente como frígida, duas caras e fria. Falou de nosso único bom momento juntos e de como mais tarde eu me afastara intencionalmente dele. Disse que não havia como permanecer no palácio vivendo sob tamanha mentira. Eu sabia que ele provavelmente havia recebido uma quantia exorbitante de dinheiro pela matéria e que se preocupava com a montanha de dívidas por causa dos estudos. Mas tinha certeza de que ele teria dito tudo aquilo mesmo de graça.

A sobreposição dessas reportagens à matéria sobre os meus encontros no final de semana os deixava completamente vazios de significado. Era desperdício de tempo e de energia. E tinha um impacto enorme sobre meu pai. Semanas tinham se passado, e ele ainda não fazia ideia de como lidar com os problemas por causa das castas ou com os manifestantes que clamavam o fim da monarquia.

Eu fracassava de todas as formas possíveis.

Depois do café, fui para o meu quarto e conferi os planos do dia. Não seriam inúteis naquele momento? Havia como melhorar aqueles encontros?

Ouvi alguém bater à porta. Quando me virei, lá estava Kile. Corri para os braços dele sem pensar duas vezes.

— Ei — ele disse, me abraçando forte.

— Não sei o que fazer. Tudo só piora e piora.

Ele afastou a cabeça e baixou os olhos para mim.

— Alguns rapazes estão confusos. Não sabem se estão sendo usados. Eadlyn — continuou aos sussurros, provavelmente para que Neena não escutasse —, eu sei que nosso primeiro beijo foi encenação. É tudo encenação? Se sim, você precisa abrir o jogo.

Olhei bem nos olhos dele. Como um dia pude pensar que ele não era esperto, divertido, engraçado e gentil? Não queria responder sussurrando, então gesticulei para que Neena saísse. Assim que ela fechou a porta, voltei a encarar Kile.

— É complicado, Kile.

— Sou uma pessoa muito inteligente. Explique.

Suas palavras eram calmas, mais um convite do que uma exigência.

— Se você tivesse me perguntando uma noite antes de todos chegarem, eu teria dito que a Seleção não passava de uma piada. Mas não é mais, não para mim.

Aquelas palavras me chocaram. Eu tinha lutado para não me apegar àqueles garotos, e ainda sentia um medo terrível de que se aproximassem de mim. Naquele exato momento, Kile estava no limite da minha zona de conforto, e eu não sabia direito como lidaria com a situação caso ele cruzasse a fronteira.

— Você é importante para mim — confessei. — Vários de vocês são. Mas se penso que vou me casar? — Dei de ombros. — Não sei dizer.

— Não faz sentido. Ou você quer ou não quer.

— Não é justo. Quando chamei seu nome, você queria participar? Você diria o mesmo agora?

Não percebi o quanto a minha pergunta o deixara tenso até ele fechar os olhos e suspirar.

— O.k. Entendo.

— Tem sido mais difícil do que eu imaginava, com tantos desastres pelo caminho. E não sou tão boa quanto outras garotas em mostrar minhas emoções. Passo a impressão de não me importar com nada, mesmo quando me importo. Gosto de guardar as coisas para mim. Sei que parece ruim, mas é verdade.

Ele passara tempo suficiente próximo de mim para saber que era verdade.

— Você precisa cuidar disso. Precisa dar uma declaração pública sobre essa questão — ele insistiu, com os olhos cravados nos meus.

Esfreguei as têmporas.

— Não sei se é uma boa ideia. E se eu só piorar as coisas?

Ele me deu um cutucão na barriga, algo que não fazíamos desde a infância.

— E desde quando a verdade piora as coisas?

Bom, aquilo confirmava todas as minhas ansiedades. Admitir o quanto tudo aquilo se tornara importante para mim implicaria revelar os verdadeiros motivos por trás da minha Seleção. Do jeito que as coisas iam, aquilo não atrairia qualquer simpatia.

Ele me fez virar e apontou para minha escrivaninha.

— Aqui. Vamos sentar um minuto.

Sentei ao lado dele e fiz uma pilha com alguns esboços de vestido em que estava trabalhando.

— São impressionantes, Eadlyn — ele comentou.

Abri um sorriso fraco e agradeci:

— Obrigada, mas é só um monte de rabiscos.

— Não venha com essa — ele disse. — Não faça parecer menos do que é.

Me lembrei daquelas palavras e consegui me acalmar.

Kile pegou um punhado de lápis e começou a rascunhar.

— O que você está desenhando? — perguntei ao ver aquelas caixinhas.

— É uma ideia em que andei trabalhando. Li sobre algumas províncias mais pobres. No momento, um dos principais problemas nesses locais é a habitação.

— Por causa do crescimento das manufaturas?

— Sim.

Ele continuou a desenhar em linhas quase perfeitamente retas.

Meu pai tinha feito o possível para estimular o crescimento industrial em algumas províncias majoritariamente agrárias. Seria melhor para todos se as coisas pudessem ser processadas onde eram cultivadas. Mas, à medida que esse modelo decolou, mais e mais pessoas se mudavam para perto dessas áreas, o que significava que nem todos tinham acesso a moradia adequada.

— Sei um pouco do custo para conseguir os materiais. Imagino que seria possível construir essas pequenas cabanas, basicamente cubículos familiares, por um preço bem baixo. Há semanas que volto a essa ideia. Se eu conseguisse entregar esse projeto para alguém, talvez fosse possível implementá-lo.

Olhei a pequena estrutura, que mal tinha o tamanho do meu banheiro, grudada em outra caixa idêntica. Cada uma tinha uma porta e uma janela lateral. Um pequeno cano na parte de cima captava água da chuva, que ficava armazenada em um balde perto da porta. No alto, havia algumas aberturas para ventilação, enquanto uma lona despontava da fachada para proteger a entrada.

— Mas elas parecem tão pequenas.

— Pareceriam uma mansão se você morasse na rua.

Respirei fundo. Aquilo provavelmente era verdade.

— Não cabe nem um banheiro aí.

— Não, mas a maioria das pessoas usa os das fábricas mesmo. Isso seria apenas um abrigo, o que significa que os trabalhadores ficariam mais descansados, mais saudáveis... e é importante ter um lugar para chamar de seu.

Observei Kile. Estava totalmente concentrado nos detalhes que acrescentava ao desenho. Eu sabia que era aquilo que amava, que ele não via a hora de ter algo que realmente fosse dele. Ele empurrou o papel carinhosamente e o juntou aos outros.

— Está bem longe de ser tão empolgante quanto um vestido de gala, mas é só o que sei desenhar — ele concluiu, rindo.

— E você desenha tão bem.

— É. Só queria distraí-la por um tempo, mas não sei mais o que fazer.

Tomei sua mão na minha.

— Só o fato de ter vindo já basta. Não podia me dar ao luxo de ficar aqui sofrendo por muito tempo mesmo. Preciso pensar em um plano de ação.

— Como contar a verdade?

Dei de ombros.

— Talvez. Tenho que conversar com meu pai antes.

Percebi que ele me achou uma tola, mas Kile não sabia o que estava acontecendo. Eu sabia e, mesmo assim, não entendia direito.

— Obrigada por vir, Kile. Te devo uma.

— Duas. Ainda estou à espera daquela conversa com a minha mãe — ele cobrou, piscando, e pareceu não estar chateado por eu ainda não ter cumprido o combinado.

Eu não havia esquecido a promessa e já tivera mais de uma oportunidade para falar com madame Marlee. Mas o problema agora era eu, não ela. Ficava cada vez mais difícil imaginar o palácio sem Kile por perto.

— Claro. Não esqueci.

Ele cutucou minha barriga de novo, o que me fez rir.

— Eu sei.

— Vou falar com os meus pais. Preciso descobrir o que fazer.

— Tudo bem.

Ele passou o braço pelas minhas costas e me acompanhou até a porta. Nos separamos nas escadas. Dali fui direto para o escritório. A aparência cansada de meu pai me deixou nervosa assim que cheguei. Limpei a garganta.

Ele tirou os olhos dos jornais e enfiou uma pilha deles em uma gaveta, como se eu não pudesse vê-los.

— Olá, querida. Pensei que fosse trabalhar nas coisas da Seleção esta semana.

— Bom, esse era o plano, mas me pergunto se servirá de algo agora.

Meu pai estava abatido.

— Não sei como isso aconteceu, Eadlyn. Desculpe.

— Eu é que devo me desculpar. Baden exagerou, mas os pontos fundamentais eram verdade. E sobre a prefeita, eu disse aquelas coisas em voz alta, é verdade. Mas apenas desabafei sobre o trabalho que a Seleção dá. Pergunte para a mamãe; ela estava lá. Tudo saiu tão distorcido.

— Já falei com ela, meu doce. Não estou chateado com você. Só não consigo entender por que Milla faria isso. Parece que todos querem tirar uma lasca de nós agora...

Ele continuou com a boca aberta, como se quisesse falar mais, só que estava tão confuso pela infelicidade esmagadora do povo que não sabia por onde começar.

— Estou tentando, pai, mas acho que não é o bastante. Isso me levou a pensar em tentar algo diferente.

Ele deu de ombros.

— Topo qualquer coisa no momento.

— Vamos mudar o foco. Ninguém confia em mim agora. Vamos convidar Camille para uma visita e deixar que o público veja como Ahren é apaixonado por ela. Ele sempre se sai melhor sob os holofotes. Posso aparecer e falar da influência dos dois sobre mim. Retomaremos a Seleção logo em seguida e tentaremos emendar uma história de amor na outra.

Ele cravou os olhos na mesa, pensativo.

— Não sei de onde você tira essas ideias, Eadlyn, mas essa foi inspirada. E acho que Ahren ficará fora de si. Mas deixe-me verificar se ela pode vir antes de anunciarmos qualquer coisa, certo?

— Claro.

— Quero que você planeje uma festa para ela. Vocês duas precisam se conhecer melhor.

Como se eu não tivesse mais nada com que me preocupar.

— Vou começar já.

Ele pegou o telefone, e voltei para o meu quarto na esperança de que aquilo fosse suficiente para recolocar tudo nos eixos.

30

Dois dias depois eu estava de pé na pista de pouso, ao lado do meu sorridente irmão, que segurava nas mãos um buquê ridiculamente grande.

— Por que você não me dá flores assim?

— Porque não quero impressionar você.

— Você é pior que aqueles garotos do palácio — eu disse, sacudindo a cabeça. — Ela vai ser rainha da França. Garotas como nós são difíceis de impressionar.

— Eu sei — ele respondeu. Estava tão feliz que parecia um idiota. — Acho que tenho sorte.

As escadas do avião baixaram, e dois guardas desceram antes de Camille. Ela era delicada, loira e pequena, com um rosto que parecia eternamente bem descansado e entusiasmado. Ao vivo ou em fotos, jamais a vira de cara fechada, nem ao menos uma vez.

Havia um protocolo a ser seguido, mas Ahren e Camille o quebraram e correram para os braços um do outro. Ele a abraçou forte e beijou cada canto do rosto dela, arruinando no processo todas as flores. Camille ria enquanto ele a mimava com seu afeto. Me senti um pouco constrangida de estar lá, esperando que a cena terminasse para poder dizer oi.

— Senti tanta saudade! — ela gritou, e o seu sotaque fazia cada palavra soar como uma surpresa.

— Tenho tanto para lhe mostrar. Pedi que meus pais fizessem uma suíte permanente para você. Assim você terá sempre o melhor quarto quando vier.

— Oh, Ahren! Sempre tão generoso comigo.

Ele se virou com um sorriso de orelha a orelha e subitamente se lembrou da minha presença.

— Você se lembra da minha irmã, claro.

Trocamos reverências. Ela então levantou a cabeça de maneira elegante e disse:

— Alteza, é tão bom vê-la de novo. Trago presentes para você.

— Para mim?

— Sim. E aqui vai um segredo — ela disse, inclinando-se. — Você pode usar todos.

Fiquei animada.

— Maravilhoso! Talvez eu use alguns na festa que darei hoje à noite para você.

Ela suspirou e levou as duas mãos ao peito.

— Para mim?

Em seguida, dirigindo os olhos azuis para Ahren, perguntou:

— Mesmo?

— Mesmo.

Era estranho ver meu irmão com aquele olhar, como se estivesse no meio de um ato de adoração, pronto para sacrificar qualquer coisa para agradar Camille.

— Sua família é tão boa comigo. Vamos lá. Estou morrendo de vontade de ver sua mãe.

Tentei acompanhar a conversa dos dois durante o retorno ao palácio, mas Ahren falou francês a maior parte do tempo para agradar Camille. Como eu tinha optado por aprender espanhol, boiei completamente. Assim que chegamos em casa, encontramos meus pais, Kaden e Osten à espera diante das escadas. Posicionados na ponta dos degraus, tentando passar despercebidos, estavam vários fotógrafos.

Ahren foi o primeiro a sair do carro e estendeu o braço para Camille. Quando eu saltei para fora para segui-lo, ele já tinha fugido com Camille, que corria em direção aos braços de minha mãe.

Minha mãe, meu pai e Kaden sabiam francês e a cumprimentaram calorosamente. Fui até Osten, que parecia segurar a vontade de subir em alguma coisa.

— Qual o seu plano para hoje? — perguntei.

— Não sei.

— Vá atrás dos Selecionados e faça perguntas constrangedoras. Depois me conte o resultado.

Ele riu e saiu correndo.

— Para onde ele foi? — meu pai perguntou discretamente.

— Lugar nenhum.

— Vamos todos entrar — minha mãe chamou. — Você precisa tirar uma soneca antes da festa. Eadlyn trabalhou tão duro; vai ser maravilhosa.

Eu tinha pensado em tudo. Música ao vivo adequada para danças lentas e um misto de pratos tanto de Illéa quanto da França, além de alguns deliciosos pasteizinhos de maçã que Henri fizera para mim. Mal podia esperar para que ele visse.

Minha mãe brilhava como sempre, e meu pai nem parecia tão exausto. Josie sentia-se à vontade, e fiquei contente: pela primeira vez ela não tinha roubado uma das minhas tiaras. Kaden agia como um pequeno embaixador, circulando pela sala e apertando mãos.

Eu, claro, me mantive perto do casal feliz, o que era ao mesmo tempo cativante e cansativo. Ahren olhava para Camille como se ela fosse responsável por fazer o sol nascer a cada manhã. O modo como ele a olhava — encantado com cada suspiro dela — era lindo. Mas me senti estranhamente alheia à situação, porque nunca ninguém tinha agido daquela maneira comigo, nem eu com ninguém.

Senti inveja de Camille. Não porque ela tinha o amor incondicional de meu irmão — o que eu sabia ser uma das forças mais potentes do mundo —, mas porque ela parecia não precisar de qualquer esforço para agir daquela maneira.

O que a rainha da França teria feito para educá-la daquele jeito? Camille era doce e polida, mas ninguém pensaria em bater de frente com ela. Eu acompanhava as notícias internacionais e sabia que ela era muito querida por seu povo. Em seu último aniversário, uma festa improvisada começou nas ruas em sua homenagem e durou três dias. Três dias!

Eu julgava ter recebido uma educação abrangente e adequada, o que implicava uma coisa: meus defeitos não tinham nada a ver com a minha educação. Só tinham a ver comigo.

Quando me dei conta disso, me forcei a evitar Camille e Ahren. Ficar perto dela só piorava a sensação. Antes que eu pudesse ir muito longe, porém, Ean apareceu diante de mim, estendendo o braço.

— Há quanto tempo.

Revirei os olhos.

— Vejo você todos os dias — eu disse, mas enlacei o braço no dele mesmo assim.

— Mas não temos chance de conversar. Gostaria de saber como você está.

— Excelente. Não dá para notar? Estou correndo de um lado para o outro feito uma idiota tentando marcar encontros. Enquanto isso, sou acusada de armar tudo, e meu irmão está apaixonado por uma garota perfeita, e sei que ela vai acabar por levá-lo daqui.

— Levá-lo?

Confirmei com a cabeça.

— Quando eles finalmente se casarem, o que vai requerer a expressa aprovação da mãe dela e um longo noivado que certamente terminará na cerimônia com mais ostentação de todos os tempos, ele terá de morar com ela na França.

— Humm — ele disse enquanto me conduzia à pista de dança com a mão na minha cintura. — Não posso fazer muito quanto ao seu irmão, mas se ele partir, você ainda pode ter alguém com quem sempre contar.

— Por acaso fala de si mesmo? — provoquei, balançando ao ritmo da música.

— Claro — ele respondeu. — Minha oferta ainda está de pé.

— Não me esqueci dela.

Contemplei o salão com toda aquela pompa e convidados importantes. Era difícil negar como ele se misturava bem a tudo aquilo. Desde sua chegada, Ean tinha um porte que poucos possuíam. Se eu não soubesse, poderia supor que ele também fora criado em um palácio.

— Se existe alguma verdade naquele artigo, você não precisa se torturar com esses garotinhos. Serei tudo o que você poderia desejar de um marido. Fiel, gentil e um verdadeiro parceiro. Jamais exigirei seu amor. E serei mais do que feliz por apenas viver ao seu lado.

Eu ainda não conseguia entender os motivos dele. Em certo sentido, ele parecia capaz de coisa bem melhor.

— Agradeço novamente a proposta, mas ainda não desisti da Seleção.

Ean inclinou a cabeça e abriu um sorriso malicioso.

— Ah, mas eu acho que desistiu.

— E por quê? — tentei imitar sua atitude sabichona o máximo que pude.

— Porque ainda estou aqui. E, se você realmente espera encontrar o amor, não sei por que me manteria por perto.

Nós dois rimos da audácia daquela afirmação. Parei de dançar e soltei-o lentamente.

— Você sabe que posso mandá-lo embora agora mesmo.

— Mas não vai — ele desafiou, com aquele sorriso ainda no rosto. — Eu posso lhe dar a única coisa que você quer de verdade, e você é a única que pode me dar o que quero.

— Que é?

— Conforto. Conforto em troca de liberdade — ele deu de ombros. — Acho um acordo bem satisfatório.

Ele então se curvou e se despediu:

— Até amanhã, Alteza.

Não conseguia suportar o fato de que talvez ele fosse a única pessoa mais calculista que eu. Ele sabia exatamente o que eu queria e até onde estava disposta a ir para conseguir, o que era inquietante.

Estava perto da porta lateral do Grande Salão e fui ao corredor para ficar sozinha por alguns instantes. Massageei as bochechas, tão cansadas de sorrir. A temperatura ali era mais amena e ajudava a pensar.

— Alteza?

Erik veio pelo corredor usando o terno mais elegante que já o vira usar até aquele momento. Seu cabelo estava mais ajeitado que o normal, levemente penteado para trás. Ele parecia mais alto e orgulhoso. A mudança fez meu queixo cair. Ele estava realmente maravilhoso.

— Você se arrumou bem — eu disse, enquanto tentava disfarçar o choque em meu rosto.

— Ah — ele disse, e em seguida baixou os olhos. — Queria estar apropriado para a noite.

— Você foi muito além disso — comentei, já desencostada da parede para poder ficar de frente para ele.

— Você acha? Hale disse que eu devia pensar em usar gravatas mais finas.

Comecei a rir.

— Bom, Hale é bem talentoso no que diz respeito a estilo, mas você está com a aparência ótima.

Erik permaneceu ali, claramente pouco à vontade com o elogio.

— Está gostando da festa? — perguntou.

Dei uma olhada no salão.

— É um sucesso, não acha? Boa comida, música excelente, uma ampla variedade de companhias... Talvez seja a melhor festa que já organizei.

— Tão diplomática — ele comentou.

Voltei a encarar Erik e sorri.

— Tenho a sensação de que sou a competidora esta noite.

— Contra quem? — ele perguntou, espantado.

— Camille, claro.

Virei novamente para o salão e, tentando permanecer escondida atrás da porta, observei. Erik veio para o meu lado, e acompanhamos enquanto ela dançava com Ahren pela pista.

— Isso não faz sentido.

— Gentileza sua, mas eu sei o que digo. Ela é tudo o que tento ser.

Eu já tinha pensado naquilo, mas nunca admitira para ninguém. Eu não sabia como Erik conseguia me fazer compartilhar esse tipo de coisa com ele.

— Mas por que tentar ser Camille quando Eadlyn é mais que suficiente?

Virei de supetão para ele, como se aquela ideia fosse impensável. Eu vivia fazendo um esforço contínuo; eu nunca era suficiente.

As palavras de Erik quase me fizeram chorar, e estendi o braço para segurar a mão dele, como já havia feito no meu quarto pouco tempo antes.

— Estou muito feliz por ter conhecido você. Não importa como tudo isso acabe, me considero iluminada por encontrar alguns de vocês pelo caminho.

Ele sorriu.

— E eu jamais serei capaz de expressar o privilégio que é ter conhecido você.

Acho que a minha intenção inicial era apertar a mão dele, mas acabamos permanecendo ali parados, unidos pelo silêncio.

— Você se inscreveu? — perguntei de repente. — Para a Seleção, digo?

Ele sorriu e balançou a cabeça.

— Não.

— Por quê?

Ele deu de ombros enquanto pensava numa resposta.

— Porque... quem sou eu?

— Você é Eikko.

Ele ficou imóvel, um pouco atordoado pelo som original do próprio nome. Por fim, voltou a sorrir.

— Sim, sou Eikko. Mas você mal me conhece.

— Conheço Eikko tão bem quanto ele conhece Eadlyn. E posso dizer que você também é suficiente.

Ele acariciou as costas da minha mão com o polegar da maneira mais gentil possível. E pude sentir que nós dois estávamos pensando no que poderia ter acontecido caso o nome dele estivesse em um daqueles cestos. Talvez ele fosse um dos concorrentes, talvez não tivesse sido sorteado... Era difícil dizer se o risco teria valido a pena no final.

— Preciso voltar para lá — disse com o dedo apontado para a festa.

— Claro. Vejo você depois.

Me concentrei e endireitei o corpo o máximo possível, e o sapato que Camille me dera me deixava bem mais alta. Adentrei o salão, acenando graciosamente a cabeça para todos. Poderia ter parado em diversas ocasiões, mas avancei até encontrar Henri.

— Olá — ele cumprimentou.

Tinha passado a semana com intenção de vê-lo. Mas, com os encontros em velocidade máxima e o planejamento para a festa de Camille, não tive a mínima chance de falar com ele. Dava para notar sua ansiedade e, embora eu tivesse certeza de que Erik transmitira tudo o que eu tinha dito, precisávamos conversar a sós.

— Tudo bem? — perguntei.

Ele fez que sim com a cabeça.

— Tudo bem você?

Acenei com a cabeça.

Ele suspirou profundamente e a expressão iluminada que eu me acostumara a ver reapareceu. Tentei pensar em todos os desentendimentos e mal-entendidos que tivera na vida. Nenhum deles jamais tinha acabado com menos de seis palavras. Mas seis palavras foram suficientes para entender que Henri se arrependia da possibilidade de ter me ofendido, mas ao mesmo tempo não desejava que o beijo não tivesse acontecido.

Talvez Erik não tivesse nada com que se preocupar. Talvez Henri e eu pudéssemos nos comunicar muito bem.

— Dançar? — perguntei, apontando para a pista.

— Por favor!

Com aquele salto, eu ficava quase tão alta quanto ele. Henri não era um dançarino muito bom, mas o que lhe faltava em graça ele compensava com entusiasmo. Ele me rodopiou diversas vezes e até me inclinou para trás duas vezes. Na segunda vez, quando me endireitei dando risada, notei que Erik estava atrás dele.

Eu podia estar errada, mas seu sorriso tímido parecia um pouco triste.

31

Camille estava perfeita na primeira página de todos os jornais e na capa de algumas revistas de fofoca que igualavam nossa família às estrelas do cinema e da música. Ela iluminava o clima do Salão das Mulheres simplesmente com sua presença, e tia May veio nos visitar por alguns dias somente para vê-la.

Descobri por que tinha problemas com Josie. Ela era impertinente e infantil e tentava tanto ser igual a mim que eu sentia necessidade de me proteger quando ela estava por perto. Mas as coisas eram mais complicadas com Camille. Mesmo a perfeição dela era discreta, como se ela mal se desse conta. Assim, embora eu quisesse muito odiá-la, sabia que ficaria mais feio para mim do que para a francesinha doce e despretensiosa.

— Como está sua mãe? — minha mãe perguntou a Camille, e algo em seu tom de voz deu a impressão de que ela se sentia obrigada a se interessar pela rainha Daphne. Aparentemente, esse era o único assunto que parecia exigir certo esforço das duas.

Minha mãe passou uma xícara de chá para Camille, que a aceitou de bom grado e fez uma pausa para pensar antes de responder:

— Muito bem. Ela me pediu para mandar lembranças.

— Tenho visto fotos dela ultimamente, e ela parece mais contente do que nunca — comentou minha mãe, com as mãos no colo e um sorriso gentil. Essas palavras soaram mais autênticas.

— Ela está — Camille concordou. — Não sei o que aconteceu, mas ela nunca pareceu mais alegre. E a felicidade dela só me deixa mais feliz.

A princesa suavizou a expressão ao pensar na mãe, e mais uma vez me vi forçada a imaginar o que estava acontecendo no palácio francês.

— Então — Josie disse, cruzando as pernas de maneira teatral e invadindo a conversa —, quais as chances de ouvirmos notícias sobre um casamento em breve?

Camille desviou o olhar, encabulada, e todas rimos.

— Talvez — ela se esquivou. — Sei que Ahren é a pessoa certa, mas nós dois precisamos sentir quando o momento for adequado.

Madame Marlee suspirou.

— Então suponho que no meio da Seleção não seja uma das melhores ocasiões.

— Jamais! — Camille confirmou, levando uma mão ao meu colo. — Eu não roubaria esse momento de uma amiga tão querida!

Madame Marlee e madame Lucy deram as mãos ao pensar nisso.

— Aliás, Eadlyn — Camille continuou após endireitar a postura. — Você não me contou nada. Como são os garotos?

Eu ri e respondi:

— Mais problema que diversão.

— Ah, pare — minha mãe provocou.

— Por favor, não me conte nada sobre Kile! Eca! — Josie protestou, e sua mãe lhe deu um tapa na perna.

— Também preciso saber das novidades! — tia May pediu. — Perdi muita coisa. Vi que aconteceu uma briga!

— Aconteceu — confirmei, bufando só de lembrar. — Na verdade, ainda estou conhecendo a maior parte deles — reconheci. — Há alguns destaques, mas as coisas mudam todo dia, então é difícil medir quem está na frente.

— Medir? — Camille perguntou com a voz triste. — Não há medida. Não existe alguém que preencha seu coração e ocupe todos os seus pensamentos?

Quando ela disse isso, um nome me veio à cabeça. E fiquei tão surpresa por ter pensado em alguém que não tive tempo de absorver quem era.

Me concentrei na conversa.

— Acho que não tenho tantas inclinações românticas quanto as outras pessoas.

— Obviamente — Josie murmurou baixinho.

Camille não a ouviu ou ignorou o comentário.

— Acredito que você vai encontrar um marido maravilhoso. Não vejo a hora!

A conversa mudou de rumo, e eu ouvia tudo em silêncio. Não sabia ao certo se precisava ficar no salão o dia inteiro ou ir trabalhar com meu pai. A impressão era de que eu estava fazendo tudo errado nos últimos tempos, e não queria acrescentar outro item à minha crescente lista de enganos.

E eu gostava de conversar com as meninas, mas precisava de uma pausa. Pedi licença e fui até o corredor, mas não sabia para onde ir em seguida. Quinze minutos. Prometi a mim mesma que depois disso voltaria a ser vibrante e comunicativa.

Por puro acaso, deparei com Hale a caminho dos jardins com uma bandeja de garrafas d'água na mão. Ele me viu e abriu um sorriso gigante.

— Para onde você vai? — ele perguntou.

— Para lugar algum, na verdade. Estou fazendo uma pausa do Salão das Mulheres.

— Alguns rapazes estão jogando beisebol lá fora. Se quiser vir...

Fui até a janela e, de fato, uns oito garotos estavam lá jogando a bola um para o outro.

— Mas onde eles arranjaram essas coisas?

— Osten.

Claro. Osten tinha tudo. Observei os garotos arregaçarem as calças e tirarem os sapatos sociais enquanto se empurravam de brincadeira.

— Nunca joguei beisebol — confessei.

— Mais um motivo para se juntar a nós.

— Você sabe jogar?

— Sei mais arremessar do que rebater, mas não passo vergonha. Posso te ensinar.

O rosto de Hale era sincero, e realmente acreditei que ele tomaria conta de mim lá fora.

— O.k., mas provavelmente vou ser péssima.

— E desde quando você é péssima em alguma coisa? — ele disse quando cruzamos a porta.

Kile estava lá, assim como Apsel, Tavish e Harrison. Alex

também; detestava admitir, mas me sentia muito tentada a mandá-lo de volta para Calgary depois que Milla dissera aquelas besteiras nos jornais. Estava pensando no assunto.

Henri se alongava perto de Linde, e procurei instintivamente por Erik. Ele estava lá, sentado em um dos bancos de pedra.

— Alteza! — Edwin gritou para atrair minha atenção. — Veio assistir?

— Não, senhor. Vim jogar.

Vários garotos começaram a bater palmas e a dar gritos de incentivo, embora eu duvidasse seriamente que algum deles me considerasse um reforço.

— O.k., o.k. — disse em voz alta com os braços erguidos. — Só estejam cientes de que preciso voltar para dentro em alguns minutos e nunca joguei antes. Na vida. Mas pensei em experimentar um pouco antes de voltar ao trabalho.

— Você consegue! — Tavish me garantiu. — Aqui, me dê os sapatos. Vou colocar perto dos meus.

Tirei os saltos e entreguei-os a ele.

— Caramba, são pesados. Como você consegue levantar o pé?

— Panturrilhas fortes?

Ele riu e levou os sapatos para um canto.

— Muito bem, então Eadlyn vai ser a primeira — Kile avisou.

Eu fazia uma ideia geral de como o jogo funcionava. Luva, taco, quatro bases. O que me confundia era a mecânica.

Hale estava bem no meio do diamante do campo e treinava arremessos com Apsel. Raoul, que ia pegar, veio por trás de mim.

— Eis o que precisa fazer — ele disse. Seu sotaque hispânico era bem forte, mas as instruções foram boas e claras. — Segure o taco aqui e aqui.

Ele fez uma demonstração e agarrou o taco firme perto da base.

— Pernas espaçadas, e mantenha o pé da frente fincado na grama, certo?

— Certo.

— Olhe apenas para a bola.

— Olhar para a bola... O.k.

Raoul me passou o taco, que pesava muito mais do que eu esperava.

— Boa sorte — desejou.

— Obrigada.

Fui para a base improvisada e tentei fazer tudo o que Raoul dissera. Supus que, se Hale ia arremessar, então estávamos em times diferentes. Mesmo assim, ele riu quando me viu assumir a posição.

— Vou jogar devagar, certo?

Fiz que sim com a cabeça.

Ele jogou a bola e eu passei o taco bem por cima dela. O mesmo aconteceu na segunda vez. Não sei bem o que aconteceu na terceira, mas acabei girando em falso.

Hale riu, assim como Raoul, e embora o normal fosse eu ficar com vergonha, aquilo não me pareceu tão mal.

— Eadlyn! Eadlyn!

Reconheci a voz da minha mãe instantaneamente e virei para as janelas abertas do Salão das Mulheres. Estavam todas lá, e esperei que ela me mandasse voltar para dentro.

— Pega eles! — ela berrou. — Acerta a bola!

Tia May jogou os braços para o ar.

— Vai, Eady!

O resto das garotas se uniu a elas com palmas e gritos. Rindo, voltei a encarar Hale, que me fez um sinal com a cabeça.

Retribuí e peguei o taco.

Finalmente acertei a bola, que saiu baixa pela esquerda. Dei um gritinho, soltei o taco para segurar o vestido e voei até a primeira base.

— Vai, Eady, vai! — Kile gritou.

Vi Henri ainda atrás da bola, e então corri para a segunda base com os olhos nele o tempo todo. Por instinto, mergulhei na base.

Ganhei dele!

A torcida explodiu. Nem era mais a minha vez, e eu também não tinha ganhado o jogo, mas me senti muito bem. Do nada, Edwin me ergueu do chão, me abraçou e começou a me girar.

Uns instantes depois, minha mãe, Josie e todas as outras garotas estavam do lado de fora, tirando os sapatos e querendo jogar.

Alguém avisou meu pai e meus irmãos sobre o jogo, e Kaden mostrou a todos como era um exímio atleta. Meus pais ficaram na lateral, abraçados. Os Selecionados trocavam tapinhas nas costas, e Ahren escapuliu com Camille, beijando-a a cada passo do trajeto.

— Vai, Henri! — berrei quando ele assumiu o taco.

Erik apareceu ao meu lado e começou a gritar também.

Não tínhamos coragem de pular, mas dávamos socos no ar.

— Não é ótimo? — perguntei. — Adoro que ele possa jogar sem se preocupar com as palavras.

— Eu também — Erik concordou. — E não acredito que você acertou aquela bola!

Eu ri.

— Eu sei! Valeu totalmente a pena ter sujado o vestido por isso.

— Concordo. Existe alguma coisa que você não consiga fazer? — ele provocou.

— Muitas — respondi, séria ao pensar nos meus diversos defeitos.

— Como o quê?

— Hum... Falar finlandês?

— O.k. — ele disse com uma risada. — Uma coisa. E essa é perdoável.

— E você?

Erik olhou ao redor.

— Eu não conseguiria governar um país.

— Acredite, se eu posso aprender, qualquer um pode.

Minha mãe apareceu correndo e me deu um abraço.

— Foi uma ideia ótima!

— Foi dos garotos — expliquei. — Eu só estava no lugar certo para ser convidada.

Atrás dela, avistei meu pai entrar em campo.

— Vai, pai, vai!

Ele ergueu o braço apontando para longe, e minha mãe balançou a cabeça.

— Não vai dar certo.

Como ela previra, ele errou as três tacadas. Aplaudimos mesmo assim e comemoramos o jogo inteiro, sem que ninguém anotasse o placar.

Por apenas um momento, estávamos felizes. Minha família e meus amigos me cercavam — rindo, batendo palmas e aproveitando o sol. Minha mãe me envolveu em outro abraço, beijou a minha cabeça e disse como estava orgulhosa da minha rebatida, embora eu nem tenha mais tentado acertar de novo. Osten corria em círculos, perturbando e arrancando risos de todos. Josie roubou a camisa de um dos garotos e vestiu por cima do vestido, boba de alegria.

Era uma bolha de pura felicidade.

Não havia fotógrafos por perto para capturar o momento nem jornalistas para contá-lo para todo mundo. E, por algum motivo, isso deixou tudo bem melhor.

32

Tive vontade de congelar aquele momento, de esquecer todas as preocupações que pairavam sobre a minha família e ameaçavam desabar sobre nós a qualquer momento. Mas a paz já tinha acabado na hora do jantar. Alguns Selecionados que não participaram do jogo reclamaram porque não foram avisados. Alegavam que os que tinham participado conseguiram um tempo a mais comigo injustamente. Por isso, os ausentes pediram uma espécie de encontro em grupo com eles.

Elegeram Winslow para me dizer isso, e ele se apresentou diante de mim com um olhar de cachorro abandonado que revelava o abatimento coletivo do grupo. Estávamos do lado de fora da sala de jantar, e ele veio atrás de mim quando eu seguia para o quarto.

— Pedimos apenas outro encontro em grupo para manter a situação justa.

Esfreguei o rosto e tentei explicar:

— Não foi exatamente um encontro. Ninguém planejou nada, e a minha família ficou comigo a maior parte do tempo, até meus irmãos mais novos.

— Nós entendemos, e concordamos em planejar tudo desde que você concorde em comparecer.

Suspirei, frustrada.

— Quantas pessoas seriam exatamente?

— Apenas oito. Ean pediu para não ser incluído.

Ri sozinha. Claro que Ean não queria nada com um bando de garotos choramingando por mais tempo comigo. Tive vontade de arrastá-lo para um encontro só por despeito. Suspeitei que era exatamente isso que ele esperava.

— Vocês organizam o encontro. Eu faço o máximo para arrumar tempo.

Winslow ficou radiante.

— Obrigado, Alteza.

— Mas — emendei rápido —, por favor, informe aos garotos que esse tipo de pressão não melhora o conceito que tenho de vocês. Quando muito, é meio infantil. Então é melhor prepararem o encontro da vida de vocês.

Winslow ficou sem chão, e eu o deixei para trás e tomei as escadas.

Mais dois meses. Eu conseguiria. Evidentemente, havia tantos baixos quanto altos, mas eu tinha a sensação de que o pior havia passado. Me sentia menos intimidada pelos garotos depois do jogo, e tinha certeza de que era capaz de dar ao meu pai o tempo necessário.

Só não sabia bem o que fazer com meus sentimentos.

Contornei as escadas para o terceiro andar e encontrei Ahren de saída do quarto. Ele havia trocado o paletó por um colete, e tive certeza de que seguia para a nova suíte de Camille.

— Você nunca para de sorrir? — perguntei, incapaz de acreditar que seu rosto pudesse sustentar aquela expressão por tantos dias seguidos.

— Não quando ela está aqui — ele respondeu, para em seguida ajeitar o colete. — Estou bem?

— Como sempre. Em todo caso, tenho certeza de que ela não liga. Ela está tão caidinha por você quanto você por ela.

Ele suspirou.

— Também acho. Espero estar certo.

Era como se ele já tivesse partido. Na cabeça dele, estava em Paris cobrindo Camille de beijos e discutindo qual seria o nome de seus filhos. Senti que ele me abandonava... e não estava pronta para isso.

Engoli em seco e ousei dizer o que estava pensando já fazia um tempo.

— Veja, Ahren, ela é ótima. Não há como negar. Mas talvez não seja ela.

O sorriso de meu irmão finalmente vacilou.

— O que você quer dizer?

— Que talvez você devesse considerar outras opções. Há tantas pretendentes em Illéa que você nem notou. Não tenha pressa para fazer algo que não pode ser desfeito. Se você e Camille terminassem, não aconteceria nada. Se vocês se divorciassem, poderíamos perder nossa aliança com a França.

Ahren me encarou.

— Eadlyn, sei que você hesita em se deixar envolver, mas sei o que sinto por ela. Só porque você tem medo...

— Não tenho medo! — insisti. — Só quero ajudar você. Amo você mais do que qualquer um. Faria quase qualquer coisa por você, e pensava que você faria o mesmo por mim.

Todo e qualquer vestígio de alegria deixou o rosto de Ahren.

— Eu faria. Você sabe que eu faria — afirmou.

— Então, por favor, pense nisso. É só o que peço.

Ele fez que sim, passou a mão na boca e na bochecha, parecia conturbado... quase perdido.

Ahren olhou para mim, deu um leve sorriso e abriu os braços para me envolver. Ele me abraçou forte, como se nunca precisasse tanto de um abraço na vida.

— Amo você, Eady.

— E eu amo você.

Ele me deu um beijo na cabeça e me soltou para retomar o caminho do quarto de Camille.

Neena me esperava com a camisola pronta.

— Algum plano para a noite, Alteza? Ou quer se trocar para dormir?

— Dormir — afirmei. — Mas espere só para ouvir o que esses rapazes estão aprontando agora.

Contei a ela sobre o encontro coletivo que os rapazes exigiram, acrescentando que Ean tinha pedido para não participar.

— Atitude esperta a dele — Neena concordou.

— Eu sei. Estou pensando se isso lhe dá direito a um encontro especial, só para ele.

— Um encontro de verdade ou de despeito?

Comecei a rir.

— Nem eu sei. Argh, o que vou fazer com todos esses garotos?

— Arrancá-los daqui. Olha! Ainda tem restos de grama

que deixamos passar hoje à tarde — ela disse, exibindo as folhas antes de jogá-las no lixo.

— Foi tão divertido — falei. — Nunca vou esquecer o rosto da minha mãe na janela, torcendo por mim. E eu pensava que estaria encrencada.

— Queria ter visto.

— De verdade, você não precisa se esconder no meu quarto o dia inteiro. Está sempre limpo. E não gasto muito tempo para me vestir de manhã. Você devia me acompanhar, ver mais do palácio além do seu quarto e do meu.

Ela deu de ombros.

— Talvez.

Percebi pelo seu tom de voz que a possibilidade a deixava empolgada. Me perguntei se não deveria treinar Neena para viagens. Seria bom tê-la comigo da próxima vez que fosse para o exterior. Mas, se ela realmente tinha a intenção de sair em mais ou menos um ano, talvez não valesse a pena. Sabia que não poderia mantê-la como criada para sempre, mas lamentava a ideia de ter que substituí-la.

Desci para o café da manhã no dia seguinte e notei que Ahren não estava lá. Fiquei preocupada com a possibilidade de ter ficado chateado comigo. Nunca ficamos brigados por muito tempo, mas eu odiava quando acontecia. Às vezes sentia que ele era um pedaço de mim.

Demorei um pouco para notar que Camille também não tinha aparecido. Supus que uma de duas coisas tinha acontecido: Ahren havia recobrado o juízo e dito a ela que precisava considerar outras opções, e por isso os dois estavam se evitando... Ou tinham passado a noite juntos e talvez ainda estivessem na cama.

Fiquei pensando no que meu pai pensaria daquilo.

Então percebi que alguns garotos também estavam ausentes. Talvez Camille e Ahren não estivessem abraçados na cama, afinal. Era possível que houvesse alguma epidemia de gripe ou algo assim. Era bem mais provável... e bem menos empolgante.

Saí da sala de jantar e dei com Leeland e Ivan à minha espera. Ambos curvaram-se em profunda reverência.

— Alteza — saudou Ivan —, sua presença é requerida no Grande Salão para o maior encontro da sua vida.

— É mesmo? — perguntei com um sorriso irônico.

Leeland começou a rir.

— Passamos a noite inteira trabalhando nisso. Por favor, diga que tem tempo agora.

Conferi as horas no relógio da parede.

— Talvez tenha uma hora.

Ivan se animou.

— É mais que suficiente. Venha conosco.

Os dois ofereceram o braço. Agarrei os dois e me deixei conduzir até o Grande Salão.

Um palquinho havia sido montado contra a parede dos fundos, coberto com o que pareciam ser nossas toalhas de Natal. Os holofotes que às vezes usávamos em festas estavam apontados para o centro do palco. À medida que nos aproximávamos, os garotos pediam silêncio uns para os outros e se alinhavam.

Fui levada até uma cadeira solitária, posicionada bem diante do palco. Me sentei ao mesmo tempo curiosa e confusa.

Winslow abriu os braços e anunciou:

— Bem-vinda ao primeiro Show de Talentos da Seleção, estrelando um punhado de fracassados que competem pela sua atenção.

Eu ri. Pelo menos eles admitiam.

Calvin sentou-se ao piano e começou a tocar uma música que parecia uma modinha antiga. Então todos saíram do palco, exceto Winslow.

Ele fez uma reverência solene, mas ao levantar a cabeça exibiu um sorriso amplo e sacou três bolinhas de pano. E começou a fazer malabarismo. Era tão besta que acabei rindo. Winslow virou para o lado, e alguém dos bastidores lhe lançou uma quarta bolinha. Depois a quinta, a sexta. Ele conseguiu mantê-las no ar por uns segundos até que todas caíram; uma delas até acertou a cabeça dele.

Todos lamentaram, mas aplaudiram o esforço, inclusive eu.

Lodge arrumou um arco e flecha e um alvo coberto de balões e conseguiu acertar cada um deles. Quando estouravam, soltavam nuvens de purpurina que aos poucos cobriam o chão. Calvin continuou tocando e trocava a melodia a cada ato.

Fox — que me surpreendeu ao se meter em outro encontro coletivo — subiu ao palco para desenhar. Desenhar horrivelmente. Tinha certeza de que Osten fazia homens-palito melhores quando criança. Contudo, como a ideia do show era destacar os seus pontos fortes de um jeito burlesco ou desfiar suas fraquezas de maneira cômica, seu número acabou sendo bem simpático. Tentei até pensar em um jeito de pegar discretamente o desenho que ele fez de mim, que consistia em pouco mais que uma cabeça redonda e umas ondinhas marrons para representar meu cabelo. Eu já tinha sido desenhada e pintada de inúmeras maneiras... mas nenhuma delas era tão fofa.

Leeland cantou, Julian brincou de bambolê, Ivan fez embaixadinhas por um tempo incrivelmente longo e Gunner leu um poema:

"Querida princesa Eadlyn,
Essa rima é difícil para mim,
E apesar de sermos uns chatos,
Amamos você mesmo assim."

Passei o tempo todo rindo, assim como a maior parte dos garotos.

O *grand finale* veio quando os oito se amontoaram no palco para dançar. Ou melhor, para *tentar* dançar. Com muitos requebrados e rebolados, o que me fez corar algumas vezes. No final, fiquei bem impressionada. Eles tinham organizado tudo do dia para a noite, para me entreter e se desculpar ao mesmo tempo.

Havia muito carinho naquilo tudo.

Quando eles fizeram a reverência final, aplaudi de pé.

— Bem, preciso trabalhar... mas o que acham de eu pedir algumas bebidas e conversarmos um pouco em vez disso?

Todos concordaram ao mesmo tempo, e pedi para trazerem chá, água e refrigerantes. Não quisemos saber de mesas.

Em vez disso, sentamos no chão. Às vezes, aqueles moleques chatos sabiam ser muito legais.

Ahren também não apareceu para jantar. Observei os Selecionados entrarem em fila, seguidos por todos os nossos convidados. Depois veio minha mãe, um pouco atrasada... mas nada de Ahren.

Meu pai se inclinou para mim e perguntou:

— Onde está seu irmão?

Dei de ombros e continuei cortando o frango.

— Não sei. Não o vi o dia inteiro.

— Isso não é do feitio dele.

Corri os olhos pela sala de jantar e vi os dezenove candidatos restantes. Kile piscou para mim, e Henri me deu um oi com a mão. Ao olhar para Gunner, só consegui pensar em seu poema bobo. Fox acenou com a cabeça quando nossos olhares se encontraram. E quando Raoul se espreguiçou, me lembrei do seu cuidado ao me ensinar a jogar beisebol.

Ah, não.

Tinha acontecido. Mesmo com os garotos com quem eu não tinha passado muito tempo. Soube naquele momento que cada um deles tinha algo de especial. Alguns deles já haviam ganhado um lugar especial no meu coração, eu tinha consciência disso, mas como foi que *todos* se tornaram importantes para mim?

Senti meu peito pesar. Teria saudades desses garotos estranhos e barulhentos. Porque, mesmo se eu milagrosamente escolhesse um deles para ficar comigo no final, não haveria como manter todos por perto.

Estava pensando em como, um mês antes, me preocupava com a ideia de perder a tranquilidade do meu lar, quando Gavril entrou. Atrás dele vinha um dos jornalistas da equipe do *Jornal Oficial*.

Ele fez uma reverência diante da mesa principal e encarou meu pai.

— Lamento incomodar, Majestade.

— Não incomoda. O que houve?

Gavril percebeu todos os olhares curiosos ao redor e pediu:

— Posso me aproximar?

Meu pai fez que sim com a cabeça, e Gavril cochichou algo em seu ouvido.

Meu pai franziu a testa, incrédulo.

— Casou? — ele perguntou em voz alta o suficiente para que apenas minha mãe e eu escutássemos.

Meu pai afastou a cabeça e olhou fixo para Gavril.

— A mãe dela aprovou. Está feito, tudo dentro da legalidade. Ele foi embora.

Congelei. Saí correndo da sala de jantar.

— Não, não, não — balbuciava, enquanto corria escada acima.

Fui primeiro ao quarto de Ahren. Nada. Tudo estava intacto, nenhum sinal de malas feitas às pressas ou de uma saída urgente. Mas, sobretudo, nenhum sinal do meu irmão.

Disparei em direção à suíte de Camille. Um dia antes eu tinha visto que sua bagagem transbordava com tantas opções de trajes, capazes de lotar meu closet. As malas ainda estavam lá, com exceção da menor delas. E nada de Camille.

Me apoiei contra a parede. Estava muito chocada para processar aquilo. Ahren tinha ido embora. Ele tinha fugido e me deixado ali sozinha.

Permaneci em uma espécie de transe. Será que eu podia trazê-lo de volta? Gavril disse algo sobre legalidade. O que isso queria dizer? Havia alguma maneira de desfazer aquilo?

Meu mundo ficou turvo, ligeiramente desalinhado e errado. Como eu poderia fazer qualquer coisa sem Ahren?

Acabei no meu quarto, sem nem saber como tinha caminhado até lá. Neena me mostrou um envelope.

— O mordomo de Ahren entregou isto há cerca de meia hora.

Arranquei o papel das mãos dela.

Eadlyn,

Caso as notícias não cheguem aos seus ouvidos antes desta carta, deixe-me explicar o que fiz. Fui para a França com Camille e, mediante a aprovação dos pais dela, pretendo me casar imediatamente. Perdoe-me por fugir sem você e por ter excluído nossos pais daquele que sempre soube que seria o dia mais feliz da minha vida, mas senti que não tinha opção.

Depois de falar com você ontem à noite, os últimos anos fizeram perfeito sentido para mim. Sempre pensei que sua antipatia por Camille era causada pelo fato de as duas estarem na mesma situação. Vocês são duas mulheres jovens e belas que herdarão tronos. E você e ela lidam com essa posição de maneiras completamente distintas. Ela é aberta a tudo, enquanto você mantém as pessoas afastadas. Ela usa seu poder com humildade, enquanto que você o empunha como uma espada. Detesto ser tão franco, embora tenha certeza de que você já saiba disso. Ainda assim, não me alegra nem um pouco dizê-lo.

Mas a situação de vocês não é o motivo da sua antipatia. Você não gosta de Camille porque ela é a única pessoa capaz de me separar de você.

Suas palavras me atingiram com muita força, Eadlyn. Porque eu queria acreditar em você. Queria ouvi-la e levar em conta suas sugestões. Sabia que, se o fizesse, um dia você me convenceria a abrir mão de tudo por você. Talvez até passasse a sua coroa para a minha cabeça. E, céus, eu teria aceitado. Eu faria qualquer coisa por você.

Então, antes que você pudesse pedir a minha vida, eu a entreguei a Camille.

Desejo que você encontre o amor, Eadlyn. Um amor inconsequente, incansável, que a consuma. Se isso acontecer, talvez você entenda. Espero que esse dia chegue.

Minha felicidade com Camille tem apenas uma mancha: a possibilidade de ficar afastado de você caso não me perdoe. Será uma grande tristeza, porém mais suportável do que me separar da minha alma gêmea.

Sinto saudades suas já enquanto escrevo estas linhas. Não consigo nos imaginar tão distantes. Por favor, encontre uma maneira de me perdoar e saiba que amo você. Talvez não tão profundamente como você gostaria, mas amo.

Como prova do meu desejo de estar sempre ao seu lado, quero lhe dar uma última informação, algo que pode ajudá-la nos próximos meses.

Há mais províncias protestando contra a monarquia do que você imagina. Não são todas, mas há várias. E apesar de sentir muito ao dizer isso, o problema do povo com a monarquia vem de uma pessoa: você.

Não sei o motivo — talvez a sua juventude, talvez por você ser mulher, talvez por motivos que nenhum de nós seja capaz de entender —, *mas é preocupante. Nosso pai aparenta mais anos do que realmente tem. Diante da enorme quantidade de coisas que ele conquistou, seu desgaste é maior que o de seus predecessores. As pessoas acham que você subirá logo ao trono. E elas não estão preparadas para isso.*

Odeio dizer essas palavras, mas acho que você já suspeitava. Não queria que você ficasse se consumindo na esperança de superar o problema. E só digo isso porque a considero capaz de fazê-los mudar de ideia. Pare de manter todos distantes, Eadlyn. Você pode ser corajosa e ainda ser feminina. Pode liderar e ainda gostar de flores. E o mais importante: você pode ser rainha e ainda ter um marido.

Acho que aqueles que não a conhecem como eu finalmente vislumbrariam esse seu lado se você pensasse em encontrar um parceiro. Posso estar errado, mas caso esta seja a última vez que queira falar comigo, tenho que lhe dar o único conselho que posso.

Espero que você consiga me perdoar.

Seu irmão, seu gêmeo, sua outra metade,

Ahren

33

Não tirei os olhos da carta por um bom tempo. Ele tinha me deixado. Ele tinha me deixado por ela. Quando finalmente tomei consciência, fui consumida por um ímpeto selvagem de raiva. Peguei a primeira coisa quebrável que vi e a joguei contra a parede com toda a força que possuía.

Ouvi o susto de Neena quando o vidro se estilhaçou, e aquilo me trouxe de volta à realidade. Havia me esquecido completamente da presença dela.

Resfolegando, balancei a cabeça e disse:

— Desculpe.

— Pode deixar que eu limpo.

— Não queria assustar você. É que... ele foi embora. Ahren foi embora.

— O quê?

— Fugiu com Camille.

Corri os dedos pelo cabelo; sentia-me um pouco sem chão.

— Não consigo imaginar por que a rainha autorizaria uma coisa dessas — continuei. — Mas sem dúvida autorizou. Gavril disse lá embaixo que estava dentro da lei.

— E o que isso significa?

Engoli em seco.

— Com Camille na linha de sucessão ao trono, Ahren é o príncipe-consorte, e seu dever principal é com a França. Illéa agora não passa do país onde ele nasceu.

— Seus pais sabem?

Fiz que sim com a cabeça.

— Mas não sei se ele deixou cartas para eles — expliquei. — Talvez eu deva falar com os dois.

Neena se aproximou e ajeitou meu vestido e meu cabelo, Depois, passou um lenço no meu rosto para tirar qualquer imperfeição na maquiagem.

— Pronto. É assim que minha futura rainha deve estar.

Abracei Neena.

— Você é boa demais para mim, Neena.

— Fique calma. Vá falar com seus pais. Eles precisam de você.

Dei um passo para trás e sequei as lágrimas que estavam quase escorrendo. Segui pelo corredor e bati à porta do quarto do meu pai, que os dois geralmente compartilhavam.

Como ninguém respondeu, me arrisquei a entrar e dar uma olhada rápida.

— Pai? — chamei ao adentrar aquele espaço enorme.

Fazia tanto tempo que eu não ia lá — talvez desde a infância — que não conseguia lembrar se tinha sido sempre assim. O ambiente mais parecia ter sido decorado pela minha mãe. Cores quentes nas paredes, livros por toda parte. Se aquele era o refúgio do meu pai, por que não se parecia com ele em nada?

Como eles não estavam ali, me senti uma invasora e dei meia-volta para sair.

Mas fiquei paralisada pelo que vi. Várias fotografias grandes emolduradas cobriam a parede. Havia fotos de meus pais quando tinham a minha idade: ele de uniforme completo e faixa, ela de vestido creme. Os dois no dia do casamento, com o rosto coberto de bolo. Em outra imagem, minha mãe estava com o cabelo todo suado jogado para trás e dois bebês nos braços enquanto meu pai beijava sua testa; uma lágrima escorria por sua bochecha. Várias fotos espontâneas, que mostravam um beijo ou um sorriso, tinham sido ampliadas e tratadas com filtro preto e branco para conferir um ar mais clássico.

Duas coisas ficaram imediatamente claras para mim. Primeiro: o quarto do meu pai não tinha muito o jeito dele porque o quarto não era dele. Ele o havia transformado em um santuário para a minha mãe. Ou melhor: um santuário para os dois, para o profundo amor que sentiam um pelo outro.

Eu presenciava isso todos os dias, mas era diferente ver aquelas imagens, as fotos que eles olhavam toda noite antes de dormir. Eles eram feitos um para o outro, mesmo depois de enfrentar tantos obstáculos, e gostavam de lembrar disso.

A segunda coisa a ficar clara: Ahren tinha desistido de mim

— de todos nós — para tentar viver aquilo. Se conseguisse uma fração do amor de nossos pais, seu ato estaria justificado.

Naquele momento, tive consciência de que devia contar a eles o que a carta de Ahren dizia. Eles compreenderiam — talvez melhor que qualquer pessoa no planeta — por que ele teve que partir. Com certeza compreenderiam melhor do que eu.

Eles não estavam na sala de jantar nem no escritório do meu pai nem no quarto de minha mãe. De fato, os corredores estavam estranhamente vazios. Não havia um único guarda à vista.

— Oi? — gritei sob a pouca luz ambiente. — OI?

Por fim, um par de guardas apareceu no fim do corredor.

— Graças a Deus — disse um deles. — Vá até o rei e avise que a encontramos.

O segundo guarda continuou correndo, enquanto o primeiro me encarou e respirou fundo antes de dizer:

— A senhorita precisa me acompanhar até a ala hospitalar, Alteza. Sua mãe teve um ataque cardíaco.

Por mais que ele tenha falado baixo, parecia que estava gritando. Eu não conseguia pensar no que dizer ou fazer, mas sabia que tinha de ir até ela. Mesmo de salto, ultrapassei o guarda. Corri o mais rápido que pude.

Só conseguia pensar em como estive errada sobre tantas coisas, como havia sido ácida com ela para fazer as coisas do meu jeito. E tinha certeza de que ela sabia que eu a amava, mas precisava lhe dizer mais uma vez.

Na entrada da ala hospitalar, tia May estava sentada ao lado da madame Marlee, que parecia orar. Osten, ainda bem, não estava presente, mas Kaden estava lá, esforçando-se muito para parecer corajoso. A srta. Brice também estava lá, andando em círculos em um canto. Mas toda a gravidade do momento estava personificada em meu pai.

Ele estava agarrado ao general Leger, segurando-o como se sua vida dependesse daquilo, com os dedos cravados nas costas do uniforme dele. Chorava escancaradamente, e eu nunca tinha ouvido nada tão doloroso. Torcia para jamais ouvir de novo.

— Não posso perdê-la. Não sei... Eu não...

O general Leger segurou seus ombros.

— Não pense nisso agora. Temos que acreditar que ela ficará bem. E você precisa pensar nos seus filhos.

Meu pai concordou com a cabeça, mas notei que não parecia capaz de obedecer.

— Pai? — chamei com a voz vacilante.

Ele se voltou para mim e abriu os braços. Voei para ele e o apertei com tudo. Chorei, sem me preocupar em ter que parecer forte.

— O que aconteceu?

— Não sei, querida. Acho que o choque da partida de Ahren foi demais. Problemas cardíacos são comuns na família da sua mãe, e ela passou os últimos dias muito ansiosa.

Ele fez uma pausa. Quando retomou, sua voz estava diferente e percebi que já não era comigo com quem ele falava.

— Eu devia tê-la feito descansar mais. Devia ter pedido menos coisas. Ela fazia tudo por mim.

O general Leger então o agarrou pelo braço.

— Você sabe como ela é teimosa — ele disse com carinho. — Acha que teria deixado você diminuir o ritmo mesmo por um segundo?

Ambos compartilharam um sorriso triste.

Meu pai concordou com a cabeça.

— Muito bem. Agora nós esperamos.

O general Leger o soltou.

— Preciso ir para casa avisar Lucy e buscar roupas limpas. Vou ligar para a mãe dela, se você ainda não ligou.

Meu pai suspirou.

— Nem pensei nisso.

— Eu ligo. Volto em uma hora. Estarei aqui para o que precisar.

Meu pai me soltou e abraçou o general mais uma vez.

— Obrigado.

Me afastei deles e fui esperar perto da porta. Fiquei pensando se ela podia sentir minha presença. Estava com muita raiva. De todos, de mim. Se o povo não exigisse tantas coisas ou se eu tivesse feito mais... não estaria prestes a perder minha mãe.

Sempre pensara que não poderia viver uma vida para os outros, que o amor não passava de uma algema. Talvez fosse mesmo, mas a verdade é que eu precisava dessa algema. Me permiti sentir a dor da partida de Ahren, a dor da preocupação de meu pai e, sobretudo, a dor de saber que a vida da minha mãe estava em risco. Essas coisas não me enfraqueciam; me mantinham no momento presente. Eu já não fugiria delas.

Ouvi o som de passos, ciente de que uma multidão se aproximava. Me senti pequena, comovida e sem palavras ao ver cada um dos Selecionados surgir no fim do corredor.

Kile olhou para mim e disse:

— Viemos orar.

Meus olhos se encheram de lágrimas, e assenti com a cabeça. Os cavalheiros se espalharam. Alguns se encostaram pelos cantos, outros se empoleiraram nos bancos. As cabeças inclinadas ou elevadas, tudo pela minha mãe. Eles tinham causado tamanha agitação na minha vida... e eu estava tão feliz por isso.

Hale roía as unhas e agitava-se, nervoso. Ean, como esperado, estava muito firme, concentrado, com os braços cruzados. Henri inclinou-se para a frente no banco, com os cachos pendendo sobre os olhos. Fiquei feliz ao ver que, mesmo sem precisar ter vindo, Erik estava ao seu lado.

Kile encontrou a mãe dele, e os dois se abraçaram. Kile chorava pela minha mãe. Era estranho, mas aquela ternura me fez sentir mais forte.

Meus olhos passaram dele para os outros remanescentes. Pensei de novo como cada um deles tinha me conquistado à sua maneira... e olhei para o meu pai. O rosto vermelho de tanto chorar, o terno todo amarrotado. Podia ver a tensão em cada molécula do seu corpo, horrorizado pela perspectiva de perder a esposa.

Não fazia muito tempo desde que ele estivera em meu lugar, desde que o rosto da minha mãe era um entre tantos. E, mesmo assim, apesar de todos os impedimentos e de todo o tempo que já tinha passado, os dois continuavam profundamente apaixonados.

Isso era evidente em tudo: do quarto que compartilhavam à maneira como se preocupavam um com o outro, além de estarem sempre se paquerando, mesmo depois de tantos anos de casamento.

Se um mês antes alguém tivesse me dito que eu deveria considerar aquilo como uma opção para mim, eu teria revirado os olhos e dado as costas. Naquele momento? Bom, a possibilidade não me parecia tão absurda. Eu não esperava encontrar o que meus pais tinham ou mesmo o que Ahren havia encontrado em Camille. Mas... talvez pudesse encontrar *alguma coisa*. Talvez houvesse uma pessoa que me beijasse mesmo quando eu estivesse com o nariz escorrendo, que esfregasse meus ombros após um longo dia de reuniões. Talvez pudesse encontrar alguém que não parecesse tão assustador, com quem um passeio além das muralhas do palácio parecesse natural. Mas tudo isso poderia ser pedir demais.

Em todo caso, eu não podia desacelerar agora. Sabia que, por mim — e pela minha família —, eu precisava concluir a Seleção.

E quando concluísse, teria um anel no dedo.

Agradecimentos

Agradecimentos especiais a:

Você, basicamente por ser uma pessoa legal, mas principalmente por ler o quarto livro quando pensou que só havia três.

Callaway, por quase tudo, mas principalmente por lavar a louça e fazer as contas para mim.

Guyden e Zuzu, por serem as crianças mais fofas de todos os tempos, mas principalmente por me aconchegarem quando tenho um dia difícil.

Minha mãe, meu pai e Jody, por todo o incentivo, mas principalmente por serem tão esquisitos quanto eu.

Mimi, Papa e Chris, por me darem tanto apoio, mas principalmente por cuidarem dos meus filhos nas férias de dezembro para que eu pudesse dormir.

Elana, por ser uma agente realmente incrível, mas principalmente por me garantir que, se alguém tentasse jogar uma torta na minha cara, você chegaria na voadora.

Erica, por ser uma editora muito talentosa, mas principalmente por me deixar ligar dezoito vezes por semana sem reclamar.

Olivia, Christina, Kara, Stephanie, Erin, Alison, Jon e um zilhão de pessoas na HarperTeen por serem demais, mas principalmente por facilitarem tanto a minha vida apesar de a gente, tipo, nunca se ver.

Deus, por ser Deus, mas principalmente por criar um mundo em que coisas como gatinhos usando gravata-borboleta são uma realidade.

E para todos que esqueci — que são muitos, sem dúvida —, porque eu geralmente esqueço mesmo, mas principalmente porque estou tão cansada agora que estou digitando de olhos fechados.

Amo todos vocês!

Sobre a autora

KIERA CASS nasceu em 1981, na Carolina do Sul, Estados Unidos. Formou-se em história na Universidade de Radford, na Virginia, e atualmente mora em Christiansburg. Além da série A Seleção, também é autora de *A sereia*. Beijou aproximadamente catorze garotos em sua vida, mas nenhum deles era um príncipe.

Mais informações:
www.kieracass.com
@kieracass
www.facebook.com/kieracass
www.facebook.com/theselection
www.youtube.com/user/kieracass
www.pinterest.com/kieracass

1ª EDIÇÃO [2015] 1 reimpressão

ESTA OBRA FOI COMPOSTA PELA VERBA EDITORIAL EM ADRIANE
POR MARCONI LIMA E IMPRESSA PELA GEOGRÁFICA EM OFSETE
SOBRE PAPEL ALTA ALVURA DA SUZANO PAPEL E CELULOSE
PARA A EDITORA SCHWARCZ EM FEVEREIRO DE 2016